데미안

MINI BOOK
CLOUD
LIBRARY
04

데미안

Demian
Die Geschichte von Emil
Sinclairs Jugend

헤르만 헤세 지음

안영준 옮김

생각뿔

차례

나는 내 속에서 솟아 나오려는 것, 그것을
향해 살아가려 했을 뿐이다. 그것이 왜
그토록 어려운 일이었을까?

내 이야기를 하자면 훨씬 앞으로 올라가야 한다. 할 수 있
다면 그보다 훨씬 더 이전으로 올라가 내 어린 시절의 제일
처음으로, 아니 어쩌면 그보다 더 멀리 내가 태어나기 이전의
근원으로까지 거슬러 올라가야 한다.

작가들은 소설을 쓸 때 스스로가 신이라도 되는 것처럼,
그 어떤 인물이라도 그의 인생을 완벽하게 꿰뚫어 보고 파악
하는 듯, 마치 신이 직접 이야기하듯 어느 장면이든 거리낌
없이 핵심을 짚고 묘사하곤 한다. 나는 그렇게 못 한다. 물론
작가들도 마찬가지다. 하지만 어떤 작가에게 자신의 이야기
가 생각하는 것 이상으로 중요하듯이, 내게는 내 이야기가 중

요하다. 이야기는 나 자신의 것이기 때문이다. 그리고 한 인간의 이야기, 만들어지지 않은 인간, 어디에서는 존재할 만한 이상적인 인간, 혹은 어쨌든 존재하지 않는 인간의 이야기가 아니라 정말 현실에 있는, 단 한번으로 생을 이어가는, 살아 있는 인간의 이야기이기 때문이다. 하지만 현실에 살아 있는 인간이 도대체 무엇인지에 대해서 생각하는 사람들은 예전보다 없다. 그 모두가 자연의 단 한번의 소중한 시도인 인간들을 총으로 쏴 무더기로 죽이기도 한다. 만약 우리가 더 이상 단 한번뿐으로 존재하는 인간이 아니라면, 누구든 우리 한 명 한 명을 총알 한 알로 완벽하게 이 세상에서 지워버릴 수 있다면, 이야기를 한다는 건 아무런 의미가 없다. 인간은 누구나 그저 한 명의 그 자신일 뿐만 아니라, 한번의 삶을 살아내는 아주 특별한 존재다. 반복 없이 단 한번으로 존재하는, 다시는 없을 지점인 것이다. 그런 까닭에 각자의 이야기는 중요하고 영원하고 신성하며 그래서 어쨌든 각각의 사람이 살아가면서 자연의 뜻을 충족한다면, 그 누구라 해도 경이로운 존재다. 그 누구라 할지라도 각자에게서 정신이 형상되고, 각자에게서 피조물이 괴로워하며, 각자에게서 구세주가 십자가에 못 박혀 있다.

인간이란 존재가 무엇인지 의심하는 사람은 이제 더 이상 현실에 없다. 인간이 무엇인지 느끼는 사람들은 더 쉽게 죽음을 맞이한다. 이 이야기를 다 쓰고 나면 나도 좀 더 수월하게 죽음을 맞이할 것이다.

　나를 무언가를 많이 아는 사람이라고 가리킬 순 없다. 나는 그저 끊임없이 무언가를 관찰하는 사람이었고 아직도 마찬가지다. 예전과 다른 점은 별을 쳐다보거나 책에서 탐색하지 않는다는 것이다. 나는 내 피가 몸속에서 속삭이는 가르침을 듣기 시작했다. 내 이야기는 만들어진 이야기들처럼 재미있지는 않다. 그리고 편안하거나 달콤하지도, 매끄럽지도 않다. 이제 더 이상 자신을 속이지 않겠다는 사람들의 삶처럼, 무의미하고 부조리하며, 혼란스러움이 혼재된 꿈과 광기의 맛이 배어 있다.

　모든 사람의 삶은 각자 자기 자신에게로 향하는 길이다. 자신에게 가는 길의 시도이며 좁은 길의 암시다. 그 어떤 인간도 오롯이 자기 자신이 된 적 없다. 하지만 자기 자신이 되기 위해 애쓴다. 어떤 사람은 애매하게, 어떤 사람은 투명하게, 자기가 할 수 있는 방법으로 그 방법을 찾으려 한다. 누구나 자기 출생의 찌꺼기를, 저 근원 세계의 점액질과 알껍데기를 죽을 때까지 지니고 있다. 간혹 어떤 이들은 결코 인간이 되지 못하고 개구리나 도마뱀, 개미에 그치고 만다. 더러 어떤 사람들은 상체는 인간이고 하체는 물고기인 채로 남는다. 하지만 누구나 인간이 되라고 자연이 던진 돌과 같다. 그리고 모든 사람은 그 근원인 어머니가 똑같다. 우리는 모두 같은 심연에서 태어났다. 똑같이 깊은 곳에서 내던져진 시도인 채로, 각자의 목표를 향해 나아가는 것이다. 우리는 서로를 이해할 수는 있다. 그러나 누구나 자신만을 해석할 수 있을 뿐이다.

두 세계

나는 내가 열 살이었던 시절, 작은 도시에서 라틴어 학교에 다녔을 때의 체험 하나로 내 이야기를 시작하려 한다.

그 시절로부터 짙은 향기가 밀려오면, 나는 내면에서부터 아픔과 함께 기분 좋은 전율로 마음이 기울어진다. 어두운 골목길들, 환한 집들, 탑들 그리고 시계 종 치는 소리와 사람들의 얼굴, 따뜻함이 들어차 편안함과 쾌적함을 느끼게 해주는 방들. 그리고 비밀과 유령의 공포로 가득 찬 방들, 따스하지만 좁은 방, 작은 토끼와 하녀들의 냄새, 갖가지 처방 약과 말린 과일 향기가 풍겨온다. 그곳에는 두 세계가 한데 뒤섞여 있었다. 두 장면으로부터 낮과 밤이 나왔다.

한 세계는 아버지의 집이다. 그 세계는 좁다. 실제로도 협소해서 그 안에는 내 부모님밖에 없다. 대부분의 것들은 잘 알고 있었다. 어머니와 아버지, 사랑과 엄격함, 모범과 학교라는 이름으로 불렸다. 온화한 광채, 맑음과 깨끗함은 그 세계에 속했다. 부드럽고 다정한 이야기, 깨끗하게 씻은 손과 가지런한 옷가지와 좋은 습관이 깃들어 있었다. 아침이면 찬송가를 부르고 때가 되면 크리스마스 파티가 열리는 곳. 그 세계에는 미래로 이어지는 반듯한 선과 길이 있었다. 의무와 죄, 양심의 가책과 고해, 용서와 선한 의도, 사랑과 존경, 성경 말씀과 지혜가 있었다. 맑고 깨끗하고 아름답고 질서 있는 삶을 만들려면 그 세계에 머물러야 했다.

반면 또 다른 세계가 우리 집 한가운데서 시작했다. 그 세계는 완전히 다른 세계였다. 풍기는 냄새가 달랐고 말도 달랐다. 약속하고 요구하는 것조차 달랐다. 이 두 번째 세계 속에는 하녀들과 견습공들이 있고 무서운 유령 이야기와 떠도는 소문이 있었다. 끔찍한 것, 유혹하는 것, 무섭고 수수께끼 같은 온갖 소문들이었다. 도살장과 감옥, 술에 취해 비틀거리는 사람들과 악에 받쳐 소리 지르는 여자들, 새끼를 낳는 암소와 쓰러진 말이 있었고 절도와 사람을 때려죽이는 일, 스스로 목숨을 끊어내는 일까지 있었다. 아름답고도 무서운, 사납고도 잔인한 이 모든 일이 사방에 깔려 있었다. 바로 옆 골목에서, 바로 옆집에서 일어났다. 경찰관과 부랑자는 그곳을 돌아다니고 있었다. 술에 취한 사내들은 마누라를 두들겨 패고 저녁이 되면 공장에서 젊은 아가씨 무리가 뒤엉켜 입구로 쏟아져 나왔다. 늙은 여자들은 누군가에게 마법을 걸어 병이 들게 할 수 있었고 숲에는 강도들이 숨어 있었다. 방화범들은 그들을 뒤쫓는 경찰에게 잡혔다. 이 격렬한 세계는 어머니와 아버지가 계시던 우리 방을 뺀 어디에서든 뛰어나와 냄새를 풍겼다. 그게 참 좋았다. 우리 집에 머무는 평화와 질서들, 안식이 있다는 것. 의무와 거리낌 없는 선한 양심, 용서와 사랑이 있다는 그 사실이 멋져 보였다. 그리고 나는 그 모든 다른 것들, 소란스럽고 날카로운 소음, 음침하고 폭력적인 존재로부터 한 발자국 거리에 있는 어머니에게로 도망칠 수 있다는 일도 근사하게 느껴졌다.

가장 이상한 일은 그 두 세계의 경계가 맞닿아 있다는 사실이었다. 두 세계는 얼마나 가깝게 붙어있었던가! 가령 우리 집 하녀 리나는 저녁 기도 시간이 되면 거실 입구 옆에 앉아 씻은 두 손을 앞치마에 가만히 포갠 채 밝은 목소리로 함께 노래를 불렀는데, 그럴 때 그녀는 완전하게 아버지와 어머니의 세계, 우리의 세계, 밝고 올바른 세계에 속했다. 그러고는 곧바로 부엌이나 외양간에서 머리 없는 난쟁이들 이야기를 내게 들려주거나 좁은 푸줏간에서 이웃 여자들과 싸움질을 할 때면 그녀는 딴사람이 되어 다른 세계에 속했다. 비밀에 싸인 사람이었다. 모든 것은 그런 식이었고 나 자신이 가장 그런 사람이었다. 물론 나는 밝고 올바른 세계에 속했다. 우리 부모님의 자식이었지만 나의 눈과 귀를 향하는 곳 어디에나 다른 세계는 가까이 존재했다. 때때로 그것들이 주는 느낌이 낯설고 무서웠지만, 그리고 그곳에서 규칙적으로 양심의 가책과 두려움을 받았지만, 그럼에도 나는 한동안 가장 살고 싶었던 금지된 그 세계 안이었다. 그러다 밝은 세계로 돌아오는 일이—아무리 필요하고 선한 의도였지만—덜 아름답고 지루했으며 더 황량한 곳으로 돌아오는 것처럼 느껴졌다. 내 인생에서의 목표는 아버지나 어머니처럼 되는 것, 그렇게 밝고 순수한 채로 그만큼 뛰어나고 순수한 상태가 되는 것임을 알았다. 하지만 그곳에 이르는 길은 멀었다. 그곳에 도착하기 위해서는 학교에 버텨 앉아 대학공부를 하고 여러 시험을 봐야 했다. 그 길은 언제나 또 다른 어두운 세계의 바로 옆을 지나가거나 그 세계 한가운데를 꿰뚫어 통과했다. 어두운 세계에 머무르거나 그 안으로 자리를 잡는 일은 전혀 불가능한 일이 아니었다. 그렇게 된 아들들에 대한 이야기를 나는 알고 있었다. 그들에 대한 이야기를 나는 집중해서 읽었다. 그곳에서는 언제나 아버지의 선한 세계로 되돌아온 일이 구원이며 위대한 이야기였다. 나도 그것만이 올바른 일, 선하고 바람직하다는 걸 분명하게 느끼고 있었다. 그런데도 악당들이나 길을 잃었던 아들들이 나오는 대목에 더 깊은 흥미를 갖게 되었다. 당시 내 마음을 솔직하게 말하자면 길을 잃었던 아들이 반성하고 다시 제 길을 찾게 되는 게 유감스러웠다. 그러나 그런 말을 입 밖에 꺼내지는 않았다. 생각조차 해서는 안 됐다. 그저 예감이나 있을 법한 가능성으로 감정의 바닥에 뿌옇게 자리 잡고 있었다. 악마를 상상하면 저 아래 길거리에 있는 모습을 아주 생생하게 떠올릴 수 있었다. 변장하거나 아니면 변장도 하지 않은 채 형태를 드러낸 모습으로, 시장이나 선술집에 있는 모습으로는 상상할 수 있었지만, 우리 집에 있는 것은 전혀 떠올릴 수 없었다.

물론 내 누이들도 나와 같은 밝은 세계에 속했다. 내 눈에 그들은 나보다 더 천성적으로 아버지와 어머니에게 가까운 듯 보였다. 그들은 나보다 착했고 도덕적이었으며 어떤 잘못조차 적었다. 그들도 때때로 무례하고 잘못을 드러낼 때가 있었지만, 내 눈에 그런 건 결코 심각한 일이 아니었다. 어두운 세계에 더 가까이 마주하고 있었고 그로 인해 사악함으로 자주 힘들고 고통스럽던 나와는 달랐다. 누이들은 부모님처럼 보호하고 존중해야 할 존재로 여겼다. 누이들과 다툼이 일어나도 나중에 그 일을 양심에 비추어 되돌아보면, 나 자신이 문제의 씨앗이었다. 먼저 용서를 구해야만 하는 존재는 나 자신이었다. 누이들과의 다툼은 부모님과 선함, 그리고 계율까지 욕되게 하는 일이었다. 오히려 누이들보다는 내가 타락한 아이들과 함께 나눌 수 있는 비밀이 있었다. 마음이 밝고 양심에 가책이 없는 평온한 날에는 누이들과 함께 놀면서 착하고 얌전하게 시간을 보냈다. 그들과 똑같이 착하고 예의 있는 겉모습의 스스로를 보는 일은 꽤 즐거웠다. 인간이 천사라면 분명 그래야만 했다! 천사가 된다는 것은 우리가 아는 한 가장 훌륭한 일이었다. 그 일은 우리를 크리스마스 행복에 둘러싸인 것처럼 밝은 울림과 향기를 지닌 채 달콤하고 경이롭게 만들어준다고 생각했다. 그런 시간과 날들은 얼마나 드물게 나를 찾아왔던가! 악의 없는 즐거운 놀이를 하면서 나는 종종 열정과 과격함을 느꼈고 불행하게도 누이들이 그렇게 싫어하는 다툼으로 이어졌다. 그런 다음 분노가 치밀어 오르면 나는 스스로를 역겨운 사람으로 만들어 무례한 말과 아무런 행동을 했다. 그렇게 말하고 행동하는 도중에 그것이 타락임을 뜨겁게 느꼈다. 그다음에는 어둡고 격양된 후회와 고해의 시간이 찾아왔다. 그러고 나면 용서를 구하는 고통스러운 순간이 왔다. 그리고 그제야 다시 밝고 환한 명랑함, 갈등 없는 한 줄기 고요하고 고마운 행복이 몇 시간, 혹은 몇 순간 지속했다.

나는 라틴어 학교에 다녔다. 내 학급에는 시장의 아들과 수석 삼림감독 주임의 아들이 있었고 그들은 이따금 우리 집에 찾아왔다. 거친 사내아이들이었지만, 허용된 세계에 속한 선량한 아이들이었다. 하지만 나는 보통 때 우리가 무시하는 이웃집 사내아이들, 공립학교 학생들과도 친밀하게 지냈다. 그들 중 한 명과 더불어 내 이야기를 시작하려 한다.

열 번째 생일이 막 지나던 때였다. 어느 수업 없는 오후였고 이웃의 두 사내아이와 집 근처를 하릴없이 어슬렁거렸다. 그때 우리보다 키가 큰 아이가 하나 끼어들었다. 열세 살쯤 된 아이였는데 힘이 세고 난폭했다. 그 아이는 공립학교에 다녔고 아버지는 재단사였다. 그의 아버지는 동네에서 술꾼으로 유명했고 나머지 가족들의 소문도 비슷하게 나빴다. 그의 이름은 프란츠 크로머였다. 나도 그를 익히 잘 알고 있었다. 나는 그 애가 두려웠고 그래서 그 아이가 우리 사이에 끼어든 게 썩 유쾌하지 않았다. 그는 제법 어른티가 났고 젊은 공장 노동자들의 걸음걸이와 말투를 흉내 냈다. 그 애는 우리를 끌고 다리 옆 강기슭으로 내려갔다. 우리의 모습은 첫 교각 밑에서 종적을 감췄다. 아치형의 다리와 느릿하게 흐르는 물 사이 좁은 강기슭에는 온통 쓰레기더미와 유리 조각, 낡은 잡동사니와 녹슨 철삿줄이 뒤엉켜 널브러져 있었다. 이따금 그곳에서 쓸 만한 물건이 발견됐다. 우리는 프란츠 크로머의 지시대로 온 구간을 샅샅이 뒤져 무언가를 찾고 그 아이에게 보여주어야만 했다. 그러면 그는 그것들을 살피고 주머니에 넣거나 다시 물속으로 내동댕이쳤다. 그는 우리에게 납, 놋쇠, 주석으로 된 것이 있는지 잘 살피라고 말했고 그런 건 모두 자기 주머니에 넣었다. 뿔로 된 낡은 빗도 그의 주머니에 들어갔다. 그 아이와 어울리고 있으려니 무척이나 조마조마했다. 아버지가 알게 됐을 때 그와 만나지 말라고 야단치실 거라는 예상은 아니었다. 오로지 프란츠에 대한 두려움 때문이었다. 그가 나를 다른 애들과 마찬가지로 생각하고 받아준다는 건 기뻤다. 그는 명령했고 우리는 복종했다. 처음 그와 함께 어울렸지만 그건 마치 오래전부터 해왔던 일처럼 익숙했다.

    마침내 우리는 땅바닥에 주저앉았다. 프란츠는 강물에 침을 뱉었는데 그 모습은 어른처럼 보였다. 그는 잇새로 침을 뱉으면서 어디든 원하는 곳을 명중했다. 그리고 대화가 시작됐다. 사내아이들은 학생이 저지를 수 있는 온갖 시시한 나쁜 행동을 자랑스러운 영웅담처럼 꺼내놓기 시작했다. 나는 아무 말도 하지 않았지만 이런 내 침묵이 크로머의 분노를 사는 게 아닐까 두려웠다. 두 친구는 처음부터 나와는 거리를 두고 있었다. 완벽하게 크로머의 편이 되어 있는 그들 사이에서 나는 낯선 이방인이었다. 내 옷차림과 태도는 그들에게 어떤 도전처럼 비치는 것만 같았다. 크로머가 라틴어 학교에 다니고 점잖은 집안의 자식인 나를 좋아할 리 없었다. 다른 두 아이는 여차하면 나를 모른 척 내팽개칠 거라는 것도 잘 알고 있었다.

 그렇게 나는 두려움에 이야기를 늘어놓기 시작했다. 황당
하고 대담한 도둑질 이야기를 꾸며냈고 그 이야기의 주인공
은 바로 나였다. 나는 모퉁이 방앗간 집 과수원에서, 라며 이
야기를 시작했다. 캄캄한 밤에 친구들과 함께 사과를 커다란
자루 한가득 훔쳤는데 보통 사과가 아니라 최상품인 레네트
종과 골드파르메네 종 사과라고 말했다. 순간의 위험에서 도
망치기 위해 이야기를 만든 것이다. 이야기를 만드는 건 나에
게 쉬운 일이었다. 이야기가 갑자기 막혀서 말을 중단하거나
그래서 더 고약한 일을 마주하지 않도록 온갖 꾀를 더해 이야
기를 이어나갔다. 사과가 가득 찬 자루가 너무 무거워서 우리
는 자루를 열고 절반만 남겨둔 채 도망쳤지만, 삼십 분 뒤 다
시 돌아가 나머지 반도 훔쳐 왔다는 이야기였다.

 이야기를 끝마쳤을 때 나는 약간의 박수를 기대했다. 내가
만든 이야기에 스스로 도취해 열이 오른 상태였다. 작은 두
아이는 심드렁한 채 가만히 침묵했고 프란츠 크로머는 반쯤
뜬 실눈으로 나를 쏘아봤다. 그리고 위협적인 목소리로 물었
다. "그 말이 정말이야?"

 "물론이지." 내가 대답했다.

 "그러니까 정말 그랬단 말이지?"

 "그렇다니까. 진짜 그랬어." 속으로는 겁이 나서 숨이 막혔

지만 나는 고집스럽게 대꾸했다.

"그럼 맹세할 수도 있겠네?"

나는 깜짝 놀랐지만 곧바로 그렇다고 말했다.

"그럼 말해봐. 하느님을 걸고 영혼을 걸고 맹세코!"

나는 말했다. "하느님을 걸고 영혼을 걸고 맹세코!"

"그래." 그는 몸을 돌렸다.

나는 이것으로 모든 일이 잘 끝났다고 생각했고 그가 벌떡 일어나 집으로 돌아갈 준비를 하는 게 기쁘기까지 했다. 우리가 다리 위로 올라왔을 때 나는 조심스럽게 이제 집에 가봐야 한다고 말했다.

"왜 그렇게 서둘러." 프란츠가 웃었다. "우리도 같이 갈 거야."

그는 천천히 걸었고 나는 그 길을 감히 빠져나가지 못했다. 그리고 그는 정말 우리 집 쪽으로 발길을 향하고 있었다. 우리가 우리 집에 다다랐을 때, 우리 집의 문과 묵직한 구리 손잡이, 어머니 방의 커튼과 가까워지자 나는 안도의 숨을 깊이 내쉬었다. 오, 집으로 돌아왔어! 오, 축복이야. 밝고 평화로운 곳으로 돌아왔구나!

내가 재빨리 문을 열고 그 틈으로 들어가 등 뒤로 문을 닫으려는 찰나, 프란츠 크로머도 함께 집 안으로 들어왔다. 안마당 쪽에서 빛이 들어오는 서늘하고 어두운 타일 깔린 복도에서 그가 바로 내 옆에 섰다. 그는 내 팔을 잡고 나지막하게 말했다. "그렇게 서둘지 말라니까!"

나는 놀란 채 그의 얼굴을 쳐다봤다. 내 팔을 움켜쥔 그 애의 손아귀 힘은 강철같이 묵직했다. 대체 어떤 생각을 하고 있는지 궁금했다. 혹시라도 나를 괴롭히겠다는 것일까. 만약 그렇게 된다면, 나는 소리를 지를 것이고 저 위의 누군가 내려와 나를 구하지 않을까? 하지만 나는 이내 포기했다.

"무슨 일인데?" 나는 물었다. "뭘 바라는 거야?"

"별일은 아니야. 그냥 너한테 뭘 좀 물어보려고. 다른 애들이 들을 필요는 없고."

"그래, 좋아. 무슨 일인데? 알잖아. 나는 올라가야 해."

"너도 알지?" 프란츠가 나직하게 말했다. "저 모퉁이 방앗간 집 과수원이 누구네 것인지?"

"아니, 난 몰라. 방앗간 주인 것이겠지 뭐."

프란츠가 내 어깨에 팔을 두르더니 나를 자기 쪽으로 바싹 끌어당겼다. 나는 코앞에서 가까이 그의 얼굴을 마주했다. 그의 두 눈엔 사악함이 있었다. 그 아이의 얼굴 가득 악이 담긴 미소는 잔인함과 힘이 넘쳤다.

"그래, 꼬마야. 나는 그 과수원이 누구네 건지 이미 알고 있어. 벌써 오래전부터 사과를 도둑맞았다는 것도 말이야. 그리고 주인이 과일을 훔쳐 간 놈이 누군지 알려주는 사람에게 2

마르크를 주겠다고 한 것조차 알고 있어."

"오, 맙소사!" 나는 소리쳤다. "하지만 네가 주인에게 이르려는 건 아니지?"

나는 그의 명예심에 호소해봤자 아무 소용없다는 걸 느꼈다. 그는 다른 세계에 속한 사람이다. 그에게 배신 따위는 범죄도 아니었다. 이런 일에 있어서 '다른' 세계의 사람들은 우리와 같지 않다는 걸 나는 정확하게 알고 있었다.

"이르지 말라고?" 크로머가 웃기 시작했다. "이봐, 꼬마야. 내가 가짜 돈이라도 만들어낼 거라고 생각하는 거야? 난 가난뱅이야. 너처럼 부자 아버지는 없단 말이야. 그러니 2마르크를 벌 수 있는 기회가 있다면 벌어야지. 혹시 모르지. 주인이 조금 더 쳐줄지도."

그가 갑자기 팔을 풀었다. 우리 집 현관에서는 더 이상 평화와 안전의 분위기가 풍기지 않았다. 내 주변을 둘러싼 세계는 무너졌다. 그 애는 나를 주인에게 이를 거다. 그러면 아버지도 알게 되겠지. 어쩌면 경찰관이 올지도 모른다. 모든 게 무너지자 혼란과 공포가 한꺼번에 밀려들어 왔다. 그 모든 흉측하고 위험한 일들이 일제히 나와 마주 보고 있었다. 내가 훔쳤든 안 훔쳤든 그건 중요하지 않았다. 게다가 나는 맹세를 하지 않았던가. 세상에, 하느님, 나의 하느님!

눈앞이 흐려졌다. 어떻게 해서라도 나를 구해야겠다고 느끼고는 호주머니를 뒤졌다. 그를 매수할 수 있다면 그렇게 해야만 했다. 하지만 내 호주머니에는 사과도, 주머니칼도 없었다. 아무것도 없었다. 순간 갑자기 시계가 생각났다. 그건 시침이 돌아가지도 않는 낡은 은시계였는데, 나는 '그저 그냥' 들고 다녔다. 할머니가 물려주신 시계였다. 나는 얼른 시계를 꺼내 들고 말했다.

"크로머, 날 이르지 마. 그건 너한테도 좋은 일이 아니야. 자 이걸 봐, 내 시계야. 이걸 가져. 미안하지만 난 이거 말고는 아무것도 가진 게 없어. 이건 은시계야. 약간 문제가 있지만 아주 좋은 시계야. 고장 난 건 고치면 돼."

그는 미소 지으며 커다란 손으로 그 시계를 받아들었다. 나는 그 손을 바라보며 나에게 얼마나 거칠고 적대적인지를 느꼈다. 그리고 그 손이 내 삶과 평화를 얼마나 더 세차게 움켜쥘지 알 수 있었다.

"그거 은으로 만든 거야." 나는 작게 말했다.

"은이고 뭐고 이런 고장 난 시계는 필요 없어!" 그는 적대감을 드러내며 말했다. "너나 고쳐 써!"

"하지만 프란츠." 나는 그가 그대로 휙 나가버릴까 봐 두려웠다. 그리고 외쳤다. "잠깐만! 기다려. 시계를 가져! 이건 정말 은이라고! 정말 난 아무것도 가진 게 없어."

그는 싸늘한 눈빛에 경멸감을 담아 나를 바라보았다.

"그러니까 넌 내가 누구한테 가는지 아는구나. 나는 경찰에게 말할 수도 있어. 내가 잘 아는 순경 아저씨가 있거든."

그가 등을 돌렸다. 나는 그 아이의 옷소매를 붙잡았다. 그래선 안 되니까. 그가 이대로 현관문을 나가 앞으로 벌어질 모든 일을 겪느니 차라리 죽는 편이 훨씬 나을 것 같았다.

"프란츠." 흥분해서 쉰 목소리가 났다. "멍청한 짓 그만둬! 분명 지금 재미로 날 놀리는 거지? 농담이지?"

"그럼, 농담이지. 재미로 이러는 거야. 하지만 이 농담이 너에게는 꽤 값비싼 농담이 될 거야."

"그럼 프란츠, 말을 해줘. 내가 어떻게 해야 할지! 뭐든 할 수 있어."

그는 눈을 가늘게 뜨고 나를 내려다보더니 다시 웃었다.

"그렇게 바보처럼 굴지 좀 마!" 선심이라도 쓰듯 그가 말했다. "너도 나처럼 다 알고 있잖아. 난 지금 2마르크를 벌 수 있어. 그리고 그 기회를 버릴 만큼 부자가 아니란 말이야. 그건 너도 알잖아. 그런데 너는 부자야. 봐, 시계도 있잖아. 그러니까 넌 나한테 2마르크를 주기만 하면 돼. 그럼 모든 일이 끝나는 거야."

나는 그제야 그의 논리를 이해했다. 그러나 2마르크라는 금액은 나에게 10마르크, 100마르크, 1,000마르크나 다름없는 큰돈이었잖아. 쉽게 손에 쥘 수 있는 돈이 아니었다. 나는 돈이 없었다. 어머니 침대 옆에 작은 저금통이 하나 있기는 했다. 삼촌이 오신다거나 할 때 받아둔 몇 개의 10페니히, 5페니히짜리 동전이 들어 있었다. 돈이라고는 그것뿐이었다. 아직 용돈을 받을 나이는 아니었다.

"난 아무것도 없어." 내가 슬프게 말했다. "난 돈이 없어. 하지만 그거 말고는 뭐든 다 줄게. 난 인디언 책이 있어. 병정들도 있고, 나침반도 하나 있어. 그걸 줄게."

크로머는 뻔뻔하고 심술궂게 입술을 움직이더니 탁하고 바닥에 침을 뱉었다.

"헛소리는 집어치워!" 그가 명령하듯 말했다. "그런 고물 같은 잡동사니는 너나 가져. 나침반이라니! 더 이상 나를 화나게 하지 말고 잘 들어. 그냥 돈을 가져와!"

"하지만 난 돈이 없어. 나는 돈을 받아본 적이 없어. 어떻게 할 수 있는 방법이 없다고!"

"아무튼 내일 나한테 2마르크를 가져와. 학교가 끝난 다음 저 아래 시장에서 기다릴게. 그걸로 끝이야. 돈을 안 가져오면, 알지?"

"그래, 하지만 대체 어떻게 돈을 가져오란 말이야? 하느님 맙소사. 나는 돈이 없는데."

"너희 집엔 그 돈이 충분히 있어. 가져오고 말고는 네가 알아서 해. 그러니까 내일 학교 끝나고 보자. 다시 말하지만, 만약 안 가져오면……" 그는 무서운 눈길로 날 쏘아보더니 다시 침을 뱉었다. 그렇게 그는 그림자처럼 사라졌다.

나는 계단을 올라갈 수 없었다. 내 인생은 무너져버렸다. 도망쳐서 다시는 돌아오지 않거나 물에 빠져 죽을까 생각했다. 하지만 그 어느 선택도 명확하게 그려지지 않았다. 나는 계단 맨 아래 칸에 그대로 주저 앉았다. 그리고 불행에 내 몸을 맡겼다. 장작을 가지러 광주리를 들고 계단을 내려오던 리나가 울고 있는 내 모습을 봤다.

나는 집에서 아무 말도 하지 말아 달라고 부탁하고 위로 올라갔다. 유리문 옆 옷걸이에는 아버지의 모자와 어머니의 양산이 걸려 있었다. 그 물건들을 보자 집 안의 따뜻함과 애정이 내 마음으로 밀려들어 왔다. 나는 마치 고향을 되돌아온 문제아가 방을 보고 냄새를 맡는 듯한 간절하고 고마운 마음으로 그것들을 반겼다. 하지만 이제 더 이상 이 모든 것은 내 것이 아니었다. 그 모든 것은 어머니와 아버지의 밝은 세계였으며 나는 죄의식이라는 홍수에 갇힌 채 잠겨 있었다. 모험과 죄악에 얽히고설켜 적의 위협을 받았고 위험과 두려움, 그리고 수치심만이 나를 기다리고 있었다. 모자와 양산, 좋은 사암으로 된 바닥, 거실 장식장 위에 걸린 커다란 그림, 그리고 그 안쪽 거실에서 들려오는 누나의 목소리, 그 모든 것들은 이전보다 더욱 사랑스럽고 다정하고 귀한 것이 되었다. 하지만 이제 그것은 위안이나 안전한 선함이 아니라 오로지 비난이었다. 그 모든 것들이 이제 내 것이 아니었으니, 나는 그 명랑함과 고요함을 함께 나눌 수 없었다. 나는 매트에 문질러도 지워지지 않는 더러움을 두 구두에 묻혀왔다. 고향의 세계는 알지 못하는 그림자를 내가 끌고 온 것이다. 전에도 나는 이미 얼마나 많은 비밀과 두려움을 가졌는지 모른다. 그러나 그 모든 것은 내가 오늘 이 공간에 끌고 온 것에 비하면 그저 장난이나 농담에 지나지 않았다. 운명이 나를 뒤쫓아 들어와 있었다. 어머니가 절대 알아선 안 되는 손길들이었고 어머니조차 그 손길들에서 나를 보호할 수 없었다. 내가 저지른 짓이 도둑질이든 거짓말이든(나는 하느님과 목숨을 걸고 거짓 맹세까지 하지 않았던가?) 마찬가지의 일이었다. 내 죄가 이것이든 혹은 저것이든의 문제가 아니라 악마에게 손을 내밀었다는 그 사실 자체에 있었다. 왜 나는 그들과 함께 갔던가? 왜 나는 일찍이 아버지 말에 귀를 기울이지 않고 크로머의 말을 들었던 걸까? 어쩌자고 그런 도둑질 이야기를 꾸며냈던 것인가? 어쩌자고 그게 마치 영웅의 행동인 양 범죄를 떠벌렸을까? 이제 악마가 내 손을 잡았다. 그리고 적은 나를 뒤쫓고 있었다.

한순간 나는 내일에 대한 두려움이나 공포가 아니라, 무엇보다 내 길이 점점 계속해서 저 아래 어둠 속으로 빠져들어 가고 있다는 무서운 확신을 느꼈다. 나의 잘못으로 인해서 또 다른 잘못이 나오리라는 것을, 누이들 곁에 내가 끼어 있고 부모님에게 인사하고 키스하는 일이 거짓이라는 것을, 그리고 내가 내 마음속에 감춰야 하는 운명과 비밀을 하나 품게 되었다는 것을 똑똑히 느꼈다.

아버지의 모자를 바라보자 한순간 마음속에 신뢰와 희망이 번쩍 떠올랐다. 아버지께 모든 일을 말해야지. 아버지의 판단에 따라 벌을 받아들이고 아버지를 내 비밀의 구원자로 삼아야지. 그것은 내가 지금껏 그래왔듯이 단 한번의 참회면 가능하리라. 힘들고 괴로운 시간이 지나고 후회에 가득 차 어렵게 용서를 구하는 일 한번이면.

이런 생각은 얼마나 달콤한 일이었던가! 얼마나 멋진 유혹이었던가! 하지만 그런 일은 없었다. 내가 그럴 수 없다는 사실을 나는 알았다. 나는 이제 비밀을, 그리고 나 혼자 오롯이 짊어져야 하는 죄를 스스로 삼켜야 한다는 걸 알고 있었다. 어쩌면 나는 지금 갈림길에 서 있고 이 순간부터 영원히 나쁜 쪽에 몸을 맡겨, 나쁜 사람들과 비밀을 공유하고 그들과 한통속이 되어 그들의 말에 따르면서 그들과 같은 사람이 될지도 모른다. 이제 나는 어른인 척, 영웅 행세를 한 결과를 감당해야만 했다.

내가 안으로 들어갔을 때 아버지가 내 젖은 구두만 발견한 건 나에게 다행인 일이었다. 아버지는 젖은 구두에 관심이 쏠려 더 나쁜 일을 알아채지 못했다. 그 정도는 견딜만했다. 나는 아버지의 꾸중을 다른 것과 연결시켰다. 그 순간 이상하고도 새로운 느낌 하나가 불꽃처럼 번뜩하고 차올랐다. 그건 마치 뾰족한 바늘 같은 것이 잔뜩 박힌 듯한 날카롭고 사악한 예감이었다. 바로 내가 아버지보다 우월하다고 느꼈던 것이다! 한순간 아버지의 무지에 대해 약간의 경멸을 느꼈다. 내 젖은 신발을 보고 혼내는 건 아주 사소한 일처럼 보였다. '만약 아버지가 그 일을 아신다면!' 하는 생각에 빠졌는데 사실은 살인을 고백해야 하는 처지면서 빵을 훔친 일로 심문을 받는 범죄자처럼 느껴진 것이다. 그건 추잡하고 마음 불편한 일이었지만 무엇보다 강렬했다. 하지만 그만큼 매력적인 일이었다. 그 느낌은 그 어떤 다른 생각보다 더욱 확고하게 나를 내 비밀과 죄악에 묶어 버렸다. 어쩌면 지금쯤 크로머가 경찰관에게 나를 고발했을지도 모른다. 여기서 이렇게 아이처럼 혼나는 동안 내 머리 위로는 사나운 천둥 번개가 몰려들었다.

여기까지 지금까지 이야기한 체험에서 가장 중요한 지점은 바로 이 순간이다. 이것은 아버지의 신성함에 그은 첫 번째 칼자국이었다. 나의 어린 시절을 떠받치던 기둥들, 그리고 누구든 자기 자신이 되기 전에 깨뜨려야 하는 큰 기둥에 일어난 최초의 균열이었다. 우리 운명의 본질적인 길은 아무도 보지 못한 이런 체험들로 이루어진다. 이런 칼자국이나 균열은 치료되고 기억에서 점점 사라지지만 점점 늘어나며, 내 안의 가장 비밀스러운 방 안에서 살아남아 계속 피를 흘린다.

이 새로운 감정에 곧 나 자신이 무서워졌다. 나는 용서 받고 싶었고 당장이라도 아버지의 발에 키스라도 하며 사죄하고 싶었다. 하지만 누구라도 본질적인 일에 대해서는 아무 용서도 구할 수는 없다. 그 사실은 아무리 어린아이라도 할지라도 현자와 마찬가지로 깊이 알 것이다.

내게 일어난 일을 곰곰이 생각해보고 내일 벌어질 일에 대해 방법을 찾아내야 할 필요성을 느꼈지만 그러지 못했다. 나는 저녁 내내 오로지 우리 거실의 달라진 공기에 익숙해지느라 정신이 없었다. 이를테면 벽시계와 탁자, 성경과 거울, 책꽂이와 벽에 걸린 그림들과도 이별하고 있었다. 나의 세계, 선량하고 아름다웠던 나의 삶이 과거가 되어 나로부터 멀리 떨어져 나가고 있었다. 나는 얼어붙는 심정으로 그 모든 걸 지켜봤다.

그리고 내가 수액을 빨아들이는 새로운 뿌리가 되어 저 바깥, 어둡고 낯선 것에 뿌리를 내렸음을 느껴야 했다. 나는 처음으로 죽음을 맛보았다. 죽음은 쓴맛이었다. 죽음은 곧 탄생이었고 무섭고 두려운 새로운 삶에 대한 공포이기도 했다.

마침내 침대에 누웠을 때 나는 기뻤다! 조금 전에 마지막 지옥과도 같은 저녁 예배까지 마쳤다. 우리 모두는 내가 좋아하는 찬송가를 불렀다. 그러나 나는 함께 노래하지 못했다. 음정 하나하나가 내게는 아주 쓴 독약이었다. 그리고 나는 함께 기도도 할 수 없었다. 아버지가 축복을 내리며 "우리 모두와 함께하소서!" 하고 끝낼 때, 내 몸에 드러난 경련이 모임에서 나를 몰아냈다. 하느님의 은총이 식구 모두와 함께 있었지만 나와는 함께 있지 않았다. 나는 몹시 지치고 차가워진 마음으로 그 자리를 떴다.

한동안 침대 안에 누워 그 안의 따뜻함과 아늑함이 나를 끌어안고 있는 걸 느꼈다. 그러다 내 마음이 다시 길을 잃고 불안 속에서 헤맸고 지나간 일 주변을 불안하게 맴돌고 있었다. 어머니는 늘 그랬듯이 나에게 잘 자라는 말을 했다. 어머니의 발소리가 여전히 근처에 머물러 있었고 어머니가 든 촛불 빛이 문틈 새로 보였다. 지금, 다시 어머니가 되돌아온다면—어머니가 무언가 눈치를 채시곤 내게 키스를 하며 무슨일이 있냐고 묻는다면 나는 울어버리리라. 그러면 내 목에 걸린 돌이 녹아버리고, 그렇게 나는 어머니를 끌어안고 말할 텐데. 그렇게 된다면 모든 일이 잘 풀리고 구원을 얻을 텐데! 문틈이 다시 어둠에 빠진 다음에도 나는 한동안 더 귀를 기울이며 생각했다. 그런 일이 일어나리라. 틀림없이 꼭 일어나리라.

그러고 나서 나는 다시 그 일로 돌아와 내 적의 눈을 응시했다. 그의 모습은 선명하게 보였다. 한쪽 눈을 가늘게 뜨고 입가에는 야비한 웃음이 감돌고 있었다. 내가 그를 바라보며 피할 수 없는 것들을 꾹 참고 있는 동안 그는 더 커지고 더 추악해졌다. 그 사악한 눈은 악마처럼 번득였다. 그는 내가 잠들 때까지 내 곁에 바짝 있었다. 하지만 꿈속에서는 그가 보이지 않았다. 오늘에 있었던 일은 꿈까지 찾아오지 않았다. 꿈속에서 나는 부모님과 누이들하고 함께 배를 타고 있었다. 휴일의 평화와 광채가 우리를 에워싸고 있었다. 그러다 한밤중에 잠에서 깨어났다. 그러나 여전히 행복의 뒷맛은 느껴졌다. 누이들의 흰 여름옷이 여전히 햇살 속에서 빛나고 있었다. 그러고는 모든 행복으로부터 떨어져 나와 사악한 눈을 가진 적과 마주 서는 현실로 돌아왔다.

다음 날 아침, 어머니가 서둘러 와서 벌써 늦었는데 어쩌자고 아직도 잠자리에 누워 있냐고 소리치셨을 때, 내 안색은 끔찍했다. 어디가 아픈 거냐고 어머니가 물었을 때 나는 토하고 말았다.

속을 게워내고 나니 좀 나은 듯싶었다. 나는 몸이 조금 아플 때마다 아침 내내 누운 채로 카밀러 차를 마시며 어머니가 옆방을 치우는 소리, 리나가 바깥 현관에서 푸줏간 주인과 주고받는 말을 듣는 걸 좋아했다. 학교에 가지 않는 오전은 무언가 마법과 같고 동화 같은 구석이 있었다. 방 안으로 햇살

이 어른어른 비쳐 들어오는 것도 학교에서 본 초록 커튼을 따라 들어오는 햇빛과는 달랐다. 하지만 오늘은 그 어떤 것에도 감흥을 느낄 수 없었다.

차라리 죽어버리면 얼마나 좋을까! 그러나 나는 전에도 자주 아팠듯이 그저 조금 몸이 안 좋을 뿐이었다. 이 정도로는 아무 일도 해결되지 않았다. 고작 학교 가는 것은 막아주었지만 열한 시에 시장에서 기다리는 크로머로부터는 나를 보호해주지 못했다. 어머니의 상냥함에서도 아무 위안도 느낄 수 없었다. 그저 부담스럽고 괴로울 뿐이었다. 나는 다시 잠든 척하며 곰곰이 생각했지만 이 모든 것들은 아무 소용없었다. 열한 시에는 시장에 가 있어야만 한다. 그래서 나는 열시에 자리에서 일어나 이제 괜찮아졌다고 말했다. 이럴 땐 대개 다시 잠자리로 돌아가거나 아니면 오후 학교 수업에 출석해야 했다. 나는 학교에 가고 싶다고 말했다. 미리 계획을 하나 짜두었던 것이다.

돈 한 푼 없이 크로머에게 갈 수는 없었다. 내 작은 저금통을 손에 넣어야 했다. 저금통 주인은 나였다. 그 저금통에 들어 있는 돈이 충분하지 않다는 건 이미 알고 있었다. 어림없는 돈이었지만 그래도 약간은 들어 있었다. 빈손으로 가는 것보다는 그래도 조금 들고 가는 것이 나으며, 적어도 크로머를 달래줄 수 있으리라는 걸 본능적으로 알았다.

양말 발로 어머니 방에 살금살금 들어갔다. 그리고 책상에서 내 저금통을 집어 들었는데 기분이 좋지 않았다. 하지만 어제만큼 나쁘지는 않았다. 가슴이 뛰고 숨이 막힐 것만 같았다. 계단 아래쪽에 가서야 저금통이 잠겨 있는 걸 발견했을 때도 가슴의 두근거림은 나아지지 않았다. 저금통을 깨는 건 아주 쉬웠다. 얇은 양철 격자만 뚫으면 되는 일이었다. 하지만 그것을 깨자니 마음이 아팠다. 나는 비로소 도둑질을 한 것이다. 그전까지는 고작 사탕이나 과일 같은 주전부리에 손을 댔을 뿐이었다. 그런데 이 일은 내 돈이라고 할지라도 도둑질이었다. 다시 크로머와 그의 세계로 한 걸음 더 다가갔음을, 이제부터 계속 내리막길로 추락하리라는 것을 느꼈다. 나는 거기에 저항했다. 이제 악마가 나를 데려간다고 해도 되돌아갈 길은 없었다. 나는 두려운 마음으로 돈을 헤아렸다. 저금통 안에서는 그렇게 짤랑거리는 소리를 냈는데 손안에 쥐고 보니 형편없이 적었다. 겨우 65페니히였다. 나는 저금통을 아래층 복도에 숨겨두고 돈을 손에 꼭 쥔 채 집을 나섰다. 평소 현관문을 지났던 때와는 달랐다. 누군가 위에서 나를 부르는 것 같았다. 나는 얼른 자리를 떴다.

아직 시간은 많이 남았다. 달라진 도시의 골목길들을 돌아다녔다. 전에 없던 구름 아래로, 나를 물끄러미 내려다보는 집들을 지나치고 나를 의심스럽게 쳐다보는 사람들을 지나쳐, 돌아가는 길로 접어들었다. 도중에 학교 친구 하나가 가축시장에서 1탈러를 주웠다는 말이 떠올랐다. 하느님이 기적을 베풀어서 나에게도 그런 일이 이뤄지게 해달라고 기도하고 싶었다. 하지만 나는 이제 기도할 권리도 없었다. 설사 그런 권리가 있었다 하더라도 저금통이 다시 멀쩡해지지는 않을 것이다.

프란츠 크로머는 멀리서 나를 알아보고 아주 천천히 다가왔다. 나에게 별 관심이 없다는 듯 말이다. 가까이 다가왔을 때 그는 자기를 따라오라는 듯한 눈짓을 하고는 단 한번도 돌아보지 않았다. 그리고 느긋하게 슈트로 거리를 따라 내려가 좁은 길을 지나서, 길 끄트머리에 있는 새로 짓고 있는 건물 앞에 멈췄다. 그곳에서 작업하는 사람은 없었고 문이나 창문도 없는 벽들이 황량하게 서 있었다. 크로머는 나를 돌아보더니 안으로 들어갔고 나도 뒤따라 들어갔다. 그는 벽 뒤로 가더니 나더러 자기 쪽으로 오라고 손짓했다.

"가져왔지?" 그는 냉소적이었다.

나는 주먹 쥔 손을 주머니에서 꺼내 크로머의 손바닥에 쏟아놓았다. 마지막 5페니히 동전이 떨어지기도 전에 그는 벌써 돈을 헤아렸다.

"65페니히잖아." 그가 나를 바라봤다.

"그래, 맞아." 나는 아주 작은 목소리로 대답했다. "그게 내가 가진 전부야. 너무 적지, 잘 알고 있어. 하지만 정말 이게 전부야. 더는 없어."

"나는 네가 조금 똑똑한 줄 알았어." 그는 조금 온화한 목소리로 나를 나무랐다. "명예를 아는 남자들 사이에는 질서가 있어야지. 난 너한테 억지로 돈을 뺏는 게 아니야. 너도 그건 알 거야. 이 동전들은 도로 가져가. 자! 다른 사람은, 누군지 너도 알겠지만, 다른 사람은 나한테 이렇게 돈을 깎으려 하지 않아. 그냥 전부를 주지."

"하지만 난 없어, 더 없어! 이건 내 저금통을 통째로 깨서 가져온 거야."

"그건 네 사정이야. 나는 널 불행하게 만들고 싶지 않아. 넌 아직 나한테 1마르크 35페니히를 빚졌어. 그럼 그건 언제 받지?"

"오, 크로머. 물론이야. 줄 거야. 아직은 모르겠지만 어쩌면 금방, 내일 아니면 모레. 내가 이 일을 아버지한테 말씀드릴 수 없다는 건 알겠지?"

"그건 나하곤 아무 상관 없는 일이야. 아까도 말했잖아. 나는 너에게 해를 끼치려는 게 아니야. 나는 오늘 오전 중이라도 그 돈을 가질 수 있어. 너도 알겠지만, 난 가난하거든. 넌 그렇게 좋은 옷을 입고 있고 점심으로는 나보다 더 좋은 음식을 먹겠지. 하지만 난 아무 말도 안 할게. 조금 기다리지 뭐.

모레 오후에 내가 휘파람을 불게. 그럼 그땐 제대로 가져와야 해. 내 휘파람 소리 알지?"

그는 앞에서 휘파람을 불었다. 자주 들었던 소리였다.

"응, 알아." 나는 말했다.

그는 내가 자기와는 상관없는 사람이라는 듯 나를 남겨두고 가버렸다. 그것은 우리 둘 사이의 거래였을 뿐, 그 이상은 아니었다.

크로머의 휘파람 소리가 지금이라도 문득 들려온다면 나는 깜짝 놀랄 것이다. 그 후로 나는 그 소리를 자주 들었으며 지금도 자꾸 그 휘파람 소리가 들리는 것 같다. 그 휘파람 소리가 뚫지 못하는 장소도, 놀이도, 일도, 생각도 없었고 그때부터 그 소리는 나를 옭아맸고 내 운명이 되어버렸다. 단풍이 예쁘게 물든 가을날 오후면 나는 내가 좋아한 우리 집 작은 화단에서 시간을 보내곤 했다. 나는 이전 시절의 놀이를 하고 싶다는 특별한 충동을 느꼈다. 나보다 조금 더 어린 소년, 아직 작고 선하고 자유롭고 죄가 없는, 안전한 소년처럼 굴었다. 그러나 어디선가 그 한가운데로 크로머의 휘파람 소리가 들려오면 언제나 맥을 탁 끊어내고 내 상상을 무너뜨리곤 했다. 그럼 나는 가야 했다. 나쁘고 추한 곳으로 나를 고문하는 자를 따라가서 그에게 변명해야 했고 돈 때문에 추궁당해야 했다. 그 일들은 기껏해야 몇 주 동안 계속되었지만, 나에게는 여러 해, 아니 영원히 계속되는 일 같았다. 내게 돈이 생기는 일은 드물었다. 고작 리나가 탁자에 올려둔 장바구니에서 슬쩍 훔친 5페니히나 10페니히 동전이었다. 나는 번번이 크로머에게 비난을 들어야 했다. 그는 나를 비웃었다. 그를 기만하고 그의 당당한 권리를 뺏는 사람은 오히려 나였다. 나는 그의 몫을 가로채고 그를 불행하게 만든 사람이었다. 괴로움이라는 감정이 가슴까지 차오른 적은 처음이었다. 그보다 더 큰 절망과 큰 결박을 느낀 적도 없었다.

저금통은 장난감 돈으로 채워 다시 제자리에 가져다 놓았고 아무도 그 일에 관해 묻지 않았다. 그러나 언제든 누군가에게 발각될 수 있는 일이었다. 크로머의 사나운 휘파람 소리보다 더 무거운 건 어머니가 나에게 다가오는 일이었다. 혹시지금 저금통에 대해서 물으시려는 건 아닐까? 하는 생각이나를 괴롭혔다.

내가 여러 번 돈도 한 푼 없이 나의 악마에게 갔기 때문에, 그는 나를 다른 식으로 괴롭히고 이용하기 시작했다. 나는 그를 위해 일해야만 했다. 크로머는 자기 아버지 심부름을 해야했는데, 그 심부름을 내가 대신해야 했다. 가끔 그는 다른 힘든 일을 시키기도 했다. 십 분 동안 외발로 뜀뛰기, 지나가는 사람 재킷에 종잇조각을 붙이는 일이었는데 나는 수많은 밤,

꿈속에서조차 이런 괴로운 일을 계속했다. 매일 밤 악몽으로 땀이 흠뻑 젖어 누워 있었다.

한동안 나는 아팠다. 자주 토했고 몸이 으슬으슬 떨렸지만 밤이 되면 땀과 열기에 젖었다. 어머니는 무언가 잘못되었다고 느끼셨는지 나에게 더 큰 관심을 보였는데, 나에게 그것 또한 괴로운 일이었다. 어머니의 관심에 신뢰로 보답할 수 없었기 때문이다.

한번은 내가 이미 저녁 잠자리에 들었을 때, 어머니가 초콜릿 하나를 가져왔다. 어린 시절, 낮 동안 착하고 얌전하게 굴면 잠들 무렵에 잘 자라고 상으로 초콜릿을 주셨는데, 그 기억을 불러일으키는 일이었다. 어머니는 그때의 그곳에 서서 나에게 초콜릿 한 조각을 내밀었다. 나는 괴로운 마음에 고개를 가로저었다. 어머니는 어디가 아프냐고 묻고는 내 머리를 쓰다듬었다. "아니요! 싫어요! 아무것도 먹지 않을래요!" 나는 간신히 말했다. 어머니는 초콜릿 조각을 침대 옆 탁자에 놓고 나가셨다. 다음 날 어머니가 어젯밤 일을 물으려 할 때, 나는 아무것도 모르는 사람처럼 행동했다. 한번은 의사를 데려왔는데, 의사는 나를 진찰하고는 아침에 차가운 물로 몸을 씻으라는 처방을 내렸다.

당시 그 시절의 나는 일종의 착란에 빠진 상태였다. 우리 집의 질서 정연한 평화 앞에서 나는 소심하고도 고통스럽게 살며 다른 가족의 삶에 함께하지 못했다. 잠깐이라도 무언가에 집중하는 일은 드물었다. 아버지는 종종 나에게 설명하라며 다그쳤지만 나는 마음을 닫고 냉정하게 굴었다.

카인

　나를 구원한 것은 전혀 예상하지 않은 곳에서였다. 그와 함께 무언가 새로운 것이 나의 삶에 들어왔는데 그것은 오늘까지도 계속 내 삶에 영향을 미치고 있다.

　얼마 전 내가 다니는 라틴어 학교에 새로운 학생이 들어왔다. 그는 우리 도시로 이사 온 어느 부유한 미망인의 아들로 소매에는 상을 당할 때 매는 검은 띠가 있었다. 그는 나보다 한 학년 높았고 나이도 몇 살 더 많아서 상급 학년 반에 들어갔다. 곧 모든 학생도 나처럼 그를 유심히 보기 시작했다. 이 특이한 학생은 제 나이보다 훨씬 더 나이 들어 보였다. 우리 어린 소년 같은 학생들 사이에서 소년이라는 인상을 주기보다는 어른처럼, 아니 신사처럼 낯선 성숙함이 있었다. 인기가 있지는 않았다. 놀이에 끼지 않았고 싸움질에는 더더욱 끼지 않았다. 다만 선생님들 앞에서도 자신감 있는 그의 단호한 어투가 다른 애들 마음에 들었을 뿐이다. 그의 이름은 막스 데미안이었다.

어느 날이었다. 어떤 이유였는지 기억나지 않지만 학교에서 이따금 있는 일이듯, 매우 넓은 교실에 두 학급이 함께 모여 수업을 듣게 되었다. 우리 반으로 데미안의 반이 왔다. 우리 저학년은 성경 이야기 시간이었고 상급 학년은 작문 시간이었다. 카인과 아벨의 역사를 배우는 동안, 나는 계속해서 데미안을 건너보았다. 그의 얼굴은 독특하게 나를 매료시키고 말았다. 그의 총명하고 환한, 굉장히 단호한 얼굴을 바라볼 때마다 그는 총명하고 주의 깊은 모습으로 작문에 열중하며 고개를 숙이고 있었다. 그는 과제를 하는 학생처럼 보이지 않았다. 마치 자기 자신의 문제에 몰두하고 있는 학자처럼 보였다. 그가 친숙하지는 않았다. 반대로 어떤 거부감을 주기도 했다. 내겐 너무 우월하고도 침착한 그의 모습이 도전적일 정도였다. 그는 오로지 그의 본질에만 머물러 있었다. 그의 눈눈에는 아이들이 결코 좋아하지 않을 어른의 표정이 담겨 있었는데, 약간 냉소를 안고 있어 보였고 조금은 슬픈 모습이었다. 그렇지만 그를 바라보지 않을 수 없었다. 한번은 그가 내쪽으로 눈길을 돌렸는데 나는 깜짝 놀라 그를 향한 시선을 거두었다. 그가 학생 시절에 어떤 모습이었는지를 생각해보면 나는 이렇게 말할 수 있다. 그는 모든 점에서 다른 학생들과 달랐으며 철저하게 그만의 독특한 개성이 있었고 그 때문에 눈에 띄었다고. 동시에 그는 남의 눈에 띄지 않으려고 온갖 노력을 하는 것 같았다. 마치 농부들 한가운데 있으면서 그들과 같아 보이려고 애를 쓰는 변장한 왕자 같았다.

학교에서 집으로 가는 길이었다. 그가 내 뒤에서 걸어왔다. 다른 아이들이 각자의 길로 흩어지자 그는 나를 따라잡더니 인사를 건넸다. 그가 꽤 학생다운 말투로 인사를 했지만 그의 말에는 어른스러움과 정중함이 있었다.

"잠깐 함께 걸을까?" 그가 다정하게 물었다. 나는 우쭐한 기분으로 고개를 끄덕였다. 그러고는 내가 어디 사는지 설명했다.

"아, 거기구나?" 그가 미소를 띠며 말했다. "그 집은 벌써 알아. 너희 집 현관문 위에 특이한 게 있어서 내 관심을 끌었거든."

처음에는 그가 무슨 말을 하는지 도통 알아차릴 수 없었다. 우리 집을 나보다 더 잘 알아서 깜짝 놀랐다. 아마 그가 말하는 것은 현관문 아치 꼭대기에 있는 쐐기돌을 말하는 것 같았다. 일종의 문장이긴 했지만 그것은 세월이 지나면서 닳았고 여러 번 색을 덧칠한 티가 났다. 내가 아는 한 우리 가족과는 전혀 상관없는 물건이었다.

"그건 나도 잘 몰라." 내가 소심하게 말했다. "아마 새나 그 비슷한 걸 거야. 분명 아주 오래되었을걸. 우리 집이 옛날에는 수도원 건물이라고 들었거든."

"그럴 것도 같다." 그가 고개를 끄덕였다. "한번 자세히 봐! 그런 것들은 아주 재미있거든. 아마 그건 매일 것 같은데."

우리는 계속 함께 걸었고 나는 그에게 마음을 빼앗겼다. 별안간 데미안이 무슨 재미있는 일이 떠올랐는지 웃음을 터뜨렸다.

"그래, 내가 그때 그 수업을 들었지." 그가 쾌활하게 말했다. "이마에 표식을 달고 다니는 카인 이야기였어. 그렇지? 넌 그 이야기가 마음에 들었니?"

아니었다. 나는 우리가 배워야 하는 것들 중 그 무엇에서도 마음에 드는 일을 찾기 힘들었다. 그러나 나는 마치 어른과 이야기하고 있다는 감정에 그 말을 솔직하게 하지 못했다. 그냥 그 이야기가 마음에 든다고 말했다.

데미안이 내 어깨를 툭툭 두드렸다.

"나한테는 거짓말할 필요가 없어. 하지만 그 이야기는 정말 관심을 둘만 해. 수업 시간에 나오는 다른 이야기들보다 훨씬 특이해. 선생님은 거기에 대해 그다지 많은 얘기를 하진 않았지만, 뭐 흔하게 말하는 신과 죄악에 대해 이야기하셨지.

하지만 내 생각으로." 그가 갑자기 말을 끊고는 나에게 미소를 지으며 물었다. "그런데 이 이야기가 재미있니?"

"그래, 그러니까 내 생각으로는 말이지." 그가 말을 이었다. "이 카인의 이야기를 완전히 다르게 이해할 수도 있어. 우리가 배우는 대부분의 것은 분명 옳고 진실일 수 있지만, 그것들 모두를 선생님이 설명하는 것과 다르게 볼 수도 있어. 그렇게 보면 그 이야기들 대부분이 훨씬 더 나은 의미를 갖게 돼. 예를 들어 카인과 그의 이마에 찍힌 표식에 대해서 말이야. 선생님의 설명만으로는 충분하지가 않다는 생각이 들거든. 너도 그런 것 같지 않니? 누군가 싸우다가 동생을 때려죽이는 일은 충분히 일어날 수 있어. 그리고 나중에는 그 사람이 두려움을 안고 굴복하게 된다는 것도 가능한 일이야. 하지만 그가 겁쟁이라서 그 비겁함 덕분에 특별히 어떤 상을 받고 그 상으로 스스로를 보호받는 건 아무래도 이상해. 그를 보호하고 다른 모든 사람이 그를 두려워한다는 훈장 같은 거 말이야. 그거 정말 이상하지 않니?"

"정말." 나도 흥미가 생겼다. 그 이야기가 내 마음을 사로잡기 시작했다. "하지만 그 이야기를 어떻게 다르게 설명할 수 있지?"

그는 내 어깨를 두드렸다.

"아주 간단해! 이야기에 표식을 먼저 넣는 거야. 표식과 함께 이야기가 시작되는 거지. 그러니까 어떤 사람이 있었고, 그의 얼굴에는 다른 사람에게 두려움을 일으키는 무언가가 있었던 거지. 그래서 사람들은 감히 그 사람을 건드리지 못했어. 그들은 그에게 압도당했던 거야, 그와 그의 자손들까지 전부. 어쩌면, 아니 분명히 그랬을 거야. 그 이마의 표식은 편지에 찍히는 소인 같은 게 아니었을 거야. 그렇게 단순하고 노골적이긴 드물거든. 오히려 그건 누군가의 눈에 띄지 않는 무섭고 두려운 요소였을 거야. 사람들에게 익숙한 것보다 약간 더 많은 정신력과 대담함이 그의 시선에 담겨 있었을 거야. 그 사람에게는 힘이 있었고 사람들은 두려워했어. 그는 어떤 '표식'을 갖고 있었거든. 사람들은 그걸 마음대로 설명할 수 있었어. '사람들'은 자기가 편한 대로 자신이 옳다는 생각대로 바라보기 마련이지. 사람들은 카인의 자손이 무서웠어. 그들에게는 '표식'이 있었으니까. 그렇다면 여기에서 말하는 표식을, 그 단어의 원래 의미인 일종의 표창과 같은 훈장이라고 설명해서는 안 돼. 오히려 그 반대로 설명해야 해. 사람들은 말했지, 이 표식을 가진 사람들은 언제나 무시무시하다고. 그들은 정말 무서운 사람들이었으니까. 용기와 자기나름의 개성을 가진 사람들은 다른 사람들에게 늘 두려움을 주거든. 겁 없고 무서운 족속이 돌아다니는 건 마음 편한 일이 아니었겠지. 그래서 이제 이 족속에게 별명을 부르고 또

이야기를 덧붙여준 거야. 그 족속에게 복수하려고, 모두가 겨우 견디는 두려움을 별거 아닌 것처럼 만들려고 말이야. 무슨 말인지 이해되니?"

"응, 그러니까 카인은 전혀 나쁜 사람이 아니었던 말이야? 성경에 있는 모든 이야기가 실제로는 전혀 사실이 아니라는 거야?"

"그렇기도 하고 아니기도 해. 그렇게 오래된 이야기들은 언제나 진실이야. 하지만 그런 이야기들은 언제나 있는 그대로 기록되지 않고 언제나 제대로 설명되지도 않아. 그냥 짧게 내 생각을 말하자면 카인은 멋진 사람이었어. 사람들은 카인이 두려워서 그에게 그런 이야기를 꾸며놓은 것뿐이야. 이야기는 그냥 소문일 뿐이야. 그러니까 사람들이 온 동네에 떠들어대는 그런 말들. 그러나 카인과 그 자손들이 일종의 '표식'을 지녔고 대부분의 사람과 달랐다는 것은 진짜야."

나는 매우 놀랐다.

"그럼 동생을 때려죽인 일도 전혀 사실이 아니라고 생각하는 거야?" 나는 충격에 휩싸인 채 물었다.

"아니지! 그건 분명한 사실이야. 강한 사람이 약한 사람을 때려죽였어. 그게 정말 자기 형제였는지는 의심해볼 만한 일이지만, 형제였는지 아니었는지는 중요한 게 아니야. 결국 모든 인간이 형제니까. 그러니까 강한 사람이 약한 사람을 때려죽인 것뿐이야. 어쩌면 그건 영웅적인 행동이었을 수도 있고 아니었을 수도 있어. 하지만 다른 약자들은 두려움에 사로잡혔어. 그들은 탄식했어. 그런데 '왜 너희들은 그를 때려죽이지 않았지?' 하고 물으면 '우린 겁쟁이니까.'라고 대답할 순 없었거든. 그래서 이렇게 대답한 거야. '그럴 수 없었습니다. 그는 표식을 가지고 있었거든요. 그건 하느님이 주신 거예요!' 대충 이런 식으로 그 소문이 이어졌을지도 몰라. 어라, 내가 널 오래 붙들고 있었구나. 그럼 안녕!"

그는 나를 두고 알트 거리로 접어들었고 혼자 남은 나는 그 어느 때보다 혼란스러웠다. 그가 가자마자 그가 한 이야기 전부가 터무니없어 보였다. 카인이 고귀한 인간이고 아벨이 비겁자라니! 카인이 지닌 표식이 뛰어난 훈장이라니! 신을 모독하는 어처구니없는 이야기였다. 그렇다면 하느님은 어디 계셨던 거야? 하느님은 아벨의 제물을 받고 아벨을 사랑하지 않으셨던 걸까? 아니다. 말도 안 되는 소리다! 아마 데미안이 나를 놀리거나 골탕 먹일 속셈이라고 생각했다. 정말 그는 약아빠진 녀석이었다. 또 말도 잘했다. 그렇지만, 그건 아니었다.

어쨌든 나는 아직 한번도 성경 이야기나 다른 이야기를 그렇게 많이 생각해본 적이 없었다. 그런데 그렇게 한참 동안 프란츠 크로머를 완전히 잊은 적이 없었다. 나는 저녁 내내 크로머를 잊고 있다가 카인과 아벨 이야기를 다시 한번 자세히 읽었다. 짧고도 분명한 이야기였다. 그리고 그 이야기에서 다른 어떤 해석을 한다는 건 완전히 미친 짓이었다. 그랬다간 남을 때려죽인 사람 모두가 자기가 신의 사랑을 받는 인간이라고 주장할 노릇이었다. 아니다, 그건 정말 말도 안 되는 이야기다. 데미안이 그 이야기를 아주 당연하다는 듯 세련되게 설명한 방식만 훌륭했다. 심지어 그런 눈으로 말이다!

　물론 나 자신은 모든 면이 정상적인 상태는 아니었다. 아니, 엄청나게 혼란스러웠다. 나는 얼마 전까지만 하더라도 밝고 깨끗한 세계에 살고 있었다. 나는 아벨과 같은 종류의 사람이었다. 그런데 이제 나는 '다른' 세계에 깊이 내려와 있었다. 나락에 빠져 어떻게 할 수가 없는 상태였다. 그런데도 나는 마음속 깊은 곳에서 이런 이야기에 찬성할 수 없었다는 게 믿을 수가 없었다. 그렇다. 순간 기억 하나가 번뜩이며 떠올라 갑자기 숨이 멎을 것만 같았다. 지금의 불행이 시작되던 그 역겨운 저녁, 아버지와 함께 있을 때 그의 밝은 세계와 지혜를 문득 꿰뚫어 본 것처럼 느끼고 경멸했었다! 그렇다, 그때 나는 카인이었고 그의 표식을 달았던 나는 그 표식이 수치가 아닌 뛰어난 훈장이라는 걸 보여주는 증거라고 믿었다. 내가 겪은 사악함과 불행으로 아버지의 자리보다 더 높은 곳에, 선하고 경건한 사람들보다 더 높은 자리에 올라와 서 있다고.

당시의 나는 이렇게 명료한 생각으로 그 일을 체험하지 않았다. 그러나 이 모든 것이 그 안에 포함되어 있었다. 그것은 여러 감정이 한번에 타오른 일이었다. 나에게 고통을 안겨주면서도 이상한 자부심을 채워주었던 기이한 불길이었다.

시간을 두고 생각해보면—데미안은 겁이 없는 사람과 겁쟁이에 대해서 얼마나 이상하게 말했던가! 카인의 이마에 찍힌 표식을 얼마나 기이하게 해석했던가! 그때 그의 독특한 어른스러운 눈은 얼마나 이상하게 빛났던가! 그리고 막연하게 이런 생각이 내 뇌리를 스쳐 지나갔다. 아마 그가, 데미안 자신이 카인과 같은 부류라고 생각한 건 아닐까? 스스로 카인과 비슷한 사람이라고 생각하지 않는 이상 왜 카인의 편에 섰을까? 그의 눈은 어째서 그런 힘이 있는 걸까? 왜 그는 그렇게 '다른' 사람들, 두려움을 가진 자에 대해, 비웃듯이 얘기했을까? 그들이야말로 신의 마음에 드는 경건한 사람들인데.

나는 끝도 없이 이런 생각을 했다. 그것은 내 어린 영혼 우물에 던져진 돌멩이였다. 그리고 아주 길게, 더 긴 시간 동안 카인, 때려죽이는 일, 표식과 연관된 일은 내 생각의 중심이 되었고 깨달음과 의심, 비판에 이를 때마다 내 생각의 출발점이었다.

나는 다른 학생들도 데미안에게 큰 관심을 보인다는 것을 알게 됐다. 카인에 대한 이야기는 아무에게도 하지 않았지만 그는 다른 학생들에게도 관심을 받고 있었다. 적어도 '전학 온 애'에 대한 소문들이 나돌았으니까. 내가 그 소문을 다 알기만 했더라면, 그 소문만으로도 데미안의 어떤 모습을 알고 그를 하나하나 해석할 수 있었으리라 싶다. 그러나 내가 알았던 소식 하나라곤 그의 어머니가 아주 부자라는 처음 퍼진 소문뿐이었다. 그녀가 한번도 교회에 나가지 않았고 데미안도 그렇다는 말이 있었다. 어떤 사람은 데미안 모자가 유대인일 지도 모른다고 했고, 어쩌면 비밀스러운 이슬람교도일 수도 있다고 했다. 막스 데미안의 신체적 힘에 대해서도 동화 같은 이야기가 나돌았다. 그와 같은 학년 중 가장 힘이 센 녀석이 싸움을 걸었고 데미안은 거절했다. 그는 데미안을 겁쟁이라고 불렀는데 결국 사람들 앞에서 망신당했다는 이야기는 확실했다. 그곳에 있던 아이들 말로는, 데미안은 그 녀석의 목덜미를 한 손으로 꽉 눌렀을 뿐이었다. 그 녀석 얼굴은 창백해졌고 끝내 줄행랑을 쳤다는데, 그 녀석이 며칠이나 한쪽 팔을 쓰지 못했다는 말이 나돌았다. 어느 저녁에는 결국 그가 죽었다는 소문까지 났다. 한동안 온갖 소문이 그의 곁을 맴돌았다. 하나같이 자극적이고 놀랄 수밖에 없는 소문이었다. 그러다가 한동안은 잠잠했다. 하지만 얼마 지나지 않아 새로운 소문들이 학생들 사이에서 퍼져나갔다. 데미안이 여자아이와 사귀고 있는데 '알 건 다 안다'는 소문이었다.

그런 일들 안에서도 프란츠 크로머와의 일은 피할 수 없는 길을 계속 가고 있었다. 나는 여전히 그에게서 벗어나지 못했다. 간혹 크로머가 며칠씩 나를 건드리지 않고 내버려 둔다 해도 나는 그에게 묶여 있었다. 꿈속에서조차 그는 내 그림자처럼 함께했다. 나의 환상은 그가 현실에서도 저지르지 않는 것을 꿈속에서 하게끔 시켰다. 꿈속에서 나는 완전히 그의 노예였다. 꿈을 자주 꾸는 나는, 현실보다 더 자주 이런 꿈속에서 살았고 당연히 힘과 활기를 잃어가고 있었다. 다른 꿈보다 크로머가 나를 괴롭히고 내게 침을 뱉고 무릎으로 나를 짓누르는 꿈을 자주 꾸었다. 그리고 더 괴로웠던 건 그가 나에게 끔찍한 범죄를 저지르도록 유혹하는 꿈이었다. 유혹한다기보다는 억눌린 나로서는 할 수밖에 없는 일이었다. 이런 꿈들 중 가장 무서운 꿈은 내가 아버지를 습격해 죽이려 하는 꿈이었다. 내가 그 꿈에서 깼을 땐 반쯤 미친 상태였다. 크로머는 내 손에 칼을 쥐어주었고 우리는 어느 가로수 길 뒤에 서서 누군가를 기다렸다. 나는 누구를 기다리는지 몰랐다. 곧 누군가가 다가오자 크로머는 내 팔을 누르며, 내가 찔러 죽여야 할 사람이 그 사람이라고 말했는데 그건 바로 나의 아버지였다. 나는 그 순간 잠에서 깼다.

이런 일들을 겪으며 나는 여전히 카인과 아벨을 생각하고 있었다. 하지만 데미안에 대한 생각은 별로 하지 않았다. 그가 나에게 다시 가까이 다가온 것은 이상하게도 꿈속이었다. 나는 전과 같이 괴롭힘과 폭력을 꿈속에서 당했는데, 이번에는 무릎으로 짓누르는 사람이 크로머가 아닌 데미안이었다. 그리고 그 꿈은 완전히 새로운 일로 내게 깊은 인상을 남겼다. 내가 크로머에게 고통스럽게 당했던 일들, 저항하면서 겪은 모든 것들을, 데미안에게서는 두려움과 기쁨을 뒤섞은 감정으로 기꺼이 받아들였다. 그런 꿈을 두어 번 더 꾸고 나자 다시 크로머가 돌아왔다.

꿈에서 겪은 일과 현실에서 겪은 일을 정확하게 구분하지 못하는 건 오래전부터였다. 어쨌든 크로머와의 고약한 관계는 여전히 지속하고 있었고 작은 도둑질로 그에게 빚진 돈을 다 갚고 나서도 끝나지 않았다. 영원히 끝날 리 없었다. 그는 언제나 나에게 돈이 어디서 났느냐며 물었고 결국 내 작은 도둑질을 알게 됐다. 그 덕분에 나는 전보다 저 단단히 그의 손에 잡혀 있었다. 그는 번번이 아버지에게 모든 일을 이르겠다고 협박했다. 그럴 때마다 난 처음부터 내가 아버지에게 말씀드리지 않았다는 게 후회스러웠다. 하지만 아무리 내 처지가 비참했어도 모든 일을 다 후회하지 않았다. 최소한 모든 일에 후회하지 않았고 이따금 그럴 수밖에 없었다고 위안 삼았다. 불행은 이미 내 머리 위에 드리워져 있었다. 불행을 깨트리려

해봤자 소용없는 일이라는 걸 깨달았다.

　우리 부모님 또한 내 상황으로 꽤나 큰 상심에 빠져 있었다. 마치 나는 낯선 귀신에 들린 사람처럼 더 이상 우리 집 생활과 어울리지 못했다. 마치 잃어버린 낙원을 향하듯 이전의 세계에 대한 격렬한 향수가 나를 사로잡았다. 특히 어머니는 나를 엇나가는 시기라고 생각하기보다는 아픈 환자로 대하셨다. 하지만 진짜 상황을 알기 위해서는 두 누이의 태도를 보면 확실해졌다. 야단치기보다 나에게 아끼는 마음을 드러내며 나를 끝없이 비참하게 만들었다. 그들이 나를 귀신에 씌어 정신이 나간 사람이라 여기는 게 더 분명해졌다. 가족들은 전과 다르게 나를 위해 기도했지만, 나는 그 모든 게 부질없다는 걸 느꼈다. 그의 손에서 벗어나고 싶은 바람과 모든 걸 고해하고 풀려나고 싶다고 갈망했지만 결국 아버지나 어머니에게 모든 것을 털어놓을 수 없다는 사실을 알았다. 물론 부모님은 나의 고해를 끌어안고 따뜻하게 감싸줄 거라는 걸 알았다. 그리고 나를 보호해주고 가엾게 여길 거라는 것도 분명했다. 하지만 그들은 완전하게 나를 이해할 수 없으리라. 사실 이 모든 사건은 나에게 연결된 운명이지만, 그들에게는 일종의 탈선으로 해석될 게 분명했다.

　많은 이들은 열 살도 채 되지 않는 아이가 그런 감정을 느낄 수 있다는 걸 믿지 않을 수 있다. 나는 그런 사람들에게까지 내 이야기를 이해해 달라고 말하는 게 아니다. 그저 인간을 더 잘 아는 사람들에게 이야기하고 싶을 뿐이다. 자신의 감정 한 부분을 내면에서 수정하고 내뱉는 어른들은, 아이에게 나타나는 이 감정이 생각의 잘못이며 그럴 능력조차 없다고 여긴다. 하지만 나는 내 인생에서 그만큼 깊게 체험하고 고통받은 적은 드물었다.

비가 오는 날이었다. 나를 괴롭히는 그로부터 성 광장으로 나오라는 연락을 받았을 때다. 나는 광장에 서서 그를 기다렸다. 검은 밤나무는 물방울을 가득 머금고 이파리를 떨어뜨렸고 난 축축한 이파리를 두 발로 헤집고 있었다. 돈은 없었지만 크로머에게 무엇이라도 줘야 한다는 걸 알았기에 케이크 두 조각을 가져와 들고 있던 참이었다. 나는 이미 오래전부터 어느 구석에 오롯이 서서 오랜 시간 그를 기다리는 일에 익숙했다. 그리고 사람의 힘으로 바꿀 수 없는 일은 어쩔 수 없이 받아들일 수밖에 없듯, 그 상황을 온전히 마주하고 있었다.

마침내 크로머가 나타났다. 그는 그날 오래 머무르지 않았다. 그저 내 가슴팍을 몇 대 주먹으로 치고는 웃으며 케이크를 받아들었다. 심지어 그는 나에게 축축한 담배를 권했다. 물론 나는 받지 않았지만 그는 평소보다 유난히 더 친절했다.

"좋아." 그는 떠나면서 말했다. "혹시나 잊을까 봐 하는 말인데, 다음번에 나를 만나러 올 땐 누나를 데려와. 그 누나 이름이 뭐였지?"

나는 그가 도통 무슨 말을 하는지 알아들을 수 없었다. 그저 놀란 얼굴로 아무 대답도 하지 않고 그를 물끄러미 바라봤다.

"무슨 말을 하는지 모르겠어? 누나를 데려오라는 말이야."

"알아들었어. 하지만 그건 안 돼. 내가 그럴 순 없어. 분명 누나도 나와 함께 오지 않을 거야."

평소처럼 어떤 구실을 만드는 거라 생각했다. 종종 하던 농담이나 어떤 구실 같은 거라고. 그는 자주 그랬다. 나에게 불가능한 어떤 일을 시키고 나를 놀라게 만들었다. 그러고는 천천히 자기와 타협하게 만드는 식이었다. 그러면 나는 돈이나 다른 선물을 치르고 빠져나와야 했다.

하지만 이번에는 달랐다. 내 거부에도 전혀 화를 내는 기색이 없었다.

"그건 뭐." 그는 얼버무렸다. "네가 잘 생각해보면 해. 나는 그저 너의 누나와 잘 지내고 싶은 거야. 그냥 누나와 함께 산책을 해. 그럼 내가 그 자리에 낄게. 아무튼 내일 휘파람으로 부를게. 그때 다시 이야기해보자."

그가 떠나자 어렴풋하게 그가 원하는 게 무엇인지 깨달을 수 있었다. 나는 아직 어린애에 불과했다. 하지만 소년과 소녀들이 조금 더 나이가 들면, 어떤 비밀에 찬, 금지된 상스러운 일들을 함께하기도 한다는 걸 소문으로 익히 알고 있었다. 그렇게 깨닫고 나니, 그 일이 얼마나 끔찍한 일인지가 너무 분명해지는 것이었다. 나는 즉시, 결코 그렇게 만들지 않겠다는 결심을 했다. 하지만 그다음에 과연 어떤 일이 벌어질지, 크로머가 내게 어떻게 복수할 것인지, 그 일에 대해서는 감히 상상조차 할 수 없었다. 나에게 새로운 괴로움이 던져졌다. 나는 충분히 고통받지 않은 것이다.

아무런 위안도 찾을 수 없었다. 나는 두 손을 호주머니에 꽂고 텅 빈 광장을 가로질러 걸었다. 새로운 고통, 새로운 노예 상태였다!

그때 상쾌하고 낮은 목소리가 내 이름을 불렀다. 나는 깜짝 놀랐다. 그리고 걸음을 재빨리 서둘렀다. 누군가 내 뒤를 따라오더니 한 손으로 나를 부드럽게 잡아 세웠다. 막스 데미안이었다.

나는 그에게 그렇게 붙잡혔다.

"너였구나?" 나는 불안하게 말했다. "깜짝 놀랐어."

그는 나를 바라봤다. 그의 눈길이 그때보다 더 어른스럽고 압도적으로 내 마음을 꿰뚫어 보는 시선인 적은 없었다. 우리가 마지막으로 이야기를 나눈 지도 꽤 많은 시간이 흐른 뒤였다.

"그렇다면 유감이네." 그는 정중하면서도 확고한 태도였다. "하지만 들어봐. 사람에게 그렇게까지 놀라서는 안 돼."

"그래, 그렇긴 해. 하지만 그럴 수도 있지, 뭐."

"그렇지. 하지만 사정이 있는 것 같은데. 만약 너에게 아무 짓도 하지 않은 사람 앞에서 그렇게 두려움에 떨고 있다면 그 상대방은 생각에 잠기게 될 거야. 이상하게 생각할 수밖에 없는 거지. 그리고 궁금해지면서 호기심이 생기는 거야. 그 사람은 네가 너무 이상하게 놀란다고 생각해. 사람이 그렇게까지 놀라는 건 바로 두려운 순간을 마주할 때인데, 하고 생각할 거야. 겁쟁이는 언제나 불안하거든. 하지만 내 생각에 너는 겁쟁이가 아니야. 아, 물론 영웅도 아니지만 말이야. 넌 지금 두려워하는 일이 있어. 겁내는 사람도 있고. 하지만 그건 절대 있어선 안 되는 일이야. 결코 사람을 무서워해선 안 돼. 너 나를 무서워하는 건 아니지? 아니, 혹시 그런 거니?"

"아, 아니야. 전혀 무섭지 않아."

"당연하지. 하지만 네가 무서워하는 사람이 있는 거지?"

"그건 모르겠어……. 날 그냥 내버려 둬. 나한테 바라는 게 뭐야?"

그는 나와 발맞춰 걸었다. 나는 그에게 도망칠 생각에 발걸음을 재촉했다. 옆에서 그의 시선이 느껴졌다.

"이렇게 생각해봐." 그가 다시 말을 시작했다. "나는 너를 좋게 생각하고 있다고 말이야. 어쨌든 너는 나를 겁낼 필요가 없어. 나는 너한테 실험을 한번 해볼까 해. 재미있는 거야. 게다가 이 실험으로 너는 쓸모 있는 걸 배울 수도 있어. 잘 봐! 나는 가끔 독심술이라는 기술을 시험해보곤 해. 이게 어떤 마법 같은 건 아니야. 하지만 어떻게 하는 건지 모른다면 매우 이상해 보일 거야. 그걸로 사람들을 무척 깜짝 놀라게 할 수 있으니까. 자, 그럼 우리 한번 시험해보자. 그러니까 나는 너를 좋아해. 아니면 적어도 최소한 너에게 관심이 있어. 그래서 네 안에 숨겨져 있는 걸 꺼내 보고 싶어. 나는 이미 그 일을 시작했어. 너를 깜짝 놀라게 만들었으니까. 그러니까 넌 잘 놀라는 거야. 해석해보면, 너에게 두려움을 느끼는 일들과 사람들이 있는 거야. 그건 대체 어디에서 왔을까? 사람은 그 누구도 두려워할 필요가 없어. 누군가를 두려워한다면, 그건 그 누군가에게 자기 자신을 지배할 힘을 내어주었다는 데서 비롯돼. 가령 어떤 못된 행동을 했고 다른 누군가가 그 사실을 알았을 때. 그때 그가 너를 지배할 힘을 갖게 되는 거야. 알아듣겠어? 이제 분명해지지, 안 그래?"

　나를 어떻게 해야 할지 몰랐다. 그저 그의 얼굴을 바라보았다. 그의 얼굴은 언제나처럼 진지했고 또 총명해 보였다. 선량함을 품고 있지만 너그럽지는 않은 듯, 세상의 정다움을 끌어안고 있다기보다는 오히려 엄격해 보였다. 정의감 같은 것들이 얼굴에 들어차 있었다. 나는 내게 무슨 일이 벌어지고 있는 건지 몰랐다. 그는 마법처럼 내 앞에 서 있었다.

"내 말을 이해했니?" 그가 다시 물었다.

나는 고개를 끄덕였지만 아무 말도 할 수 없었다.

"너에게만 하는 말이지만, 이 독심술이라는 게 웃기는 일처럼 보이기도 해. 하지만 이건 아주 자연스럽게 할 수 있는 일이야. 예를 들어, 언젠가 네게 카인과 아벨의 이야기를 들려줬을 때, 네가 나에 대해 어떻게 생각했는지도 꽤 정확하게 알아맞힐 수 있어. 물론 그건 지금 상황에 어울리는 이야기는 아니야. 그래도 네가 한번쯤은 내 꿈을 꾸었으리라 생각해. 그건 그렇고! 너는 똑똑한 소년이야. 대부분 아이들은 멍청한데 말이지! 난 종종 내가 신뢰하는 총명한 소년과는 어디서든 이야기를 즐기는데. 그건 괜찮겠지?"

"물론이야. 근데 난 전혀 이해할 수 없어."

"그냥 우리가 이 재미있는 실험을 계속해보자! 그러니까 우리는 어떤 사실을 알게 된 거야. 소년 S는 잘 놀란다, 누군가를 두려워한다. 분명히 이 누군가와 어떤 불편한 비밀을 나누고 있다. 대강 맞지?"

꿈속에서처럼 나는 그의 목소리에, 그의 영향력에 굴복했다. 그저 머리만 끄덕일 수밖에 없었다. 그의 목소리는 그저 나 자신에게서만 나올 수 있는 이야기를 하고 있지 않은가?

그의 목소리는 아마 모든 것을 다 아는 게 아니었을까? 저 목소리는, 모든 것을 나보다 더 잘, 더 명확하게 알고 있는 게 아니었을까?

데미안이 내 어깨를 힘차게 두드렸다.

"그래, 맞는 거지? 그럴 줄 알았어. 그럼 이제 딱 한 가지 질문만 더 할게. 아까 저쪽으로 가버린 그 아이 이름이 뭔지 아니?"

나는 흠칫 놀랄 수밖에 없었다. 그가 건드린 나의 비밀은 고통스럽게 내 안으로만 움츠러들었다. 그러고는 도무지 밖으로 드러내려 하지 않았다.

"어떤 아이 말이야? 나 말고는 아무도 없었는데."

그가 웃었다.

"그냥 말해!" 그는 여전히 웃었다. "그 애 이름이 뭐야?"

나는 작게 말했다. "프란츠 크로머 말하는 거야?"

그는 내게 고개를 끄덕이며 흡족해했다.

"브라보! 넌 역시 머리가 빠른 녀석이야. 우린 친구가 될 수 있을 거야. 그런데 이 말을 꼭 해줘야겠어. 그 크로머, 아니 그 녀석의 이름이 뭐든지 간에, 걔는 나쁜 녀석이야. 그 아이의 얼굴이 그렇게 말하고 있어. 악당이라고. 네 생각은 어때?"

"응, 맞아." 난 안도의 한숨을 내쉬었다. "그 애는 정말 나빠, 악마야! 하지만 그 애가 이 일을 알아서는 안 돼! 오, 맙소

사. 제발 그 애는 몰라야 해. 혹시 그 아이를 알아? 그 애는 너를 알아?"

"안심해. 그 애는 갔어. 그리고 그 녀석은 날 몰라. 아직까지는. 하지만 나는 그 아이가 궁금해. 걔는 공립 학교에 다니지?"

"응."

"몇 학년이야?"

"5학년. 하지만 그 애한테 아무 말도 하지 마. 제발, 제발. 아무 말도 하지 말아줘!"

"걱정하지 마. 너한테는 아무 일도 일어나지 않아. 아마도 너는 크로머에 대해서 더 알려줄 마음이 없지?"

"난 그럴 수 없어. 아니, 나를 좀 내버려 둬."

그는 한동안 말이 없었다.

"유감이네." 침묵 후에 그가 말을 꺼냈다. "우리는 이 실험을 조금 더 해볼 수도 있었을 텐데 말이야. 하지만 난 널 괴롭히지 않을 거야. 하지만 네가 그 아이를 두려워할 필요가 없다는 건 알지, 안 그래? 그런 두려움이 우리를 완벽하게 망가뜨려. 그런 건 꼭 이겨내야만 해. 그리고 넌 그 두려움을 떨쳐야 해. 네가 정말 진정한 남자가 되려면 없애야 한다는 말을 하는 거야. 어떤 말인지 알아듣겠지?"

"맞아. 네 말이 옳아……. 하지만 그게 쉽지 않아. 넌 모르겠지만……."

"넌 이미 내가 어떤 면에서는 너보다 더 많은 걸 알고 있다는 걸 알고 있지? 너 혹시 그 애에게 돈을 빚졌니?"

"맞아. 그렇기도 해. 그렇지만 그건 중요하지 않아. 난 말하지 못해. 할 수 없어!"

"그러니까 네가 빚진 돈을 내가 대신 갚아주어도 소용없다는 말이니? 내가 그 돈을 줄 수도 있어."

"아니, 아니야. 그건 아니야. 제발 부탁할게. 아무에게도 이이야길 하지 말아줘. 단 한마디도! 지금 너는 나를 비참하게 해!"

"싱클레어, 날 믿어. 넌 언젠가 너희들의 비밀을 내게 말할 거야."

"절대, 절대로 아니야!" 나는 격렬하게 소리쳤다.

"전부 너 좋은 대로 해. 그냥 난 어쩌면, 네가 나중에 먼저 내게 말을 꺼낼 것 같다고 생각한 것뿐이야. 자발적으로. 내가 설마 그 크로머 녀석처럼 굴 거라고 생각하는 건 아니겠지?"

"아니, 그건 아니야. 하지만 너는 그 일에 대해서 전혀 모르잖아."

"맞아. 전혀 몰라. 그저 그 일을 곰곰이 생각할 뿐이야. 그리고 난 결코 크로머 같은 행동은 하지 않을 거야. 그건 믿어

줘. 넌 나한테 빚진 게 없잖아."

우리는 한동안 말없이 시간을 보냈다. 그리고 나는 점차 마음이 차분해졌다. 그러나 데미안이 그 일을 알고 있다는 사실이 더 수수께끼처럼 느껴졌다.

"이제 집에 가봐야겠어." 그는 빗속에서 두툼한 외투를 더 여몄다. "한 가지만 더 말할게. 어차피 상황은 이만큼이나 와 버렸으니까 넌 그 녀석을 떨쳐내야 해! 다른 방법이 통하지 않는다면 그 녀석을 때려죽여버려! 만약 네가 그렇게 한다면 너는 내게 깊은 인상을 남길 거야. 그리고 나는 기꺼이 널 도울 거야."

새로운 두려움이 움텄다. 불현듯 카인의 이야기가 떠올랐다. 마음속에 섬뜩함이 곤두서자 나는 무서워졌고 조용히 울기 시작했다. 너무 많은 무서운 일들이 내 주변에 가득 차 있었다.

"좋았어." 막스 데미안은 미소 지었다. "우선 집으로 가! 우리는 벌써 그 일을 하고 있어. 때려죽이는 게 가장 간단한 일이겠지만 말이야. 이런 일들은 가장 간단한 방법이 최선이거든. 네가 크로머 곁을 맴돈다면 결코 좋은 일은 생기지 않을 거야."

나는 집으로 왔다. 짐짓 1년 동안 집을 떠나 있었던 기분이었다. 모든 것이 달라 보였다. 나와 크로머 사이에 미래라고 해야 할, 어떤 희망이 생겼다. 나는 더 이상 혼자가 아니었다! 이제야 비로소 깨달았다. 그 무서운 나날 속에서 비밀을 끌어안은 채 혼자였던 게 얼마나 끔찍했는지. 여러 번 생각하고 상상하던 그 일도 바로 떠올랐다. 부모님께 고백하는 게 가슴 후련하겠지만 완전한 구원은 없으리라는 사실 말이다. 그러나 나는 이미 누군가에게 고해한 것이다. 낯선 누군가에게. 그러고 나니 구원의 예감이 진한 향기처럼 내 곁으로 날아왔다.

그 후에도 오랫동안 내 두려움은 극복되지 않았다. 나의 적과 길고도 끔찍한 대결을 벌일 각오를 하고 있었지만, 모든 것들은 고요했다. 그렇게 조용하고 비밀스럽게 시간이 흐르는 게 낯설 수밖에 없었다.

우리 집 앞에서 들리던 크로머의 휘파람 소리가 사라졌다. 하루, 이틀, 사흘, 그리고 일주일 동안. 나는 결코 믿을 수 없었다. 마음속으로 생각지도 못한 순간에 그가 갑자기 나타날 것 같았다. 내내 눈치를 봤다. 하지만 그는 나타나지 않았다, 계속! 새로운 자유가 생겼고 나는 믿을 수가 없었다. 그러다 마침내 프란츠 크로머와 마주치게 되었을 때까지도 나는 믿을 수가 없었다. 그는 바로 내 앞 정면에서 자일러 거리를 내려오고 있었다. 날 발견하고 흠칫 놀라더니 얼굴을 찡그린 채로 나를 피해 홱 돌아섰다.

나로서는 생각하지 못했던 순간이었다! 나의 적이 나를 피해 달아난 것이다! 나의 악마가 오히려 나를 두려워했다! 기쁨과 놀라움이 내 온몸을 관통했다.

그 무렵 데미안이 내 앞에 한번 모습을 보였다. 그는 학교 앞에서 나를 기다리고 있었다.

"안녕." 내가 말했다.

"안녕, 싱클레어. 그냥 네가 어떻게 지내는지 궁금했어. 요즘 크로머는 더 이상 너를 괴롭히지 않지? 안 그래?"

"네가 그렇게 한 거야? 하지만 대체 어떻게 그렇게 한 거야? 어떻게? 정말 모르겠어. 그 애는 이제 더 이상 내 앞에 나타나지 않아."

"정말 잘 됐다. 그 녀석이 언젠가 돌아온다면, 물론 안 그러겠지만, 그 녀석은 워낙 뻔뻔하니까. 만약 그렇다면, 이 말만 전해. 데미안을 생각해보라고."

"그게 무슨 말이야? 그 애랑 싸운 거야? 설마 때린 거야?"

"아니야. 난 그런 걸 좋아하지 않아. 그냥 이야기만 했어. 너하고 이야기한 거랑 똑같아. 녀석한테 그저 그 말만 전했을 뿐이야. 널 그냥 내버려 두는 게 스스로에게도 유리할 거라고 말이야."

"설마, 그렇다면 그 애에게 돈을 준 것도 아니란 말이지?"

"그래, 맞아. 그런 방법은 이미 너도 시도한 거잖아."

나는 자꾸 그에게 방법을 물어보려 했지만 그는 자리를 떠났다. 그저 혼자 남아 그에 대한 옛날의 답답한 마음을 간직하고 있었다. 그 마음은 조금 복잡했다. 감사와 수줍음, 존경과 두려움, 헌신과 거부가 희한하게 뒤섞인 감정이었다.

곧 그를 다시 볼 거라 생각했다. 그땐 그와 이 문제에 대해서 대화를 나눠야지. 카인 문제에 대해서도.

하지만 그렇게 되지 않았다.

감사하다는 마음은 내가 신뢰하는 미덕이 아니었다. 그런 걸 어린 애에게 요구한다는 것 자체가 잘못된 일 같았다. 그런 만큼 내가 막스 데미안에게 감사하지 않음은 전혀 놀라운 일이 아니다. 만약 데미안이 그때 크로머에게서 날 구해주지 않았더라면 나는 평생 병들고 망가졌을지도 모른다. 그것만큼은 확실하다. 당시에도 그가 날 구해준 구원과 같은 일은 내 길지 않은 인생에서 가장 큰 경험으로 느낄 정도였다. 그러나 나는 나를 구원해준 그 사람이, 그런 기적을 만들자마자 그를 뒷전으로 미뤘다.

감사한 마음이 작다는 건, 이미 앞서 말했듯 내게 이상한 일이 아니었다. 내가 보인 호기심의 결핍이 더 이상한 일이었다. 데미안이 알려주지 않은 그 비밀스러운 일을 더 묻지 않고 어떻게 하루를 앞서 평온하게 지냈을까? 카인에 대해, 크로머에 대해 그리고 독심술에 대해 더 들으려는 욕망을 나는 어떻게 억제할 수 있었을까?

정말인지 이해할 수 없는 일이지만, 정말로 나는 그랬다. 나는 갑자기 악마의 그물에서 빠져나온 나 자신을 보았고 다시 밝은 세계가 내 앞에 놓여 있다는 사실을 마주했다. 두려움의 발작과 목을 조르는 듯한 심장의 고동은 사라졌다. 억압은 깨졌다. 나는 더 이상 괴롭힘에 얽혀 있는 저주받은 사람이 아니라 그저 평범한 학생이었다. 나는 다시 그 일이 일어나기 이전의 세상으로 빨리 돌아가 균형을 잡고 안정을 되찾고 싶었다. 그 많은 추하고 위협적인 것을 떨쳐버리고 잊기 위해 수많은 노력을 다했다. 내 죄와 불안의 시간 전체는 놀날 만큼 빠른 속도로, 어떤 흉터도 남기지 않은 채 내 기억에서 사라졌다.

나의 조력자이자 구원자에 대해서도 똑같이, 재빨리 잊으려 했다는 것도 이제는 이해한다. 나는 이미 망가진 영혼의 모든 추진력과 힘을 모아 내가 빠졌던 저주의 늪으로부터, 크로머에게 당한 무서운 억압으로부터 도망쳐 돌아왔던 것이다. 그렇게 나는 이전과 같은 행복하고 만족스러운 상태로, 잃어버렸던 낙원의 문을 열고 아버지와 어머니의 밝은 세계, 누이들의 곁, 순수함의 향기로, 아벨처럼 하느님의 호의로 돌아왔다.

데미안과 짧은 대화를 나눈 그 날, 내가 다시 얻게 된 자유를 완전히 확신하고 또다시 지옥으로 돌아가지 않아도 되었을 때, 나는 그동안 간절히 소망했던 일을 했다. 바로 고해를 한 것이다. 어머니에게로 가서 자물쇠를 망가뜨린 저금통을 보여드리고 그 안에 돈 대신 들어 있던 장난감 돈을 확인시켜 드렸다. 그리고 나 자신의 잘못 하나로 얼마나 오랜 시간 악마에게 붙들려 있었는지 이야기했다. 어머니는 전부를 이해하진 못하셨지만 저금통을 보고, 다시 변한 내 시선과 내 목소리로 내가 회복되었고, 어머니의 곁으로 다시 돌아왔다는 것을 느끼셨다.

그리고 이제 나는, 벅찬 감정을 끌어안고 내가 다시 받아들여졌다는 사실과 마음을 고쳐먹은 아들의 귀향을 축하받았다. 어머니는 나를 아버지께 데리고 갔고 이야기는 되풀이됐다. 질문과 놀라운 탄성이 터져 나왔고 두 분은 내 머리를 쓰다듬으시며 그동안 무거웠던 마음을 떨쳐내고 안도의 숨을 내쉬었다. 모든 것이 멋졌다. 모든 일은 이야기 속 같았고 모든 일이 풀려 아름답게 정리됐다.

이제 나는 진정한 열정을 품고 정리된 안정 속으로 도망쳤다. 나의 평화와 부모님의 신뢰를 되찾은 일은 집안에서 누리고 누려도 성에 차지 않았다. 나는 집안의 모범생이 되었다. 이전보다 더 누이들과 함께 어울렸고 기도 시간에는 구원받은 감정으로 찬송가를 불렀다. 그 모든 일은 마음으로부터 시작되었고 그 어떤 거짓도 없었다.

그럼에도 그 모든 것은 정상이 아니었다! 그리고 바로 그 이유로부터 내가 데미안을 잊은 이유가 설명될 수 있었다. 나는 그에게 고백했어야 했다. 그 고백이 집에서보다 덜 화려하고 덜 감명 깊었겠지만, 결과의 열매는 더 풍성했을 것이다. 나는 이제 내 모든 뿌리를 뻗어 예전과 같은 낙원에 달라붙었다. 집으로 안전히 돌아왔고 관대함 속에서 받아들여졌다. 그러나 데미안은 절대 이 세계에 속하지 않았고 어울리지도 않았다. 그는 크로머와는 달랐지만 똑같은 유혹자였고 그 역시 나를 악하고 나쁜, 다른 세계와 묶어주는 존재였다. 나는 그 세계를 전혀 알고 싶지 않았다. 나는 다시 아벨이 되었고, 아벨을 포기하고 카인을 찬양하는 일을 도울 수 없었거니와 그럴 마음도 없었다.

겉으로 드러난 상황은 그랬다. 하지만 내면에 숨겨진 상황은 이랬다. 나는 악마 크로머의 손아귀에서 풀려났다. 그러나 그건 내 힘과 노력이 아니었다. 나는 이 세상에 난 좁은 길을 똑바로 걸으려 했지만, 그 길은 너무 미끄러웠다. 어떤 친절한 손길이 뻗어와 나를 붙잡고 구해줬지만, 나는 그 손길에 눈길 한번 없이 어머니의 품속으로, 잘 만들어진 어린 시절의 포근한 평온함으로 되돌아간 것이다. 나는 자신을 실제보다 더 어리고 의존적인 어린애로 만들었다. 나는 크로머에 대한 예속을 새로운 종속으로 대체해야 했다. 혼자는 걸을 수 없었다. 그렇게 나는 눈먼 마음으로 아버지와 어머니로의 종속, '밝은 세계'에 속하기를 선택했다. 그렇게 하지만 않았다면 나는 데미안을 붙잡고 모든 비밀을 털어놓았을 것이다. 내가 그렇게 하지 않은 건, 당시 나는 그의 이상한 생각을 당연하게 불신했다. 사실 그건 두려움이었다. 데미안은 나에게 부모님보다 더 많은 것을, 그것도 훨씬 더 많은 것을 원했을 테니까. 그는 자극과 경고를 주고 조롱과 반어로 나를 더 독립적으로 만들려고 했을 테니까. 아, 지금은 안다. 자기 자신에게로 이르는 길을 가는 것보다 더 불편한 일은 인간에게 없다는 것을!

그럼에도 반년쯤 지날 무렵에는 유혹을 이겨낼 수 없었다. 산책 중에 아버지께 생각을 물었다. 어떤 사람들은 카인이 아벨보다 더 낫다고 여기는데, 어떻게 생각하시냐고.

아버지는 몹시 놀랐다. 그리고 그건 전혀 새로울 게 없다고 설명했다. 심지어 그 의견은 초기 그리스도 시대부터 등장했으며 '카인도교'라고 부르는 사이비종교를 통해 전해 내려왔다고 했다. 하지만 이런 미친 학설은 우리의 신앙을 망가뜨리려는 악마의 시험이나 다름없다고 덧붙였다. 만약 카인이 옳고 아벨이 옳지 않다면 하느님이 틀렸다는 결론이니까. 그러면 성서의 신이 올바른 유일신이 아니라 거짓 신이라고 하는 것과 마찬가지다. 카인도교는 정말 그와 비슷한 것을 가르치고 설교했지만 이런 이단은 오래전에 사람들 사이에서 사라졌다고 했다. 아버지는 내 학교 친구가 이런 것을 안다는 게 오히려 이상하다고 했다. 그러더니 그런 생각은 그만두라고 진지하게 경고했다.

예수 옆에 매달린 도둑

내 어린 시절에 대해, 아버지와 어머니 곁에서 느낀 안전
함과 부모님에 대한 사랑, 부드럽고 온화한 밝은 환경에서 충
분히 누리며 놀던 그 어린 시절을 이야기하는 것은 아름답고
사랑스러운 일이 될 것이다. 그러나 내 인생에서 관심을 쏟은
것은 내가 나 자신에 이르기 위해 내디뎠던 발걸음들뿐이다.
모든 아름다운 쉼의 지점들, 행복의 섬과 낙원들의 매력을 내
가 모르는 건 아니다. 하지만 그것들은 먼 곳에서 광채 속에
싸인 채 그대로 놓아두고자 한다. 나는 그곳으로 다시 발을
밀어 넣겠다는 욕심이 없다.

그래서 나는, 어린 소년 시절을 이야기하는 동안, 내게 일
어났던 새로운 일, 나를 앞으로 몰아가고 또 그곳에서 떨어뜨

린 일들만 이야기할 것이다.

충격적인 자극들은 언제나 '다른 세계'로부터 왔다. 그 일들은 늘 두려움과 강압, 양심의 가책과 함께 왔고 늘 나에게 혁명적이었다. 내가 원래 있던 세계에 머물면서 누리던 평화를 계속해서 위협했다.

허용된 밝은 세계 안으로 들어오자 숨어 있던 원초적인 충동이 내 안에도 살고 있다는 걸 깨닫는 시절이 찾아왔다. 어떤 사람이나 그러하듯이 천천히 눈 뜨게 된 성에 대한 감정이 내게 적처럼, 파괴자처럼 그리고 금기이자 유혹이며 죄악인 채로 찾아온 것이다. 내가 호기심으로 찾아낸 것, 꿈과 쾌감과 두려움이 만들어낸 것, 사춘기 시절의 무거운 비밀은 잘 보호받은 내 유년의 평화에는 좀처럼 어울리지 않는 일이었다. 나는 다른 모든 사람처럼 행동했다. 이제 더는 어린아이가 아니면서도 아이인 척 구는 이중생활을 보냈다. 내 의식은 이미 허용된 세계 안에 살았고 어렴풋이 커지는 새로운 세계는 피했다. 하지만 그와 나란히 꿈과 충동, 어두운 세계에 속한 은밀한 소망들 안에 걸쳐 있었다. 나는 의식된 삶과 뒤섞였고 더 위태로운 다리를 만들어 그 위에 서 있었다. 내 속에서 유년의 세계가 무너졌기 때문이다. 대부분 부모가 그러하듯 나의 부모님도 마찬가지였다. 내 세계 속에 솟아나는 삶의 충동에는 무관심했고 그것에 대한 언급은 전혀 없었다. 다만 굉장히 세심하게 나의 끔찍한 시도들을 도와줬다. 다가오는 현실을 부정하고 위선적인 소년의 세계에 좀 더 머무르려는 시도였다. 부모가 이런 일을 얼마나 잘 해결할 수 있을지는 나도 잘 모르겠다. 또 나의 부모님에게 비난의 화살을 보낼 생각은 없다. 어떤 일을 마주했을 때 스스로를 다스리고 새로운 길을 찾아내는 건 나 자신의 문제였다. 하지만 모자란 거하나 없이 자란 자식들이 그러하듯이 나도 내 일을 잘 해내지 못했다.

　누구나 이런 어려움을 마주한다. 보통 사람들에게 있어 이일은 자기 삶의 요구와 주변 세계와의 갈등으로 빠지는 지점으로, 인생의 분기점이다. 그리고 앞으로 나아가는 길을 가장 혹독하게 투쟁해서 쟁취해야 한다. 어린 시절이 서서히 붕괴하면서 많은 사람이 인간의 운명인 죽음과 새로운 탄생을 경험한다. 그동안 익숙했던 모든 것들이 곁에서 사라지고 급작스럽게 고독과 세계의 혹독한 추위가 곁을 지키고 있을 때 경험하는 것이다. 꽤 많은 사람이 이 절벽에 영원히 매달려 있다. 돌이킬 수 없는 과거에, 잃어버린 낙원의 꿈에 평생 동안 고통스럽게 달려 있다. 그것은 모든 꿈 중에서도 가장 나쁘고 치명적인 꿈이다.

　내 이야기로 되돌아가 보자. 유년의 끝이 왔다는 걸 알린 감정들과 꿈의 모습은 이곳에 나열할 만큼 중요하지 않다. 중요한 것은, '어두운 세계', 이 '다른 세계'가 다시 나타났다는 사실이다. 그 옛날 프란츠 크로머였던 것이 바로 나 자신 안에 숨어 있었다. 그럼으로써 내 외부에서 온 '다른 세계'도 다시 나를 지배하는 힘을 얻었다.

크로머 일이 있은 지 몇 년이 지났을 때였다. 내 삶에 있어 가장 끔찍했던 기억이 가득했던 그 극적인 시절은 몹시 멀어졌고 은연중 꾸던 짧은 악몽도 흔적 없이 사라졌을 때였다. 프란츠 크로머는 아주 오래전 내 삶에서 영영 사라졌고, 어쩌다 길에서 그를 마주하더라도 나는 신경 쓰지 않을 정도가 됐다. 그러나 내 비극 속 중요한 등장인물, 막스 데미안은 여전히 내 주변에 머무르며 완전히 모습을 감추지 않았다. 데미안은 오랫동안 멀리 서 있을 뿐 아무런 영향을 미치지 않았지만, 어느 순간 천천히 가까이 다가와 비로소 다시 힘과 영향력을 내뿜었다.

그 시절 내가 데미안에 대해 무엇을 알고 있었는지 떠올려 본다. 나는 1년 남짓한 시간 동안 그와 단 한번도 이야기하지 않았다. 나는 그를 피했고 그는 결코 억지로 나에게 다가오지 않았다. 언젠가 한번 우연히 마주쳤을 때, 그는 고개를 살짝 끄덕였을 뿐이다. 하지만 그 얼굴에는 다정함과 함께 냉소와 묘한 비난이 섞인, 섬세한 울림이 있어 보였다. 물론 어디까지나 내 상상이었을지도 모른다. 내가 그와 함께 겪은 사건이

나, 그가 그 당시의 내게 보여준 그 이상한 영향력은 그와 나, 모두가 잊은 듯했다.

나는 그의 모습을 생각해본다. 돌이켜 보면 그는 그곳에 있었고 나는 그의 존재를 알고 있었다. 그가 혼자서 아니면 키 큰 학생들 사이에 껴 있는 채로 학교에 가는 모습이 보인다. 자신만의 공기에 둘러싸여 자신만의 법칙들 아래서 숨 쉬고, 낯설게 혹은 고독하게 조용히 그들 사이를 걷는 모습이 보인다. 아무도 그를 사랑하지 않았고 아무도 그와 가깝게 지내지 않았다. 오로지 자기 어머니만 빼고. 하지만 그는 어머니와도 아이가 아니라, 어른처럼 교류하는 듯 보였다. 선생님들은 웬만하면 그를 가만히 내버려 두었다. 그는 좋은 학생이었지만 누구의 마음에 들기 위해 애쓰지 않았다. 이따금 그가 선생님에게 항변했다는 한마디, 말대꾸 들을 들었다. 그런 말들은 날카로운 도전을 품고 있거나 비꼬는 행동을 보인다는 게 명확했다.

눈을 감고 다시, 그를 떠올려본다. 그의 모습이 보인다. 그곳은 어디였던가? 그렇다, 이제 다시 거기였다. 우리 집 앞 골목이다. 어느 날 그 앞에 서 있는 그를 보았다. 그는 공책을 들고 무언가를 그리고 있었다. 우리 집 현관문 위, 새가 새겨진 낡은 문장을 그리고 있었다. 그리고 나는 어느 창가의 커튼 뒤에 숨어서 그를 바라보았다. 문장을 향한 그의 시선이 깊은 감동에 빠진 듯, 세심하면서도 차갑고, 밝았다. 그 모습이 나는 놀라웠다. 그것은 어른의 얼굴, 연구가 혹은 예술가의 얼굴이었다. 무언가를 아는 두 눈을 지닌 채, 월등한 의지로 가득 찬, 이상하다고 느껴질 정도로 환하고 차가운 얼굴이었다.

그리고 또다시 그의 모습이 보인다. 어느 정도 시간이 흐른 뒤 거리에서였다. 학교에서 돌아오는 길이었고 쓰러진 말 한 마리 곁을 우리가 둘러싸고 서 있었다. 말은 여전히 농부의 수레와 연결된 끌채에 매여 있었다. 그리고 간신히 열린 콧구멍을 허공으로 향한 채 헐떡이며 탄식하듯 숨을 뿜었다. 말 옆구리에는 보이지 않는 상처로 피가 흘렀고 거리의 하얀 길 먼지는 천천히 말의 피에 젖어 검붉은 색으로 번졌다. 메스꺼움을 느끼고 말에게서 몸을 돌렸을 때, 데미안의 얼굴이 보였다. 그는 앞으로 나오지 않고 맨 뒤쪽에 서 있었다. 그와 어울리는 편안하고 우아한 모습이었다. 그의 눈길은 말의 머리를 향해 있는 것 같았다. 그리고 광적이지만 고요하면서 깊은 의중을 품은 채였다. 나는 오랜 시간 그를 바라볼 수밖에 없었다. 당시의 나는 분명하지 않지만 무언가 독특한 것을 느꼈다. 나는 데미안의 얼굴을 보았다. 그가 소년의 얼굴이 아닌 어른의 얼굴을 가졌다는 것 말고도 더 많은 다른 것을 갖고 있는 게 보였다. 아니, 어쩌면 느꼈다고 믿었다. 여자의 얼굴도 조금 그 안에 들어 있는 것 같았다. 한순간 그의 얼굴은 남자나 소년이 아닌, 나이가 있거나 어린 것도 아닌, 수천 살은 된 듯, 시간을 초월한 듯, 우리가 사는 시간의 단위와 다른 낙인이 찍혀 있는 듯 보였다. 짐승은 그럴 수 있었다. 아니면 나무나 별들이 그럴 수 있을 것이다. 성인이 된 내가 그것에 대해 말하는 것은 그 당시에 정확히 이해한 것은 아니지만, 그 비슷한 무언가를 느꼈다. 어쩌면 그는 멋있었고, 어쩌면 내 마음에 들었고, 반대로 거슬렸다. 당시에는 그 무엇도 구분할 수 없었다. 내가 보았던 건 그저, 그가 우리와 다르다는 사실이었다. 그는 짐승 같았다. 아니면 유령이나 어떤 형상 같았다. 그때 그의 모습이 어떠했다고 말할 수는 없지만 그는 우리 모두와 달랐다. 상상할 수 없을 만큼.

더는 기억나지 않는다. 어쩌면 이만큼 생각해낸 것 중 일부는 나중에 받은 인상 속에서 다시 만들어진 것일지도 모른다.

몇 년 나이가 들고 나서야 비로소 나는 다시 그와 가까워졌다. 데미안은 그 또래들이 관습대로 받는 교회의 견진례를 듣지 않았다. 그와 관련한 소문은 곧바로 수면 위로 떠 올랐다. 학교에서는 그가 유대인이다, 아니다 어쩌면 이교도라는 말이 나돌았다. 소수의 어떤 사람들은 그가 어머니와 같이 종교가 없거나 아니면 질 떨어지는 종파의 소속이라는 소문도 있었다. 그런 맥락과 더불어 그가 그의 어머니와 연인과 같

은 사이처럼 지낸다는 말도 나돌았던 것 같다. 예상하건대 그
는 여태껏 아무 신앙 없이 길러진 것 같았다. 그런데 그 사실
이 나중 그의 장래에 어떤 나쁜 일을 키울 수 있다는 불안감
을 안고 있었던 것 같다. 그의 어머니는 또래보다 2년 뒤늦게
야 그를 견진례에 참여시킬 결심을 했다. 그렇게 그는 몇 달
간 나와 함께 견진례 수업을 들었다.

　　나는 한동안 그와 완전히 거리를 두었다. 내가 그와 엮이
고 싶지 않은 이유는 그가 너무 많은 소문과 비밀에 둘러싸
여 있기 때문이었고 그보다는 크로머와의 사건 이후 내 마음
속에 남아 있던 의무감도 문제였다. 그리고 그 당시의 나는
나 자신의 비밀에 더 열중하고 있는 상태였다. 나에게는 견진
례 수업이 결정적으로 성 문제에 눈을 뜬 시기와 일치했던 것
이다. 그 일로 인해 나는 선의에도 불구하고 거룩한 가르침에
관심을 가질 수 없는 힘든 상태였다. 신부님이 말씀하시는 일
들은 나로부터 멀리 떨어져 있었고 그저 고요하고 성스러운,
현실감 없는 일이었다. 그건 아마 굉장히 아름답고 가치 있는
일이었겠지만, 결코 코앞에 있는 현실이나 자극이 건드리지
않았다. 반면 성에 관한 내 궁금증은 바로 코앞에 떨어진 현
실이었고 극단적인 흥분을 불러일으키는 일이었다.

　　이런 상태를 지속할수록 나는 수업에 무관심해질 수밖에
없었다. 그럴수록 내 관심은 데미안을 향했다. 그 무엇인가가

우리를 묶어주는 것처럼 느껴졌다. 나는 그와 나 사이의 관계를 정확하게 따라야 했다. 내 기억이 맞는다면 그 일은 이른 아침 수업 시간에 시작됐다. 그 시각 교실에는 등불이 켜져 있었고 종교 담당 선생님의 이야기가 카인과 아벨 이야기에 다다랐을 때였다. 나는 졸음이 쏟아져 신부님의 이야기에 집중하지 못했다. 듣는 둥 마는 둥 했을 때 신부님의 목소리가 집요하게 카인의 표식을 말하고 있었다. 그 순간 나는 뭔가 나를 자극하고 있다는 듯한, 혹은 경고 주는 느낌을 받았다. 얼굴을 들었고 눈을 돌리자 책상 앞줄에서 나를 돌아보고 있는 데미안의 얼굴이 보였다. 말을 건네는 듯한 순수한 눈길이지만 조롱과 진지함이 섞여 있을 수도 있었다. 그렇게 한순간 그는 나를 바라봤다. 나는 긴장한 탓에 신부님의 말에 귀를 기울였다. 카인과 그의 표식에 대한 이야기를 들으면서 내 마음속 깊은 곳에서 알아차릴 수 있었다. 신부님이 가르치는 말이 꼭 옳지만은 않다고. 신부님의 말은 달리 볼 수 있고 그건 비판이 가능하다는 어떤 깨달음이었다.

잠깐의 그 순간, 나는 데미안과 다시 연결되었다. 그리고 신기하게도 영혼의 공감을 느끼자마자 그 느낌이 얼마나 마법처럼 번져 가는지를 직감했다. 그가 직접 꾸민 일인지, 아니면 순전히 어떤 우연이었는지는 모르지만 당시의 나는 우연을 확신했다. 며칠 뒤 종교 수업이었다. 데미안은 느닷없이 자리를 바꿔 내 바로 앞자리로 왔다(매일 아침 자리 넘치게 앉아 비참한 빈민가 냄새를 풍기던 학생들, 그 빈틈없는 교실 안에서 풍기는 그의 목덜미의 신선한 비누 냄새를 얼마나 기분 좋아했는지 아직도 기억에 선명하다). 그러고는 다시 며칠 뒤 그가 다시 자리를 바꾸어 내 옆자리에 앉았다. 그는 겨우내 그리고 봄이 다 갈 때까지 그 자리에 머물렀다.

아침 시간은 완전히 달라졌다. 더 이상 졸리거나 지루하지 않았다. 나는 기꺼이 그 시간을 기다렸다. 우리는 때때로 신부님 말씀에 귀를 열고 집중했다. 옆자리에서 오는 눈길 하나면 나는 기묘한 이야기나 이상한 말에 집중했다. 내 마음속에 비판이나 의심을 불러일으키는 데엔 그가 보내는 다른 시선, 아주 단호한 눈길 하나면 충분했다.

우리는 종종 나쁜 학생이 되어 수업 내용을 전혀 듣지 않았다. 데미안은 선생님들과 학우들에게 늘 점잖게 대했고 나는 그가 그 또래의 남학생이 저지르는 특유의 실수를 저지르는 걸 본 적이 없었다. 그는 큰 소리로 웃거나 떠들거나 선생님에게 야단을 맞은 적도 없었다. 하지만 그는 아주 조용하게, 귀에만 들리는 작은 목소리보다는 신호나 눈길로 자신이 집중하는 일들에 내 관심을 끌어당겼다. 그 일들은 때로 이상한 성격의 것들이었다.

예를 들면 그는 내게 학생들 가운데 누구에게 관심을 두는지, 그리고 자기가 어떤 식으로 그들을 연구하고 있는지 말해 줬다. 그는 몇몇 아이들에 대해 아주 정확하게 알고 있었다. 성경 구절을 소리 내어 읽기 전에 그가 말했다. "내가 너에게 엄지손가락으로 신호를 주면 재는 우리 쪽을 돌아보거나 목을 긁을 거야." 하는 식의 것들이었다. 그러다 수업 중, 아까 방금 말했던 그의 말이 생각조차 나지 않을 때 갑작스럽게 눈에 띄는 몸짓으로 내게 자기 엄지손가락을 들어 돌리면 나는 재빨리 그가 지목한 학생을 바라보았다. 그때마다 그 학생이 마치 철사로 매달려 당겨지기라도 하듯, 그의 말대로 몸을 움직이는 것을 보았다. 나는 막스를 졸랐다. 선생님에게도 그걸 한번 시험해 보라고 했지만 그는 하려고 하지 않았다. 그러나 한번 그는 내게 도움을 줬다. 내가 수업에 들어가며 그에게 오늘은 숙제하지 않았으니 신부님이 나에게 질문하지 않았으면 좋겠다고 말했다. 그날 신부님은 교리문답의 한 부분을 누군가에게 암기시킬 요량으로 두리번거렸다. 이리저리 살펴보던 그의 시선이 두려움을 띤 내 얼굴에서 멈추었다. 신부님은 천천히 다가와 나를 향해 손가락을 뻗었다. 그리고 내 이름을 그의 입술에 올리기 전에 갑자기 산만하게 굴더니 불안정하게 옷깃을 잡아당겼다. 그리고 자기 얼굴을 뚫어지게 바라보는 데미안에게 시선을 돌렸다. 그에게 질문하려다 놀란 듯 몸을 돌려 멀어지더니 한동안 기침을 했다. 그리고 다른 학생에게 질문했다.

이런 장난은 나를 즐겁게 만들었다. 나는 내 친구가 나에게도 자주 똑같은 장난을 한다는 사실을 서서히 알아차렸다. 학교 가는 길에 불현듯 데미안이 약간 떨어진 채로 오고 있다는 느낌을 받을 때가 있는데, 돌아보면 언제나 그가 뒤에 있었다.

"도대체 너는 어떻게 다른 사람이 너의 뜻대로 생각하게 만드는 거야?" 내가 물었다.

그는 특유의 어른스러운 태도로 침착하게 알려주었다.

"아니야." 그가 말했다. "그렇게 할 수는 없어. 신부님이 아무리 그렇다고 말씀하신다 해도 인간은 자유의지가 없어. 다른 사람은 자신이 원하는 걸 생각할 수도 없을뿐더러 나 또한 내가 원하는 것을 상대가 생각하게 만들 수 없어. 하지만 누군가를 잘 관찰할 수는 있어. 그러면 그가 어떤 생각을 하고 있는지, 혹은 무슨 느낌을 받았는지를 정확하게 예측할 수 있지. 아주 간단해. 다만 사람들이 그걸 모를 뿐이야. 이건 연습이 필요한 일이거든. 가령 나비 중에서 어떤 나방들은 암컷이 수컷보다 훨씬 수가 적어. 나방은 다른 모든 동물과 똑같이 번식을 해. 수컷이 암컷을 수정시키고 암컷이 알을 낳는 식이야. 그런데 연구자들의 실험에 따르면, 만약 네가 암컷 한 마리를 들고 있으면 밤에 수컷들이 이 암컷을 향해 날아와. 그것도 몇 시간 떨어진 곳에서! 생각해 봐! 수 킬로미터 떨어진 곳에서도 수컷들은 모두 그 지역에 있는 단 한 마리의 암컷을 감지하고 쫓아오는 거야! 그걸 설명하려고 하지만 그건 어려운 일이야. 일종의 후각일 수도 있고 아니면 다른 무언가일 수도 있어. 이를테면 사냥 잘하는 사냥개가 눈에 보이지 않는 짐승의 자취를 찾아내 추적할 수 있는 것처럼 말이야. 이해되니? 이런 일이야. 자연에서는 이런 일들이 차고 넘쳐나. 하지만 아무도 그걸 설명할 수가 없어. 하지만 이런 말은 할 수 있을 거야. 이 나방들이 암컷과 수컷의 수가 같았다면, 수컷의 후각은 이렇게 뛰어나지 않았을 거야. 수컷들이 가지게 된 그런 예민한 후각은 이런 일에 훈련되어 있기 때문이야. 동물이든 사람이든 자신의 모든 집중력과 모든 의지를 하나의 특정한 곳에 집중하게 되면 기꺼이 그곳에 도달하게 되는 거야. 그게 전부야. 네가 나에게 질문한 것도 정확하게 이 말과 같아. 어떤 사람을 충분히, 그리고 세심하게 응시하렴. 그러면 그에 대해 그 자신보다 더 잘 알게 돼."

하마터면 '독심술'이라는 단어가 혀끝까지 올라와 오래전 일인 크로머와의 장면을 그에게 상기시킬 뻔했다. 그러나 이것도 우리 둘 사이에 있는 기묘한 일 중 하나였다. 그나 나나 결코 몇 해 전에 있었던 그가 내 삶에 심각하게 개입했던 그 일을 언급하는 일이 단 한번도 없었다. 마치 우리 사이에 아무 사건도 없었던 듯했다. 아니면 어느 한쪽이 그 일을 잊었다고 서로 믿고 있는 것 같았다. 심지어 우리는 함께 길을 걷다가 한두 번 크로머를 마주친 적이 있었다. 하지만 우리는 눈길 한번 주고받지 않았고 그에 관한 이야기도 전혀 나누지 않았다.

내가 물었다. "그렇다면 의지는 어떻게 되는 거지? 네 말대로라면 인간은 자유의지가 없잖아. 그런데 우리가 어떤 것에 섬세하게 집중한다면 그 목표에 도달할 수 있다고 말했어. 그렇다면 말이 안 맞잖아! 내가 내 의지의 주인이 아니라면 내가 내 의지를 마음대로 여기저기에 향할 수가 없잖아."

그는 내 어깨를 툭툭 두드렸다. 내가 그를 기쁘게 할 때마다 보이던 행동이었다.

"네가 그런 질문을 하다니, 좋아!" 그가 웃으며 말했다. "맞아. 사람은 언제나 질문해야 해. 그리고 의심을 품어야 해. 그럼 문제는 아주 간단해. 예를 들어 나방이 자신의 목표를 별이나 뭐 다른 데로 설정하고 의지를 집중했다면 그건 이루어질 수 없는 일이야. 나방은 자신에게 의미와 가치가 있는 곳, 자기에게 필요한 것, 자기가 꼭 가져야만 하는 것을 찾는 거야. 그리고 그 의지로 믿을 수 없는 일을 해내는 거야. 나방은 다른 동물에게는 없는 마술과도 같은 여섯 번째 감각을 발전시킨 거야! 동물보다 활동 영역도 넓고 관심 분야도 많은 사람은 어떻겠어. 하지만 사람이라는 존재도 비교적 좁은 테두리 안에 묶여 있어. 그걸 벗어날 수가 없는 거지. 물론 상상은 해볼 수 있어. 어떻게든 북극에 가고 싶다거나 혹은 그 밖에 다른 무엇을. 그러나 그걸 이루기 위해서는 내 안에 그 마음이 강하게 들어와야 해. 내 존재 전체가 그 목표로 가득 채워져 있어야만 가능한 일이야. 정말 그런 거라면, 그러니까 너의 내면으로부터 너에게 명령하는 무엇인가를 네가 시도하기만 한다면, 그건 가능한 일이 돼. 네 의지를 좋은 말에 마구를 매달듯이 부릴 수가 있는 거지. 하지만 내가 지금, 우리 신부님이 앞으로 안경을 쓰지 않도록 해야겠다고 바란다면, 그 의지는 이루어지지 않을 거야. 그건 그저 장난에 불과해. 하지만 내가 지난가을 저 앞에 있는 내 자리에서 자리를 옮겨야겠다는 확고한 의지를 갖게 되면 그건 훨씬 수월해. 알파벳 순으로 순서를 정했을 때 나보다 앞에 있는 어떤 애가 아파서 등교하지 못했어. 그러다 갑자기 나타난 거야. 누군가 자리를 내줘야 했고 자연스럽게 내가 그렇게 했지. 그건 바로 내 의지가 준비되어 있었기 때문이야. 기회를 바로 잡을 수 있었어."

"그래." 내가 말했다. "그때 그 일도 정말 특이했어. 우리가 서로에게 관심을 가진 순간부터 차츰 내 곁으로 네가 왔거든. 하지만 그건 어떻게 된 거지? 처음에는 바로 내 옆이 아니었어. 내 바로 앞줄에 앉았어. 그건 어떻게 된 거야?"

"그것도 다르지는 않아. 처음 자리를 바꾸고 싶었을 땐 내가 어디로 가고 싶어 하는지 제대로 몰랐어. 나는 그저 멀리 뒤쪽에 앉고 싶다는 목표만 있었어. 네 옆자리로 가는 게 내 뜻이었지만, 그때만 해도 나 자신에게조차 의식하지 않았던 상태였어. 그러다 네게 나와 같은 의지가 생기면서 서로를 끌어당긴 거야. 내가 네 앞줄에 앉게 됐을 때 내 소원이 겨우 절반 이루어졌다는 걸 깨달았어. 나는 바로 네 옆에 앉고 싶었던 거야."

"하지만 그때는 새로운 애도 없었어."

"맞아. 없었지. 하지만 그때는 그냥 내가 원하는 대로 한 거야. 재빨리 네 옆에 앉아버린 거지. 나하고 자리를 바꾼 아이는 의아해했지만 그냥 그렇게 하라고 했고. 그러다 신부님이 어떤 변화가 있다는 걸 한번 알아채셨는데 나를 상대할 때마다 마음속에 무언가 걸렸던 거야. 내 성이 데미안이라 D로 시작하는데 아주 뒤쪽인 S자 쪽에 앉아 있다는 게 뭔가 맞지 않는다는 걸 알고 계셨지. 하지만 그 사실은 신부님의 의식 속까지 침투하지는 못했어. 내 의지가 그 사실을 가로막고 있었고 나는 계속해서 그분께 그런 방해 신호를 보냈거든. 신부님은 계속해서 나를 응시하면서 생각하시는 거야, 그 선량하신 분이. 하지만 나는 단순한 방법을 알고 있어. 매번 의심의 눈을 마주할 때마다 아주 똑바로 그분의 눈을 들여다보는 거야. 그러면 보통 대부분의 사람은 못 견뎌. 다들 불안해해. 만약 누군가에게서 뭔가를 얻어내고 싶다면 아주 단호하게 상대의 눈을 들여다봐. 만약 그러는데도 그 사람이 전혀 꿈쩍도 안 한다면 포기해! 그 상대에게선 아무것도 얻을 수 없어, 절대! 하지만 그런 일은 아주 드물어. 내가 아는 사람 중에 그렇게 해봐도 아무 소용없던 사람은 딱 한 사람이었어."

"그게 누구야?" 나는 재빨리 물었다.

그는 눈을 가늘게 뜨더니 나를 바라봤다. 생각에 잠길 때마다 만들던 눈이었다. 그러더니 그는 시선을 다른 곳으로 향한 채 대답하지 않았다. 나는 몹시 궁금했지만, 그 질문을 되풀이할 수 없었다.

그러나 나는 당시 그가 자기 어머니를 말한 것이라고 믿고 있다. 그와 어머니의 관계는 어떤 끈끈한 유대감이 있는 것 같았지만 나에게는 한번도 어머니의 이야기를 하지 않았고 나를 집으로 데려간 적도 없었다. 나는 그의 어머니가 어떻게 생겼는지조차 몰랐다.

당시 나는 여러 번 데미안과 같은 시도를 했다. 내 의지를 무언가에 집중해 이루려는 시도였다. 나에게도 충분히 절박하리만큼 원하는 소망이 있었다. 그러나 내 의지는 한데 모이지 않았다. 아무 소용조차 없었지만, 그 일에 대해 데미안과 함께 이야기해 볼 용기는 없었다. 내가 바라는 걸 그에게 툭 터놓고 말할 수 없었던 것이다. 데미안 또한 묻지 않았다.

그러는 사이 나의 종교적 신앙은 여기저기 많은 빈틈을 갖게 됐다. 그렇지만 내가 데미안의 영향으로 갖게 된 생각은, 신앙을 불신하던 동급생들과는 뚜렷하게 구분해야 했다. 이따금 불신을 내비치는 애들이 몇 있었다. 그들이 흘리는 말들은 이랬다. 하느님 한 존재를 믿는 건 우습고 인간의 품위에 맞지 않는 일이다, 삼위일체에 대한 이야기나 예수가 동정녀 마리아에게 태어난 이야기도 웃기고, 오늘날까지도 그런 터무니없는 말을 떠벌리는 건 수치스럽다는 등의 이야기였다. 나는 그들의 말에 동의하지 않았다. 물론 나도 의심을 품었지만 어릴 적 내 모든 체험을 통해 부모님과 같은 경건한 삶에 대해서 충분히 알고 있었다. 그런 삶이 품위 없다거나 거짓이 아니라는 건 알고 있었다. 오히려 나는 예나 지금이나 종교에 대해 지극히 깊은 경외심을 가질 수 있었다. 다만 데미안 덕분에 성서 설화나 교리들을 보다 자유롭고 지극히 개인적인 생각으로 점철하거나 재미있고 환상적으로 바라보고 해석하는 데 익숙해졌다. 적어도 나는 그가 나에게 친절하게 풀어준 해석을 기꺼이 즐겨 들었다. 물론 어느 것들은 지나치게 달라 받아들이기 어려웠다. 카인 이야기 같은 게 그랬다. 한번은 견진례 수업 중에 평소보다 더 과감한 관점으로 나를 놀라게 했다. 선생님이 골고다 언덕 이야기를 막 끝낸 참이었다. 구세주의 고난과 죽음 이야기는 내가 어린 시절부터 깊은 인상을 받은 이야기였다. 어린 소년이었을 적, 이를테면 수난의 금요일 때, 아버지의 수난 이야기 낭독을 들은 다음이면 나는 마음 깊이 감동했다. 그 고통스럽게 아름답고 창백하며, 섬뜩하지만 강렬한 생명력이 있는 세계 속, 겟세마네와 골고다 언덕에 머물렀다. 그리고 바흐의 〈마태 수난곡〉을 들을 때면, 그 온갖 신비로운 전율을 간직한 세계의 어둠과 강하게 뻗어 나오는 비밀스러운 수난의 광채가 내 안에 가득 채워졌다. 나는 오늘까지도 이 음악과 그 〈비극의 칸타타(Actus tragicus)〉가 모든 시와 예술적 표현의 정수라고 여긴다.

그런데 그 수업이 끝날 무렵 생각에 잠겨 있는 나에게 데미안이 이렇게 말했다. "저기엔 뭔가가 있어, 싱클레어. 내 마음에 안 드는 무언가. 그 이야기를 자세히 따라 읽어봐. 그리고 음미해봐. 뭔가 맥없는 것 같단 말이야. 그러니까 그리스도와 함께 십자가에 매달린 두 도둑에 대한 이야기 말이야. 골고다 언덕 위에 십자가 세 개를 나란히 세운 모습은 굉장해! 하지만 그 어리석고 고지식한 도둑들에 대한 감상적인 설교 이야기가 되고 말았어! 애초에 그는 범죄자였어. 그게 뭐가 되었든 범죄를 저지른 거야. 그런 그가 그제야 마음이 누그러져 그렇게 눈물겨운 회개와 참회의 눈물을 축제처럼 터트린다니! 무덤을 바로 두 걸음 앞에 두고 하는 회개가 대체 어떤 의미가 있는 걸까? 안 그래? 이건 정말 진짜로, 신부님의 설교일 뿐이야. 극적인 감동만 가득 차서 지극히 교화적인 배경이 깔린, 불쌍하게 여기는 마음에 달콤한 꿀을 곁들인 거야. 만약 네가 오늘 도둑 중 한 명을 친구로 택해야 한다면, 아니 둘 중 한 명을 믿어야만 한다면 틀림없이 그 울보 회개자는 아닐 거야. 물론, 아니고말고. 분명 다른 쪽일 거야. 회개하지 않은 그 도둑이야말로 진짜 남자야. 그리고 그는 자기만의 특성도 아주 뚜렷해. 그는 회개를 비웃고 자기의 길을 끝까지 갔어. 그리고 자신이 거기까지 당도하도록 만들어준 악마를 등지지 않았지. 마지막 순간까지 비겁하지 않았어. 그게 바로 당당한 개성이야. 상사 이야기에서는 성격이 뚜렷한 사람들이 늘 손해를 봐. 어쩌면 그도 카인의 후예일지 몰라. 그렇게 생각하지 않니?"

나는 굉장히 당황했다. 이 십자가 수난 이야기는 내가 내 집을 들여다보듯 당연하게 확신해도 된다고 믿었다. 그러나 지금 비로소, 내가 얼마나 내 생각 없이, 그 어떤 상상력이나 환상도 품지 않은 채 수동적으로 듣고 읽었을 뿐인지 깨달았다. 그럼에도 데미안의 새로운 생각은 내게 치명적이었다. 내가 품고 있는 생각들, 그 생각의 지속을 지켜야 한다고 확신했던 모든 개념을 뒤집으려 했다. 아니다. 그렇게 아무나, 아무 생각들 하나하나 이렇게 함부로 전복시킬 순 없었다. 그게 가장 거룩한 이야기라 할지라도.

내가 뭐라 말하기 전에 그는 늘 그랬듯 나의 반발을 알아차렸다.

"나도 알아." 그는 체념한 듯 말했다. "그건 오래된 이야기야. 심각하게 받아들일 필요 없어! 하지만 난 네게 그리스도의, 그리고 종교의 빈틈을 보이는 한 가지가 똑똑히 있다는 무언가를 말하려는 거야. 이야기에 나타나는 신의 모습이 특별하긴 하지만, 원래 나타나야 할 모습이 아니라는 거야. 신은 선하지. 그리고 고귀하고 아버지다워. 아름답고 드높은, 다정하기까지 한 존재야. 맞아! 그러나 세계는 달라. 다른 요소로 이루어져 있는데 그 다른 건 전부 악마의 것이 되는 거야. 세계의 다른 부분이 통째로, 그 절반이 그저 아예 사라진 채로 언급조차 안 되는 거야. 사람들은 신이 모든 생명의 아버지라고 말하면서 생명이 생겨나는 성생활에 대해서는 그저 입을 다물어. 아니면 악마의 일이라면서 죄악으로 선을 긋기도 해! 난 사람들이 여호와라고 신을 기리는 걸 반대하지 않아, 절대 약간의 반대도 없어. 하지만 우리는 모든 것을 존중하고 성스럽게 간직해야 한다고 생각할 뿐이야. 인위적으로 반으로 쪼갠 다음 공식적으로 인정한 절반이 아니라, 세계

전체를 말이야! 그러니까 우리가 하느님에 대한 예배를 드리듯이 악마에 대한 예배를 드려야 해. 그게 옳은 일이라고 생각해. 아니면 신을 하나 더 만들어내도 좋아. 그 신은 악마도 포함해야 할 거야. 그래서 세상의 가장 자연스러운 일들이 일어날 때 그분 앞에서 두 눈을 감지 않아도 되는, 그런 신을 말이야."

그는 평소답지 않았다. 격양돼 있었다. 그렇지만 곧이어 다시 미소를 띠었고 더 이상 몰아붙이지 않았다.

그러나 그가 한 그 말들은, 내 어린 시절의 모든 궁금증을 정확하게 짚어낸 말이었다. 나는 마음속에 늘 그 말을 지니고 다녔고 그 누구에게도 한마디 꺼내지 않은 수수께끼였다. 데미안이 신과 악마에 대해서, 신의 세계로 공식적인 것과 언급되지 않은 악마의 세계에 대해서 한 말이야 말로, 정확한 나의 생각이었고 나 자신의 신화였다. 두 세계, 혹은 두 세계의 절반—밝은 세계와 어두운 세계에 대한 나만의 생각이었다. 나의 문제가 모든 인간의 문제이며, 모든 삶과 생각의 문제라는 깨달음은 갑작스럽게, 신성한 그림자처럼 내게 달려들었다. 그리고 나는 가장 나다운 개인적인 삶과 그 성찰이 위대한 사념들의 영원한 흐름에 얼마나 간섭하고 있는지 갑작스럽게 느꼈다. 이 깨달음으로 나는 두려움과 경외감에 뒤덮였다. 깨달음은 마냥 즐겁지만은 않았다. 그 생각은 가혹했고 어쩐지 떫은맛이었다. 그 안에는 책임이 있었고 이제는 더 이상 소년이 아니라는 것과 오롯이 홀로 서 있다는 울림이 담겨 있었기 때문이었다.

나는 생에 처음으로 그토록 깊은 비밀을 밖으로 드러내면서 아주 어린 시절부터 품어온 '두 세계'에 대한 이야기를 친구에게 말해주었다. 그리고 그는 즉시, 가장 깊은 느낌으로 내가 그의 말에 동의하고 있고 자신의 말이 옳다는 사실을 곧바로 알아차렸다. 그렇지만 비밀을 온전히 이용한다는 것은 그의 방식이 아니었다. 그는 그 어떤 때보다 더욱 주의 깊게 내 말을 들었고 내 두 눈을 들여다보았다. 그리고 마침내 내가 그만 눈길을 돌리고 말았다. 그의 눈에서 다시 그 기묘하고 짐승 같은, 시간을 넘어선 초월적인 힘과 나이를 헤아릴 수 없는 것 따위를 느꼈기 때문이었다.

"우리 그 얘기는 다음에 더 하자." 그는 조심스러웠다. "네가 누구에게 말할 수 있는 것보다 더 많은 생각을 하고 있어. 만일 그렇다면, 넌 네가 생각했던 것을 완전히 다 체험하지 못한 채 살았다는 걸 안다는 얘기야. 그럼 그건 별로야. 우리가 삶으로 인정하는 생각, 그 생각대로 따라 사는 것만이 가치 있어. 너의 '허용된 세계'가 단지 세상의 절반뿐이라는 걸 넌 알았어. 그리고 두 번째 절반을 선생님이나 신부님처럼 감춰두었어. 넌 결코 그걸 감추지 못할 거야! 한번 생각하는 걸 시작했다면 누구도 못 해."

그의 말은 내 마음 깊은 곳까지 닿았다.

"하지만." 나는 소리 지르다시피 말했다. "금지된 추악한 일이라는 건 있어. 그건 너도 부정할 수 없을 거야! 그런 일들이 금지되어 있다면, 그건 우리가 포기해야 해. 살인이나 온갖 부정이 있다는 걸 나는 알아. 하지만 그것이 존재한다는 이유만으로, 나한테 범죄자가 되라는 거야?"

"오늘은 이 이야기를 다 끝낼 수 없을 것 같애." 막스는 내 흥분을 가라앉히려 했다. "넌 누군가를 때려죽이거나 어떤 여자를 강간하고 살인해선 안 돼. 물론 안 되는 일이야. 그러나 '허용되었다'는 것과 '금지되었다'는 게 원래 어떤 뜻인지 깨닫는 데는 도달하지 못했어. 그저 진실의 한 면을 맛본 것뿐이야. 다른 면면의 일들도 또 올 거야. 그것에 너 자신을 믿어 봐. 예를 들면 넌 지금으로부터 1년 전쯤부터 마음속에 다른 무엇보다 강렬한 어떤 충동을 느꼈을 거야. 그런데 그건 '금지된 것'으로 구분돼. 하지만 그리스인들과 다른 많은 민족은 이 충동을 반대로 여겼어. 신적인 거라 여기면서 큰 축제를 벌이고 숭배하기도 했어. 그러니까 그 무엇도 '금지된 것'으로 영원히 묶일 수 없어. 바뀔 수 있는 거야. 오늘날 누구든 신부님 앞에 서서 어떤 여자와 결혼하고 나면, 함께 잠을 잘 수 있어. 다른 민족들은 달라. 오늘날까지도 말이야. 그래서 우리 모두는 제각기 무엇이 허용된 것이고 금지된 것인지 스스로 찾아야 해. 자기 스스로에게 금지된 것, 그것은 결코 할 수 없어. 금지된 일을 하면 엄청난 범죄자가 될 수 있어. 반대로 범죄자일 때 금지된 것을 할 수 있기도 하고 말이야. 사실 이 모든 건 그저 편안함의 문제야. 스스로 생각하고 스스로 자신의 판결을 내리지 못하는 사람은 그저 금지된 세계를 그대로 따라가. 그게 편안하거든. 다른 사람들은 자신 안에 스스로 규율을 만들어 둬. 그러면 모든 이름난 사람이 매일 하는 일들이 그에게는 금지되기도 하고 또 다른 곳에서 보통 엄격하게 금지된 일들이 허용되기도 해. 누구나 저 자신으로 홀로 서야 해."

그는 갑자기, 너무 많은 말을 했다고 후회하는 듯 말을 딱 멈췄다. 나는 당시의 그가 어떤 느낌이었는지를 이미 알아차릴 수 있었다. 그토록 편안하게, 그리고 겉보기에는 경솔해 보일 정도로 떠오른 말을 내뱉기는 했지만 전에도 그 스스로 말했듯, 그저 '오로지 말을 늘어놓는' 대화를 죽도록 견디지 못해 했다. 그런데 그는 내게서 진솔한 관심과 함께 너무 많은 유희, 감각적인 수다에만 기쁨이 있다는, 혹은 그 비슷한 문제를 느꼈다. 한마디로 완벽한 진지함의 결핍을 느꼈던 것이다.

방금 내가 앞서 쓴 마지막 말 '완벽한 진지함'을 다시 읽어

보니 불현듯 다른 장면 하나가 다시 떠오른다. 내가 아직 절반은 소년이었던 시절에 막스 데미안과 함께 겪은 가장 강렬한 장면이다.

우리의 견진례가 다가오고 있었다. 종교 수업의 마지막에는 최후의 만찬을 다루었다. 신부님에게는 중요한 일이었고, 평소보다 더 신경을 쓸 수밖에 없었다. 그리고 그 시간에는 약간의 성스러운 분위기마저 풍겼다. 하지만 견진례를 위한 수업의 마지막 몇 시간 동안 내 관심은 다른 데에 묶여버렸다. 바로 내 친구에게 관심이 쏠린 것이었다. 우리가 교회 공동체 안으로 받아들여지는 의미가 있는 견진례가 닥쳐오는 것을 보면서 내게는 반년간의 교리수업의 가치가 우리의 수업에서 배운 게 아니라 데미안과 가까이 지내면서 받은 영향에 있다는 생각을 피할 수 없었다. 이제 내가 받아들여질 준비가 된 곳은 교회가 아니었다. 무언가 전혀 다른 곳이었다. 지상 어딘가에는 분명 존재하는 게 분명한, 그리고 그 대표자이자 사신이 내 친구일 거라 확신할 수 있는 어떤 교단이었다.

나는 이 생각을 피하려 애썼다. 다양한 생각에도 불구하고 견진례 행사를 어느 정도 품위를 지키며 치르기 위해 진지하게 집중했지만, 그런 품위는 나의 새로운 생각과는 전혀 어울리지 않는 것이었다. 그렇지만 나는 내가 원하는 일을 하고 싶었다. 그 생각이 서서히 다가온 교회 행사에 대한 생각과 점점 연결되었다. 나는 그 행사를 다른 아이들과는 다르게 치를 준비가 되어 있었다. 나에게 그 행사는 데미안으로부터 알게 된 사고의 세계로 받아들여지는 것을 뜻할 것이었다.

그 무렵이었다. 나는 그와 또다시 활발한 논쟁을 벌였다. 그것은 바로 교리문답 수업 전이었다. 친구는 마음에 문을 걸어 잠근 채, 성숙한 듯 점잔빼는 내 이야기에 별다른 의미를 느끼지 않았다.

"우리가 이야기를 너무 많이 하는 것 같애." 그는 평소와 달리 진지했다. "똑똑한 말은 전혀 의미 없어. 아무 가치도 없고. 자기 자신에게서 멀어지는 건 죄악이야. 사람은 자기 자신 안으로 거북이처럼 완전히 기어들어갈 수 있어야 해."

그 말과 함께 우리는 넓은 교실로 들어갔다. 수업이 시작됐고 나는 수업에 집중하려 애썼다. 데미안은 나를 방해하지 않았다. 그리고 한참 뒤에 그가 앉아 있는 옆자리에서 어떤 이상한 느낌을 받았다. 마치 자리가 완전히 비어져 버린 듯 차갑거나 그 비슷한 느낌, 갑작스럽게 그 자리가 공허하게 느껴졌다. 그 느낌이 목 조여 오기 시작했을 때 나는 옆을 보았다.

그곳에는 내 친구가 앉아 있었다. 언제나처럼 꼿꼿하고 바른 자세로. 그러나 평소와는 너무 달랐다. 무언가가 그에게서 나가버린, 내가 알지 못하는 무엇인가가 그의 곁을 둘러싼 모습이었다. 나는 그가 눈을 감고 있다고 생각했지만, 그는 눈을 뜨고 있었다. 그러나 그의 눈은 어느 곳도 바라보지 않았고 볼 수 있는 상태도 아니었다. 그저 멍하니 굳어진 눈동자는 내면을 향해, 혹은 아주 먼 곳을 향해 있었다. 그는 꼼짝도 하지 않고 앉아 있었다. 마치 숨조차 쉬지 않는 것처럼. 그의 입은 나무나 돌로 깎아 만든 듯했다. 핏기없는 얼굴은 돌처럼 전체가 창백했고 갈색 머리카락만이 살아 있어 보였다. 그의 두 손은 자리 앞에 사물처럼 놓여 있었는데 돌이나 열매들처럼 생명이 없는 듯 창백하고 움직임 하나 없었다. 그렇지만 힘없이 풀려 늘어진 게 아니라 강인한 생명을 숨겨놓은 단단하고 좋은 껍질 같았다.

그 모습이 나를 떨게 했다. 그가 죽었구나! 하고 생각하고 크게 소리 내 말할 뻔했다. 그러나 그가 죽지 않았다는 걸 나는 알고 있었다. 나는 마치 마법에 걸린 듯 그의 얼굴, 그 창백하고 돌 같은 가면에서 시선을 뗄 수 없었다. 그리고 나는 느꼈다. 그게 바로 데미안이다! 그전의 모습, 나와 함께 걷고 이야기 나눴던 평소의 데미안은 반쪽짜리 데미안이었다. 이따금 하나의 역할을 하고, 거기 적응한 채 좋은 마음에서 함께하는 절반의 데미안. 그러나 진짜 데미안은 저런 모습이다. 지금 이 모습, 돌로 된 듯 옛날부터 죽어 있는 듯한, 동물 같고, 돌 같은, 아름답지만 차가운, 죽어 있으면서 남모르는 생명력으로 가득 차 있는 모습이었다. 그리고 고요한 공허, 생기 있고 빛이 나는 별들의 공간, 이 고독한 죽음이 그의 주변을 에워싸고 있었다!

순간 그가 완전히 자기 안으로 들어가 있음을 느낀 나는 온몸에 전율을 느꼈다. 나는 저렇게 고독해 본 적이 없었다. 그는 나와 함께하지 못하는, 내게는 닿을 수 없는 사람이었다. 마치 이 세상의 가장 먼 섬보다 더 내게서 멀리 떨어져 있었다.

나 말고는 아무도 그 광경을 보지 못했다는 걸 이해할 수 없었다! 모두가 보아야 했다. 그리고 모두 전율해야 했다. 그러나 아무도 그를 주의 깊게 보지 않았다. 그가 그림처럼, 내 생각에는 이도교의 우상처럼 뻣뻣한 모습으로 앉아 있다고 생각할 수밖에 없었다. 파리 한 마리가 그의 이마에 내려앉아 코와 입술 위를 천천히 기어 다녔지만 그는 주름살 하나 미동도 없었다.

그는 지금 어디에, 어디에 가 있는 걸까? 무엇을 생각하고 무엇을 느끼고 있을까? 그는 천국에 가 있을까, 지옥에 가 있을까? 그에게 물을 수는 없었다. 수업 막바지에 다다랐을 때 그가 다시 살아나 숨 쉬는 것을 보았을 때, 그리고 그의 시선과 나의 시선이 마주했을 때, 그는 전과 다름없는 모습이었다. 그는 대체 어디서 돌아왔을까? 어디를 다녀왔을까? 그는 피곤해 보였다. 다시 혈색을 되찾았고 두 손도 전처럼 움직인다. 갈색 머리카락만이 윤기를 잃은 채 축 늘어진 모습이었다.

그다음 며칠 동안 나는 내 침실에서 새로운 연습에 몇 번이나 내 몸을 맡겼다. 의자에 반듯하게 앉아 시선을 한곳에 고정했다. 전혀 꼼짝도 하지 않은 채 얼마나 오랜 시간 그것을 견딜 것인지, 그리고 무엇을 느낄지 알아보려 했다. 하지만 나는 그저 피곤해졌다. 눈꺼풀에 심한 경련까지 일었다.

곧이어 견진례가 있었지만, 나는 거기에 대해 중요한 기억이 남아 있지 않다.

이제 모든 것은 달라졌다. 내 유년 시절은 나의 주변에서 떨어져 나갔다. 부모님은 조금 당황스러워하며 나를 바라보았다. 누이들은 완전히 낯설어졌다. 익숙한 느낌들과 기쁨들은 나에게서 각성이 일어나면서 변질되거나 낡아졌다. 정원에서 향기가 사라졌고 숲은 내 마음을 끌지 못했다. 내 주변 세계는 낡은 상품을 모아놓고 대충 싸게 파는 것처럼 맥없이, 자극 없이 서 있을 뿐이었다. 책들은 종이일 뿐, 음악은 소음이 되어버렸다. 가을 나무 주위로 낙엽이 떨어진다. 나무는 그것을 느끼지 못한다. 비가 나무에 내리고 햇빛이나 서리로 내려앉지만, 나무는 천천히 생명을 가장 좁은 곳, 가장 내밀한 내면으로 점점 움츠러든다. 나무는 죽는 게 아니다. 기다린다.

방학이 끝나면 나는 다른 학교로 옮기기로 결정됐다. 난생 처음으로 집에서 멀리 떨어져 지내는 것이다. 이따금 어머니는 내게 특별히 더 다정하게 대했다. 작별 인사를 미리 했고 나에게 사랑과 향수, 잊을 수 없는 것을 마음속에 심어주려 애쓰셨다. 데미안은 여행을 떠났고 나는 혼자였다.

베아트리체

나는 내 친구를 다시 만나지 못한 채, 방학이 끝나갈 무렵 성 ○○시로 갔다. 부모님 두 분이 나와 함께 움직이시며 갖은 세심함을 기울이셨다. 그렇게 나는 김나지움의 어떤 선생님이 관리하는 소년 기숙사에 들어갔다. 그때 나를 어떤 일들속으로 들어가게 만들었는지 알았더라면 부모님은 놀라서 굳어버리고 말았을 것이다.

시간이 가면서 내가 좋은 아들이자 쓸모 있는 시민이 될지 혹은 내 천성이 다른 길로 뻗어 나갈지는 여전히 미지수였다. 아버지의 집과 전신의 그늘 속에서 행복을 찾기 위한 나의 마지막 시도는 아주 오래 지속되었고 이따금 성공하기도 했지만 결국은 완전히 실패하고 말았다.

견진례를 마치고 나서 방학 동안에 내가 처음으로 느낀 신기한 공허와 고독은(훗날 이런 감정을 얼마나 더 많이 느꼈던가, 이 공허와 옅은 공기를!) 쉽게 사라지지 않았다. 고향과의 이별은 이상할 정도로 쉬웠다. 그리고 슬프지 않아 부끄러울 정도였다. 누이들은 이유 없이 울었고 나는 울 수 없었다. 나는 나 자신에게 스스로 깜짝 놀랐다. 전에는 늘 감정이 풍부했고 본래 천성이 착한 아이였다. 그런 내가 이제는 완전히 변해버렸다. 바깥세상에 대해서는 전혀 관심 갖지 않은 채로 행동했으며 여러 날을 오로지 내 내면에만 귀 기울였다. 그곳 내면의 지하에서 출렁이는 금지되어 있는 어두운 강물 소리를 듣는 데만 열중했다. 지난 반년 동안 나는 매우 빨리 성장했다. 그렇게 키만 훌쩍 자라서는 바짝 마르고 미완성인 채 세상을 들여다보고 있었다. 소년이 갖고 있는 사랑스러움은 나에게서 완전히 떨어져 나갔다. 나 자신도 이런 꼴로는 타인에게 사랑받을 수 없으리라는 것을 느꼈고 스스로도 자신을 전혀 사랑하지 않았다. 막스 데미안에 대한 큰 그리움을 자주 느꼈다. 하지만 때때로 그를 미워도 했으며, 내가 몹쓸 병이라도 든 것처럼 내 사랑의 빈곤함마저도 그의 탓으로 돌렸다.

나는 기숙사에서 사랑을 받거나 주목받지도 못했다. 사람들은 처음에 나를 놀리다가 곧 내게서 멀어지더니 나를 그저 말수가 적은 우울한 괴짜로 여겼다. 그런 역할을 하는 스스로

가 마음에 들어서 나는 그 역할을 더 과장되게 해냈고 깊은 고독 속으로 숨어들었다. 세계에서 가장 남자다운 경멸로 보이도록 포장했다. 그러나 마음을 갉아먹는 비애와 절망의 발작에 남몰래 자주 시달려야 했다. 학교에서는 고향에서 쌓았던 지식을 다시 쌓으며 또 다른 지식의 비축을 마다했다. 수업은 이전 학교보다 진도가 약간 뒤처져 있었고 나는 또래들을 다소 경멸적인 시선으로 어린아이 대하듯 하는 버릇이 생겼다.

한 해가 넘도록 그 상태였다. 방학을 맞아 처음 집에 다녀왔을 때도 마찬가지였다. 기꺼이 다시 집을 떠났다.

11월이 시작될 무렵이었다. 날씨가 어떻든 상관하지 않고 생각에 잠겨 짧은 산책을 하는 버릇이 생겼다. 그런 산책길에서 자주 환희를 느꼈다. 우수와 세상에 대한 경멸, 그리고 자신에 대한 경멸로 가득 찬 환희였다. 어느 날 저녁 안개가 축축하게 깔려 있을 때 도시 주변을 이리저리 배회했다. 어느 공원의 넓은 가로수 길은 완전히 텅 비어 있었고 나를 부르는 것 같았다. 길에는 낙엽이 꽤 두껍게 쌓여 있었고 나는 우울한 쾌감을 느끼며 낙엽들을 발로 헤집었다. 축축하고 씁쓸한 냄새가 났다. 멀리 떨어져 있는 나무들은 유령처럼 안개를 뚫고 커다랗고 희미하게 서 있었다.

가로수 길 끝에서 어정쩡하게 멈춰 서서 검은 나뭇잎을 응시했다. 그 축축하게 부패한 죽음의 향기를 탐욕스럽게 들이마셨다. 나의 내면은 그 향기에 반응하며 반겼다. 아, 삶의 맛은 얼마나 맥 빠져 있는가!

옆길에서 누군가 바람에 외투 깃을 흩날리며 내 쪽으로 걸어왔다. 나는 가던 길을 그대로 가려는데 그가 내 이름을 불렀다.

"안녕, 싱클레어!"

그가 따라붙었다. 내가 지내는 기숙사에서 가장 나이 많은 학생 알폰스 베크였다. 나는 그를 보는 게 좋았고 그에 대한 그 어떤 반감도 없었다. 그가 나를 포함한 모든 후배에게 늘 비꼬는 듯 빈정대며 삼촌처럼 군다는 것 외에는 말이다. 그의 힘은 곰처럼 세다는 소문이 있었는데, 기숙사 선생님조차도 꼼짝할 수 없다고 했다. 여느 고등학교에나 저도는 수많은 소문의 주인공이었다.

"여기서 대체 뭘 하는 거야?" 더 큰 아이들이 나와 같은 어린아이에게 말을 걸듯 상냥한 말투였다. "우리 내기해 볼까? 너 시를 지었지?"

"그런 생각은 안 했는데." 나는 무뚝뚝하게 말했다.

그는 웃음을 터뜨리더니 내 곁으로 다가와 걸으며 이야기를 꺼내기 시작했다. 나에게는 전혀 익숙하지 않은 방법이었다.

"내가 이해하지 못할까 봐 두려워할 필요는 없어, 싱클레어. 어떤 사람이 이런 저녁 시간에 안개 속을 걷는다는 건 뭔가 있다는 거야. 이렇게 가을 생각에 젖어 있을 땐 시를 즐겨짓지. 난 벌써 알고 있어. 물론 죽어가는 자연에 대해서겠지. 또 자연을 닮은 잃어버린 청춘에 대해서겠지. 하인리히 하이네를 봐."

"난 그렇게 감상적이지 않아." 나는 그의 말을 막았다.

"그럼, 그렇게 생각해! 그렇지만 이런 날씨에는 와인 한 잔이나 뭐 그런 게 있는 조용한 장소를 찾는 게 좋지. 나하고 함께 갈래? 나는 지금 아주 외롭거든. 싫니? 난 뭐 네가 굳이 모범생을 자처한다면, 유혹할 마음은 없어."

곧이어 우리는 어느 조그만 교외 술집에 앉았고 품질을 알 수 없는 와인을 마시며 두꺼운 유리잔을 부딪쳤다. 처음에는 별로 마음에 들지 않았지만 그건 어쨌든 새로운 일이었다. 술이 익숙하지 않았던 터라 나는 말이 많아졌다. 내 속에서 창문 하나가 활짝 열려 세계가 내 안으로 들어오는 것 같았다. 얼마나 오랜 시간, 끔찍하게도 내 영혼에 대해 아무 말도 하지 못했던가! 나는 해괴한 소리를 다 늘어놓았고 그러는 와중에 카인과 아벨의 이야기를 화두에 올렸다.

베크는 내 이야기에 흥미를 갖고 귀를 기울였다. 마침내 내가 어떤 사람에게 무언가를 주게 된 것이었다! 그는 내 어깨를 두드리며 나를 굉장한 녀석이라고 치켜세웠다. 나는 환희로 가슴이 부풀어 올랐다. 이야기하면서 속내를 털어놓고 뭔가를 전하고 싶다는 가슴에 고인 욕구를 쏟아낸 기쁨이자, 인정받았다는 데서 오는 환희였다. 그가 나를 천재적인 녀석이라고 불렀을 때, 그 말은 아주 달콤한 독주처럼 내 영혼으로 스며들었다. 세상은 새로운 색으로 불타올랐다. 우리는 선생님들이나 친구들에 관해서 이야기했는데, 나는 우리가 서로를 잘 이해한다고 여겨졌다. 그리스 사람들과 이도교에 대해서도 이야기했다. 베크는 나에게 사랑의 모험에 대해서도 고백하게 하려 했지만 그 점에 대해서는 나는 털어놓을 말이 없었다. 아무 경험이 없었으니 이야기할 게 전혀 없었다. 그리고 내가 마음속에서 느끼고 꾸며내고 상상했던 것들이 내 속에 가득 차 있었지만 술로도 그 이야기는 밖으로 나와 말이 되거나 전달되지 않았다. 여자에 대해서 베크는 훨씬 더 많은 이야기를 알고 있었다. 나는 그의 이야기에 집중했다. 나는 그때 믿을 수 없는 말을 들었다. 절대 있을 거라 생각하지 않았던 일이 평범한 현실 속으로 걸어 들어왔고 자명한 사실처럼 보였다. 알폰스 베크는 열여덟 살에 벌써 다양한 경험을 한 것이었다. 그 가운데 소녀들과 얽힌 일도 있었다. 소녀들은 상냥하고 정중한 태도와 아첨만을 바라는데, 그건 근사한 일이지만 진짜배기는 따로 있다고 했다. 성숙한 여자들에게

서 더 많은 것을 얻을 수 있고 그들이 훨씬 더 똑똑하다는 말이었다. 예를 들어 문구점을 하는 야겔트 부인과는 이야기를 통하기도 하지만, 그녀의 카운터 뒤에서는 온갖 일이 다 일어난다는 거였다. 책에서도 볼 수 없는 일이.

나는 완전히 그의 이야기에 매혹되어 멍하니 앉아 있었다. 물론 나는 야겔트 부인을 사랑할 수는 없다. 하지만 어쨌든 그 이야기는 들어본 적이 없었다. 거기에서는, 적어도 나이가 조금 더 든 아이들에게는 내가 꿈도 꿔보지 못한 생각이 흐르는 것 같았다. 어딘가 틀린 부분이 보이기도 했다. 그리고 내가 모든 면에서 사랑이라면 그러했을 거라 예상했던 것보다 훨씬 일상적이고 하찮은 면도 보였다. 어쨌든 그게 현실이고 삶이며 모험이었다. 그리고 내 곁에는 그것을 이미 경험하고 그 일은 당연하게 여기는 사람이 있었다.

우리의 대화는 약간 낮은 수준이었고 무언가를 잃어버린 것 같았다. 나는 이제 더 이상 천재적인 어린 사나이가 아니라 그저 어른의 말을 경청하는 소년일 뿐이었다. 그렇다 해도 벌써 오래전부터 내 삶을 이루고 있던 것에 비하면 아주 멋진 낙원과 같았다. 그밖에도 금지된 것, 그러니까 술집에 앉아 있는 것부터 우리가 이야기를 하고 있는 것조차 모든 것이 엄격하게 금지된 것이었다. 아무튼 나는 그 자리에서 색다른 정신과 혁명을 맛보았다.

그날 저녁을 나는 똑똑하게 기억하고 있다. 우리 두 사람이 늦은 시각 흐릿하게 타오르는 가스등을 지나 서늘하고 축축한 어둠 속에서 집으로 가는 길에 들어섰을 때, 나는 처음으로 술에 취해 있었다. 기분이 좋지 않았다. 오히려 고통스러웠지만 거기에는 무언가가 있었다. 어떤 매력, 어떤 달콤함이 있었다. 그것은 반란과 도취, 삶이며 정신이었다. 베크는 날 보며 애송이 녀석이라며 욕을 하면서도 듬직하게 나를 떠안았다. 그는 내 몸을 반쯤 업은 채로 집으로 데려갔다. 그리고 열린 복도 창문 너머로 나를 살짝 밀어 넣고 스스로도 그렇게 숨어들어왔다.

아주 잠깐 죽은 듯이 잠을 자다 고통스럽게 눈을 떴다. 술이 깨면서 엄청난 통증이 밀려왔다. 침대에서 일어나 앉았다. 낮에 입었던 셔츠를 그대로 입은 채 옷가지와 신발은 바닥에 널브러져 있었고 담배 냄새와 토한 냄새, 두통과 메스꺼움, 심한 갈증 사이에서 오랫동안 눈에 보이지 않았던 모습이 떠올랐다. 고향의 풍경과 부모님의 집, 아버지와 어머니, 누이들과 정원이 보였고 평화로운 고향 집의 아늑한 내 침실이 보였다. 학교와 시장, 데미안과 들은 견진례 수업이 보였다. 모든 것은 환했다. 모든 것은 광채로 둘러싸여 있었다. 모든 것이 훌륭했고 신적이며 순수했다. 이 모든 것이—이제야 알게 된 사실이지만—어제까지만 해도, 정작 몇 시간 전만 하더라도 내 것이고 나를 기다리던 것이었다. 하지만 지금 이 순간 이렇게까지 타락하고 추락한 이 순간부터는 더 이상 내 것이 아니었다. 그 모든 것이 나를 밀어내면서 역겨운 듯 나를 바라보았다! 모든 사랑스럽고 친근한 것, 어머니의 입맞춤 하나, 모든 크리스마스와 고향에서 맞이한 경건하고 밝은 일요일 아침, 정원의 모든 꽃, 이 모든 것이 황폐해졌다. 그 모든 것을 내 두 발로 짓밟은 것이다. 지금 법의 집행자가 찾아와 나를 묶은 후 인간말종이며 신성 모독죄로 나를 교수대로 끌고 간다면 나는 기꺼이 동의하고 따라갈 것이고, 그 일이 훌륭하고 올바른 일이라고 여길 것이다.

그러니까 내 내면은 그런 모습이었다! 여기저기 돌아다니며 세상을 비웃던 나였다! 정신이 건강하다는 자부심에 취해 데미안과 생각을 함께했던 나였다! 하지만 인간말종에 취하고 더러워진 채로 구역질 나는 충동에 사로잡힌 짐승, 그게 바로 나였다. 모든 것의 순수함, 광채와 사랑스러운 우아함이 흐르던 정원에서 온 내가, 바흐의 음악과 시를 사랑하던 내가! 역겨움과 분노를 품고 나 자신의 웃음소리를 들었다. 술에 취해 자제력 없이 흩어지듯 나오는 웃음소리, 그게 나였다!

그러나 그 모든 일에도 불구하고 이런 고통을 겪고 나서 일종의 쾌감이 뒤따라왔다. 그토록 오랜 시간 동안 맹목적으로 무감각하게 웅크리고 있었기에, 그 긴 시간 동안 내 마음은 고독하고 가난해져 구석에 밀려나 있었기에, 지금의 이런 자기 고발, 이 전율, 영혼의 끔찍한 감정조차 환영할 일이었던 것이다! 어쨌든 이 모든 것은 감정이었고 그 가운데서 불꽃이 일렁였다. 그 안에서 나는 심장이 두근거렸다! 나는 이런 비참함의 중심에서 혼란스러워하면서도 해방과 봄 같은 다른 감정을 느꼈다.

그사이 겉으로 봤을 때 난, 성실하게 내리막길을 걷고 있었다. 처음 취한 일은 더 이상 처음이 아니게 되었다. 우리 학교에는 술집을 찾아다니며 행패를 부리는 아이들이 꽤 있었다. 나는 그 일을 함께하는 무리 속에서 가장 어린 축에 속했다. 그러나 나는 더 이상 누군가가 끼워주는 아이가 아니라, 주동자며 스타가 되었다. 유명하고 대담한 술꾼이 되었고 나는 다시 한번 완전히 어두운 세계, 악마에게 마음을 기울였다. 그 세상에서 나는 멋진 사람이 되었다.

그러면서도 비참한 기분은 떠나지 않았다. 나는 나 자신을 파괴하는 방탕함 속에서 살았다. 학교에서는 친구들 사이에서 대단한 행동가이며 굉장한 녀석으로, 엄청나게 단호하고 재치까지 있는 녀석으로 인정받았다. 그러는 동안에도 내 마음속 깊은 곳에서는 불안이 가득했다. 영혼은 불안에 빠져 허우적대고 있었다. 언젠가 일요일 오전, 어느 술집을 나오면서였다. 길거리에서 말끔하게 빗은 머리와 일요일의 옷차림으로 놀고 있는 아이들을 보며 눈물이 핑 돌았던 일이 아직도 기억난다. 그리고 보잘것없는 술집 안 맥주가 쏟아져 고인 테이블에서 대담하고 냉소적인 태도로 친구들을 놀라 자빠지게 만드는 동안, 사실 마음속 깊은 곳에서는 내 조소를 보내는 모든 것에 경외심을 품고 있었다. 속으로는 눈물을 흘리며, 내 영혼 앞에, 내 과거 앞에, 그리고 우리 어머니 앞과 신 앞에서 무릎을 꿇고 있었다.

내가 한번도 동료들과 진정한 하나로 엮이지 않았다는 것, 그들 가운데서 늘 혼자 고독했고 그래서 그렇게까지 괴로웠다는 것, 거기에는 그럴 만한 이유가 있었다. 나는 술집의 영웅이었지만 그보다 거친 것에 대해서는 마음으로 경멸하는 사람이었다. 나는 재치 있었고 선생님들이나 학교, 부모, 교회 등에 대한 말이나 생각을 떠들 때는 거침없었다. 음담패설을 들으면서 한마디씩 보태기는 했지만, 동료들이 여자들을 찾아갈 때면 한번도 따라가지 않았다. 내가 떠드는 소리대로라면 나는 뻔뻔하게 향락을 즐겨야 했지만, 사랑에 대한 동경의 마음을 품고 희망 없는 동경을 끌어안은 채 혼자였다. 내 동료 그 누구도 나만큼 쉽게 상처받지 않았고 나만큼 부끄러워하지 않았다. 예쁘고 단아한 소녀들이 환하고 우아하게 내 앞을 걸어가는 것을 보아도 그들은 나에게 놀랍고도 깨끗한 꿈이었다. 나보다는 천 배나 순수하고 선한 사람들이었다. 한동안 나는 야겔트 부인의 문구점에도 갈 수 없었다. 그녀의 모습을 보고 알폰스 베크가 들려준 그녀의 이야기가 생각났고 얼굴이 빨개졌기 때문이었다.

내가 새로운 친구들 모임에서도 내내 고독하고 나 자신이 그들과 다른 존재임을 깨달을수록 나는 더욱 그들에게서 헤어나오지 못했다. 그렇게 술을 퍼마시고 허풍 떠는 게 그 당시의 나에게 즐거운 일이었는지조차 이제는 모르겠다. 매번 술을 마셨지만 매번 고통이 사라질 정도로 몸에 맞지는 않았다. 그 모든 일은 마치 강제성을 띠고 있는 것 같았다. 그것 말고는 다른 어떤 걸 해야 할지 도무지 알지 못했다. 모든 일은 일종의 강압이었다. 나는 오래 혼자 있기 두려웠고 항상 내 마음을 이끄는 수많은 부드럽고 부끄럽고 은밀한 감정의 변화가 두려웠다. 그리고 그토록 자주 마음속에 솟아오르는 달콤한 사랑에 대한 생각이 두려웠다.

내게 가장 부족한 한 가지, 그건 친구였다. 내가 무척 좋아하는 친구 두세 명이 있기는 했다. 그러나 그들은 착한 학생들이었다. 나의 방탕한 생활은 오래전부터 그 누구에게도 비밀이 아니었고 그들이 나를 피하는 건 당연했다. 모든 동급생에게서 나는 두 발밑의 땅이 흔들리는 가망 없는 아이로 여겨졌다. 선생님은 나에 대해 많은 것을 알게 됐고 나는 점점 무거운 벌을 받았다. 이제 학교에서 쫓겨나는 일만 남았다. 나 스스로도 그걸 알고 있었다. 나는 이미 오래전부터 좋은 학생이 아니었다. 학생이라는 신분이 오래 지속하지 않으리라는 생각으로 근근이 학교 과정을 통과했다.

신이 우리를 외롭게 만들어 우리 자신에게로 이끌어 가는 길을 많이 만들었다. 그때 신은 나와 함께 걸었다. 그것은 두려운 꿈과 같았다. 더러움과 끈적거림 너머로 깨진 맥주잔들, 신랄한 말로 지새운 밤 너머로 내 모습이 보인다. 나는 주문에 걸린 몽상가가 되어 쉼 없이 추하고 더러운 길을 고통 속에서 기어가는 모습이다. 공주님을 찾아가는 길에 진흙탕과 악취와 쓰레기 가득 찬 뒷골목에 처박혀버리는 그런 꿈이었다. 당시 내 처지가 그랬다. 나는 그렇게 섬세하지 못한 방식으로 외로워졌다. 어린 시절과 나 사이에는 빛을 내뿜는 무정한 파수꾼들이 지키는 에덴동산의 닫힌 문이 세워져 있었다. 그것은 시작이었다. 나 자신을 향한 그리움이 깨어나는 일이었다.

아버지가 기숙사 선생님의 경고 편지를 받고 처음으로 성○○시에 불쑥 나타났을 때, 나는 놀랄 수밖에 없었다. 그 겨울 끝자락에서 아버지가 두 번째로 오셨을 땐, 야단을 치며 어머니 생각을 하라며 부탁해도 냉정하고 무관심한 태도를 보였다. 아버지는 결국 매우 흥분했다. 내가 바뀌지 않는다면 수모와 창피를 주고 학교에서 끌어내 감화원에 처넣겠다고 말했다. 그렇게 하라지! 그렇게 아버지가 떠났을 땐 마음이 무거웠다. 아버지는 아무것도 성공하지 못했고 내게 오는 그 어떤 길도 찾아내지 못했다. 나는 일이 그렇게 흘러간 게 당연하다고 여기기도 했다.

내가 무엇이 되든 나로서는 아무래도 좋았다. 나는 술집에 앉아 의기양양한 태도로 이상하고 곱지 못한 방식으로 세상과 싸우고 있었고 그건 내 나름의 반항하는 방법이었다. 그 과정에서 나는 망가졌고 이따금 이런 생각을 품기도 했다. 세상이 나 같은 인간을 필요로 하지 않는다면, 세상이 그런 인간들을 위해 더 나은 장소나 더 나은 과제를 들고 있지 않다면, 나 같은 인간들은 망가지는 법이다. 그러면 세상이 손해 겠지.

그해의 크리스마스 휴가는 즐겁지 않았다. 어머니는 나를 만나고 놀라셨다. 키는 더 컸고 얼굴은 야위고 거칠었다. 피곤한 얼굴에 눈가에 염증까지 생겨서 얼굴이 더 황폐해 보였다. 콧수염이 나면서 코밑이 거뭇해졌고 얼마 전부터 안경까지 쓰는 바람에 어머니에게는 더욱 낯설어 보였을 것이다. 누이들은 뒤로 물러나 킥킥 웃었다. 모든 게 유쾌하지 않았다. 아버지와 서재에서 나눈 이야기가 불쾌하고 괴로웠으며, 몇몇 친척들의 인사, 무엇보다 크리스마스이브가 불쾌했다. 크리스마스이브는 우리 집에서 가장 큰 행사였다. 축제 분위기 안에서 사랑과 감사가 있는 저녁이었고 부모님과 나 사이의 유대관계를 더 끈끈하고 새롭게 만들어주는 저녁이었다. 하지만 이번에는 모든 게 마음을 짓누르고 당혹스러웠을 뿐이다. 평소처럼 우리 아버지는 벌판의 양치기에 관한 복음서 구절을 읽었다. "그들은 양 떼를 지키고 있었다." 다른 때와 마찬가지로 누이들은 환히 웃으며 그들의 선물이 놓인 탁자 앞에 서 있었다. 그러나 아버지의 음성은 즐거운 울림이 없었다. 얼굴은 나이 들었고 힘겨워 보였으며 어머니는 슬퍼했다. 선물과 축복, 복음서와 크리스마스트리 그 모두가 거북했다. 내가 원하지 않는 고통스러운 자리였다. 크리스마스 쿠키가 달콤한 냄새를 풍기고 그보다 더 감미로운 추억의 구름이 잔잔히 밀려왔다. 전나무는 향기를 냈고 이제는 존재하지 않는 일들을 이야기했다. 나는 이 저녁과 크리스마스 행사 기간이 끝나기를 간절히 바랐다.

겨우내 그런 식이었다. 얼마 전 나는 교무회로부터 강력한 경고와 함께 퇴학이 임박했다는 소식을 받았다. 오래 걸리지는 않을 것 같았다. 아무럼 어때, 나는 별생각이 없었다.

특별히 막스 데미안을 원망했다. 그동안 내내 그를 보지 못했다. 성 ○○시에서 학년 초에 두 번 편지를 썼지만 답장을 받지 못했다. 그래서 나도 방학 동안 그를 찾아가지 않았다.

지난가을 알폰스 베크와 만났던 그 공원의 가시나무 울타리가 초록으로 번지던 이른 봄, 한 소녀가 내 눈에 띄었다. 나는 온갖 생각들과 근심에 잠긴 채 혼자 산책하고 있었다. 건강이 나빠졌고 계속 돈 때문에 문제가 생겼다. 다른 학생에게 빚을 지고 있었는데, 집으로부터 받아내야 할 핑계를 이리저리 꾸며내야 했던 데다가 몇몇 가게에서 산 담배나 그 비슷한 물건들의 외상도 늘어나고 있었다. 그렇다고 이 근심들이 깊게 뿌리박혔다는 건 아니다. 머지않아 여기 있는 것도 끝이 나고 내가 물에 뛰어들거나 감화원에 보내지면 이따위 소소한 일들은 결코 문제가 될 리 없다고 여겼다. 그러나 나는 내내 그런 불쾌한 일을 마주했고 그 일들에 시달렸다.

그 봄날 공원에서 나의 시선을 사로잡은 소녀를 만나게 되었다. 그녀는 키가 크고 날씬했으며 우아한 옷차림에 영리한 소년의 얼굴이었다. 나는 그녀가 첫눈에 마음에 들었다. 내가 좋아하는 얼굴이었고 나의 상상력을 자극하는 모습이었다. 나보다 나이가 많은 것 같진 않았지만, 훨씬 어른스러운 모습이었다. 우아하고 아름다운 윤곽에 벌써 완연한 숙녀의 모습이 보였다. 그러면서도 얼굴에서 무모한 소년의 티를 엿볼 수 있었는데, 나는 그 모습도 참 좋았다.

나는 지금까지 마음을 빼앗긴 여자에게 접근해서 성공한 적이 없었다. 이때도 마찬가지였다. 하지만 그 인상은 그 이전의 여성들보다 깊었고 이 사랑의 감정이 내 삶에 미친 영향은 실로 무서울 정도였다.

갑자기 내 앞에 하나의 모습이 드러났다. 존경할 만한, 드높은 모습—아, 내 안의 그 어떤 욕구나 충동도 존경과 숭배만큼 깊고 강렬한 적은 없었다. 나는 그녀에게 베아트리체라는 이름을 주었다. 단테는 읽지 않았지만 베아트리체에 대해서는 알고 있었다. 어떤 영국 그림에서 발견했는데, 나는 그 그림의 사본을 갖고 있었다. 영국의 라파엘전파의 화가가 그린 소녀의 모습이었다. 머리가 작고 팔다리가 굉장히 길고 날씬했다. 두 손과 표정에는 영혼이 깃든 모습이었다. 내가 만난 그 젊고 아름다운 소녀는 이 그림의 모습과 완전히 똑같지는 않아도 내가 좋아하는 날씬하고 소년 같은 모습, 그리고 영혼이 정신에 깃든 모습을 하고 있었다.

나는 베아트리체와 단 한마디도 말을 나누지 못했다. 그렇지만 그녀는 당시 나에게 깊은 영향을 주었다. 그녀는 내 앞에 모습을 드러내면서 신전의 문을 열어주었다. 그리고 나를 신전의 기도자로 만들었다. 나는 하루 만에 술집에 앉아 퍼마시거나 밤에 나돌아다니는 일을 끊었다. 다시 혼자 있을 수 있었다. 다시 책을 즐거워했고 기꺼이 산책에 나섰다.

나의 갑작스러운 변화는 주변의 비웃음을 샀다. 하지만 나에게는 사랑하고 숭배하는 대상이 생겼다. 다시 하나의 이상을 가슴에 품은 것이다. 삶은 다시 풍요로운 비밀을 품은 여명과 예감에 두근거렸다. 그 덕분에 나는 주변의 조롱을 이길 수 있었다. 숭배하는 대상에 기꺼이 노예가 되어 다시 원래의 나로 되돌아와 안착한 것이다.

그 시절을 회상할 때 감동을 뺄 수 없다. 나는 더없이 큰 노력으로 삶의 부서진 시기의 파편들을 모아 '밝은 세계'를 건설하려 무던히 애썼다. 나는 다시 내 속의 어둠과 악을 물리치고 완연한 빛 속에, 신 앞에 무릎을 꿇은 채 단 한 가지 소망을 안고 살았다. 어쨌든 지금의 이 '밝은 세계'는 어느 정도 나 자신이 만들어 낸 것이다. 어머니에게로 그리고 책임감 없이 안전함 속으로 기어들어 가는 일과는 달랐다. 나 스스로 만들고 요구한 새로운 복무였으며 책임과 자기 기율이 있는 예배였다. 내가 시달렸으며 또 거듭 회피하던 성적인 문제가 이런 성스러운 불 속에서 정신과 경건함으로 발전한 것이다. 캄캄한 것과 추악한 것을 두어선 안 됐다. 신음을 지르며 지새운 밤들, 외설스러운 모습 앞에서 뛰던 심장의 두근거림과 금지된 문 앞에서 귀를 기울이는 음란함과 방탕함도 사라져야 했다. 그 모든 것 대신 베아트리체의 형상으로 나는 나의 제단을 세웠다. 그리고 나 자신을 그녀에게 바침으로써 정신과 신들에게 나를 맡긴 것이다. 어두운 힘들에게 내가 뺏어낸 삶의 몫을 밝은 힘들에게 제물로 내어드렸다. 이제 나의 목적은 쾌락이 아니라 순결함이었다. 그리고 행복이 아니라 아름다움과 정신성이었다.

베아트리체를 향한 숭배에 가까운 마음은 내 삶 전체를 바꾸어놓았다. 어제만 해도 나는 조숙하고 냉소적인 사람일 뿐이었지만 이제는 성인이 되겠다는 목표를 지닌 신전의 하인과도 같았다. 나는 이미 익숙해질 대로 익숙해진 일상을 내 몸에서 들어냈을 뿐만 아니라 더 바꾸려고 했다. 모든 것을 순결함과 고귀함으로 연결 지어 품위를 지키려 했고 먹고 마시고 말하고 옷을 입을 때도 마찬가지였다. 나는 냉수로 목욕하는 일로 아침을 시작했다. 처음에는 나 자신을 힘들게 막아세웠다. 진중하고 품위 있게 행동했으며, 자세를 똑바로 했고 나의 걸음걸이를 더 느리고 우아하게 만들었다. 구경꾼들에게는 우스꽝스럽게 보였을지도 모른다. 그러나 내 내면에서 그것은 모든 예배와도 같았다.

새롭게 세운 신념의 표현을 찾기 위한 이 모든 새로운 연습 중에서 한 가지가 더 중요해졌다. 나는 그림을 그리기 시작한 것이다. 내가 지니고 있던 영국의 베아트리체 그림이 그 소녀와 썩 닮지 않아서 시작된 일이었다. 나는 나 자신을 위해서 그녀를 그리고 싶었다. 완전히 새로운 기쁨과 희망을 지닌 채로—얼마 전부터 갖게 된 내 방이 있었기에—부드러운 종이와 물감, 붓을 모았고 팔레트나 유리잔, 도자기 접시, 연필을 가지런히 정리해두었다. 작은 튜브에 든 고급스러운 수성 물감은 나를 매혹했다. 거기에는 그린 크롬옥사이드가 있었다. 그것이 처음으로 자그마한 흰 주발 안에서 빛나던 모습이 아직도 눈에 선하다.

조심스럽게 시작했다. 얼굴을 그리는 것은 어려운 일이었기에 처음에는 다른 사물로 시작했다. 장식무늬, 꽃, 작은 상상의 풍경, 예배당 곁에 서 있는 나무 한 그루, 사이프러스 나무가 있는 로마의 다리를 그렸다. 때때로 이 장난스러운 행동에 완전히 빠져들어 나 자신을 잊기도 했다. 크레파스를 선물받은 어린아이처럼 나는 행복했고 마침내 베아트리체를 그리기 시작했다.

종이 몇 장은 완전히 실패해 버려버렸다. 이따금 거리에서 마주쳤던 그 소녀의 얼굴을 떠올려보려 하면 할수록, 오히려 떠오르지 않았다. 결국에는 그런 노력을 포기하고 상상에 내맡겼다. 색과 붓에서 저절로 나오도록, 시작한 선에서 붓이 가는 대로, 물감과 붓에서 자연스럽게 나오는 선을 따라 그렸다. 그렇게 그려진 건 꿈속의 얼굴이었다. 불만족스럽지는 않았다. 그렇지만 나는 계속해서 그리기를 시도했다. 새로운 종이 한 장, 한 장이 그 무엇인가를 더 분명하게 말해주고 있었다. 비록 현실의 모습과는 달랐지만 내가 원하는 그 모습에는 점점 가까워졌다.

나는 차츰 더 몽환적인 붓놀림으로 대상이 없고 장난스러운 터치와 무의식에서 나오는 선을 긋고 평면을 채우는 데 익숙해져 갔다. 마침내 어느 날 무의식 상태로 얼굴 하나를 완성했다. 그 그림은 전에 그린 그림보다 더 강하게 나에게 말을 던졌다. 그 소녀의 얼굴은 아니었다. 결국 오래전부터 그렇게 되는 건 무리였다. 그것은 무언가 다르고 무언가 비현실적인 모습이었다. 그렇다고 그림의 가치가 덜하지는 않았다. 그림 속 얼굴은 소녀의 얼굴이라기보다는 청년의 얼굴처럼 보였다. 머리카락은 나의 아름다운 소녀처럼 금색이 아니고 붉은 기운이 도는 갈색이었다. 턱은 강하고 뚜렷한 윤곽을 가졌고 입은 붉은색으로 꽃 피우고 있었다. 전체적으로 보자면 다소 뻣뻣하고 가면 같은 데가 있었지만 인상적이고 신비스러운 생명이 가득 차 있었다.

완성된 그림 앞에 앉아 있자니 그림에서 이상한 인상을 받았다. 그것은 내게 일종의 신의 모습, 또는 거룩한 가면처럼 보였다. 절반은 남자고 절반은 여자, 나이가 없고 의지가 군세면서도 꿈같은. 뻣뻣하게 굳어 있으면서도 은밀하게 생명력을 보이는 것 같았다. 그 얼굴은 내게 무언가를 말하려고 했다. 그것은 나의 일부였다. 내게 어떤 걸 요구했고 그 누군가와 비슷했지만 누군지 정체를 알 수 없었다.

그 초상은 한동안 내 모든 생각을 따라다녔고 나의 삶과 함께했다. 나는 그림을 서랍에 감췄다. 아무도 그림을 훔쳐보거나 그 그림으로 나를 비웃게 만들고 싶지 않았다. 하지만 내 작은 방에 혼자 있게 될 때면 그림을 꺼내 들었다. 저녁에는 침대 맞은편 벽에 핀으로 고정해서 잠들 때까지 바라보았고, 아침이면 제일 먼저 그곳에 시선이 닿았다.

바로 그 시절, 내가 어린아이였을 때 늘 그랬던 것처럼, 많은 꿈을 꾸기 시작했다. 몇 해 동안이나 꿈을 꾸지 않았던가. 이제 꿈은 다시 돌아왔다. 전혀 새로운 종류의 형상이었다. 그리고 자주 내 꿈속으로 초상화가 나타났다. 그림은 살아서 말을 걸었다. 친절하거나 혹은 적대적이거나, 어떤 때는 얼굴을 찡그렸고 어떤 때는 한없이 아름답고 조화로웠으며, 고귀한 모습이었다.

그리고 어느 아침, 그런 꿈들에서 깨어났을 때 나는 그 그림의 정체를 알아보았다. 그림이 너무나도 친숙하게 나를 바라보고 있었다. 마치 내 이름을 부르는 것 같았다. 나를 잘 아는 어머니처럼, 내 모든 시간 동안 나를 향해 있었던 것만 같았다. 고동치는 가슴으로 그림을 응시했다. 숱 많은 갈색 머리카락, 절반은 여자 같은 입술 그리고 특별히 더 밝은(마르면서 저절로 그렇게 됐다) 뚜렷한 이마, 마음속으로 점점 더 분명하게 깨달음과 재발견, 앎을 느꼈다.

침대에서 벌떡 일어났다. 그 얼굴 앞에 아주 가까이 서서 크게 뜨고 초록빛 도는 고집스러운 눈을 똑바로 바라봤다. 그 오른쪽 눈이 다른 쪽보다 약간 더 높이 있었다. 그리고 갑자기 오른쪽 눈이 가볍게 찡긋했다. 이 찡긋거림으로 나는 그 모습을 알아차렸다.

어떻게 이렇게 늦게야 알아볼 수 있단 말인가! 그것은 데미안의 얼굴이었다.

나는 나중에 이 그림을 내 기억 속에서 찾아낸 데미안의 표정과 종종 비교했다. 비슷하기는 했지만 똑같지는 않았다. 하지만 그래도 데미안이었다.

언젠가 어느 이른 여름 저녁, 내 방의 서쪽 창문으로 햇빛이 비스듬히, 붉게 스며들고 있었다. 방안은 어둑해졌다. 그 때 갑자기 생각이 떠올라 베아트리체, 혹은 데미안의 초상을 창살 사이 창문 가운데 핀으로 고정했다. 그리고 저녁 빛이 어른대며 그림을 통과하는 모습을 바라보았다. 얼굴은 윤곽이 없이 흐릿해졌지만 붉은색으로 윤곽을 그린 두 눈과 이마의 밝은색, 뚜렷하게 붉은 입술만은 종이 표면을 튀어나온 듯 깊고 거칠게 빛났다. 나는 오랜 시간 동안 빛이 전부 사라질 때까지 그림을 마주 보며 앉아 있었다. 그런데 점점 그것은 베아트리체나 데미안도 아닌 바로 나 자신이라는 생각이 들었다. 그 그림은 나를 닮지 않았고 그럴 리도 없었다. 그래도 그것은 나의 삶의 한 부분이었다. 그것은 나의 내면이었고 나의 운명 혹은 내 속의 신이었다. 언젠가 내게 다시 한 명의 친구가 생긴다면 저런 모습이리라. 언젠가 애인을 만들게 된다면 내 애인은 저런 모습이리라 생각했다. 나의 삶과 나의 죽음도 저런 모습일 것이다. 이것은 내 운명의 울림이자 리듬이었다.

그 몇 주 동안 나는 책 한 권을 읽기 시작했다. 전에 읽은 모든 책보다 더 깊은 인상을 남겼다. 뒷날에도 그런 식으로 읽어낸 책은 그리 많지 않다. 니체 정도나 그랬을 정도다. 그 책은 노발리스의 책으로 편지와 잠언들이 들어 있었다. 그중 많은 것을 이해하지 못했지만, 모든 것이 말할 수 없이 나를 사로잡았고 긴장하게 만들었다. 그 순간 격언 하나가 떠올랐고 나는 펜으로 초상화 아래에 펜으로 적었다. '운명과 기질은 같은 개념에 붙여진 두 개의 이름이다.' 나는 그제야 그 말을 이해했던 것이다.

내가 베아트리체라고 부르던 소녀와는 여전히 자주 마주쳤다. 이제는 아무런 감정도 느껴지지 않았다. 그러나 늘 부드러운 일치감, 감정 있는 예감을 느꼈다. 넌 나와 연결되어 있어. 네가 아니라 너의 형상일 뿐이지만. 넌 내 운명의 일부야.

막스 데미안을 향한 그리움이 다시 심해졌다. 나는 그에 대해서 아무것도 모른 채 몇 해가 지났다. 그러다 방학 때 단 한번 그를 만난 적이 있었다. 그 짧은 만남을 내 기록에서 빠뜨린 게 실수가 아니란 걸 이제야 깨달았다. 그것이 부끄러움과 허영에서 일어난 일이었다는 것도 알겠다. 늦었지만 그 이야기를 하고자 한다.

어느 방학 중에 술집에 드나들던 시절의 권태롭고 피곤한 얼굴로 고향 도시를 이리저리 배회했다. 산책용 지팡이를 휘두르고 옛날과 똑같이 경멸스러운 늙은 속물들의 얼굴을 들여다보고 있을 때 내 친구와 우연히 마주쳤다. 나는 그를 보자마자 움찔했다. 그리고 번개처럼 빠르게 프란츠 크로머가 생각났다. 데미안이 그 일을 잊는다면 얼마나 좋을까! 그에게 빚을 지고 있다는 게 무척 불쾌했다. 사실 그 일은 어린 시절의 멍청한 이야기 중 하나였지만 마음의 빚은 분명했다.

그는 내가 인사하기를 기다리는 것 같았다. 그리고 내가 태연하게 인사를 건네자 그는 내게 손을 내밀었다. 그것은 역시 그다운 악수였다! 그렇게 확고하고 따뜻하면서도 차가운 남자다움이 있었다!

그는 내 얼굴을 주의 깊게 들여다보며 말했다. "너 많이 컸구나, 싱클레어." 그 자신은 하나도 변한 것 같지 않았다. 언제나처럼 똑같이 나이든, 어린 모습이었다.

우리는 함께 산책을 나섰다. 순전히 시시한 일들에 관해서만 이야기를 나눴고 당시의 일에 대해선 말하지 않았다. 전에 몇 번 그에게 편지를 썼지만 답장을 받지 못했다는 게 생각났다. 아, 그가 그것도 잊으면 좋으련만, 그 멍청하고 바보 같은 편지들이라니! 그는 그 편지에 대해서 아무 말이 없었다.

당시만 해도 베아트리체나 초상화도 없었고 나는 여전히 거칠고 황량한 시절 한가운데에 있었다. 교외에 이르렀을 때 나는 그에게 술집에 가자고 말했고 그는 따라왔다. 나는 허풍을 떨며 와인 한 병을 시키고 따른 뒤 그와 잔을 부딪쳤다. 대학생들과 같은 음주 습관이 익숙하다는 걸 과시하며 첫 잔을 단숨에 비우기도 했다.

"술집에 자주 가나 봐?" 그가 물었다.

"응, 그래." 내가 느릿하게 대답했다. "달리 뭘 해야 할까? 결국 이게 제일 신나는 일이지."

"그렇게 생각해? 그럴지도 몰라. 거기엔 아주 멋진 부분도 있어. 도취, 바쿠스적인 것! 하지만 술집에 자주 드나들고 오래 앉아 있는 사람들은 대개 재미를 상실하던걸. 술집을 돌아다니는 일이야말로 정말 속물 같은 일이야. 그래, 하룻밤 정도 횃불을 밝히고 진짜 화끈하게 술에 취해버리는 건 좋아! 하지만 언제나 거듭 한 잔, 또 한 잔을 마셔대는 건 아마 진짜가 아닐걸? 파우스트가 저녁마다 단골 술집 탁자 앞에 앉아 있는 걸 상상할 수 있어?"

나는 잔을 비우고 적의에 찬 얼굴로 그를 바라보았다.

"그래, 그렇지만 누구나 파우스트 같지 않아." 하고 짧게 대꾸했다.

그는 약간 어리둥절해서는 나를 바라봤다. 그러더니 예전의 활기와 우월함을 내보이며 웃었다.

"좋아. 뭣 하러 이런 걸로 너와 싸우겠니? 어쨌든 주정꾼이나 방탕아의 삶은 아마 나무랄 데 없는 시민의 삶보다는 생동감 있겠지. 게다가 언젠가 읽었는데 말이지, 방탕한 삶은 신비주의자를 위한 최고의 준비 중 하나라더라고. 나중에 예언자가 되는 성 아우구스틴 같은 사람들이야 늘 있는 법이잖아. 그도 한때는 향락에 빠져 방탕한 생활을 즐겼지."

나는 불신에 가득 찼고 그에게 훈계받고 싶지 않았다. 그래서 거드름부리며 말했다. "그래, 누구든 제 입맛대로 살라지! 터놓고 얘기하자면, 나는 예언자나 어떤 누군가가 되는 일 따위에는 전혀 관심 없어."

데미안은 눈을 조금 가느다랗게 뜨고 잘 안다는 표정으로 나를 바라보았다.

"이봐, 싱클레어." 그가 천천히 말했다. "난 너를 불쾌하게 만들 생각은 없었어. 게다가 네가 지금 어떤 이유로 그 잔을 들이키고 있는지 우리 둘 다 알 수 없어. 하지만 너의 인생을 결정하는, 네 안에 있는 것은 이미 모든 것을 알고 있어. 그걸 아는 건 좋은 일이야. 우리 안에 누군가가 존재해서 모든 것을 알고 모든 것을 하고자 하고 모든 것을 우리 자신보다 더 잘한다는 건 좋은 일이지. 미안하지만, 난 이제 집에 가야겠어."

우리는 짧게 작별인사를 나누었다. 나는 불쾌한 기분으로 그대로 앉아 내 잔을 전부 비웠다. 술집을 나설 때 데미안이 이미 계산했다는 걸 알았다. 그 사실이 나를 더 화나게 했다.

내 생각은 다시 이 작은 사건에 머물렀다. 온통 데미안에 대한 생각뿐이었다. 그가 교외 술집에서 했던 말들이 다시금 뚜렷하게 떠올랐다. "그걸 아는 건 좋은 일이야. 우리 안에 누군가가 존재해서 모든 것을 안다는 사실을 말이야!"

창에 걸린 그림은 이제 완전히 어둠 속으로 사라졌다. 하지만 나는 계속 그림을 바라봤다. 여전히 빛나는 두 눈이 보였다. 그것은 데미안의 눈빛이었다. 아니면 내 속에 있는 누군가, 모든 것을 아는 그 존재였다.

데미안이 얼마나 그리웠던가! 그에 대해서 나는 아무것도 몰랐다. 그는 연락이 닿지 않았다. 내가 아는 건 아마 그가 지금쯤 대학을 다니고 있다는 것, 그의 김나지움 시절을 마치자 그의 어머니도 그 도시를 떠났다는 것뿐이었다.

크로머와의 이야기에 다다르기까지 내 안에 있는 막스 데미안에 대한 모든 기억을 뒤졌다. 얼마나 많은 것이 그때 다시 나를 울리고 있는가. 그가 내게 건넨 말과 다른 모든 것들은 여전히 의미 있었다. 여전히 내 앞에 마주하고 있는 문제였고 여전히 중요했다. 그다지 즐겁지 않았던 마지막 만남에서도 그가 방탕한 사람과 성자에 대해 한 말도 내 영혼 앞에 환하게 타올랐다. 나에게도 꼭 그런 일이 생긴 게 아닌가? 나는 취기와 더러움, 마비와 상실 속에서 살지 않았던가. 그러다 마침내 새로운 삶의 충동으로 정반대의 것, 순결함에 대한 욕구, 성스러움을 향한 동경이 내 마음에 되살아난 게 아닌가?

그렇게 나는 계속해서 기억을 뒤적였다. 밤이 된 지 이미 오래였고 바깥에서는 비가 내리고 있었다. 내 기억 속에서도 빗소리가 들렸다. 그 옛날 언젠가 마로니에 나무들 밑에 서 있던 시간, 그가 내게 크로머의 일을 캐묻고 나의 첫 비밀을 알아내던 때였다. 하나씩 차례차례 떠올랐다. 학교 가는 길에 나눈 대화들, 견진례 수업 시간들, 그리고 마침내 막스 데미안과 맨 처음으로 만났던 시간까지. 거기에서 대체 어떤 이야기를 했더라? 금방 떠오르지 않았다. 다시 천천히 시간을 두고 그 생각에 완전히 몰입했을 때 그것도 떠올랐다. 우리들은 우리 집 앞에 서 있었고 그는 나에게 카인에 관한 생각을 말했다. 그리고 그는 우리 집 현관문 위에 붙어 있는, 밑에서 위쪽으로 점점 더 넓어지는 쐐기돌에 새겨진 문장, 낡고 색이 바랜 문장에 대해 이야기했다. 그는 말했다. 그런 것들을 눈여겨봐야 한다고.

그날 밤 나는 데미안과 문장 꿈을 꾸었다. 문장은 계속해서 변했고 데미안은 그 문장을 손에 쥐고 있었다. 그것은 때로는 작은 모양으로 잿빛이었다가 또 때로는 엄청나게 크고 다채로운 색으로 바뀌었다. 그는 그것이 결국 같은 거라고 설명해주었다. 마지막에 그는 내게 문장을 먹으라고 강요했다. 내가 문장을 삼키자 삼킨 문장이 내 속에서 살아나더니 나를 가득 채웠다. 그러고는 안에서부터 나를 파먹기 시작했다. 나는 놀랄 수밖에 없었다. 죽음의 두려움 속에서 나는 벌떡 일어나 잠에서 깼다.

잠은 완전히 달아났지만 아직 한밤중이었다. 방 안에는 빗소리가 가득 찼다. 창문을 닫으려 일어났다가 바닥에 떨어져 있는 하얀 무언가를 밟았다. 아침에 일어나 보니, 그 하얀 물체는 내가 그린 그림이었다. 축축한 바닥에서 불룩하게 모양이 바뀌어 있었다. 나는 그림을 말리기 위해 압지 사이에 끼어 두꺼운 책 사이에 넣어두었고 이튿날 다시 꺼냈을 땐, 완전히 말라 있었다. 그러나 그림은 바뀌어 있었다. 붉은 입술의 색은 옅어진 채 가느다랗게 바뀌어 있었다. 이제는 완전히 데미안의 입이었다.

새 종이를 꺼내 문장의 새를 그리기 시작했다. 새가 어떤 모습이었는지 똑똑히 기억해낼 수는 없었다. 내가 아는 한 문장의 일부는 가까이에서 살펴도 어떤 모양이었는지 알아볼 수 없기도 했다. 문장이 낡은 데다가 페인트를 몇 번 덧입힌 탓이었다. 그 새는 무언가의 위에 서 있거나 앉아 있었다. 어쩌면 한 송이 꽃이나 둥지, 나무 우둠지였을지도 모른다. 나는 더 이상 그런 데 신경 쓰지 않고 뚜렷하게 기억하는 것에서부터 그리기 시작했다. 명확하지 않은 어떤 욕구에 따라 곧바로 강렬한 색으로 시작했다. 새의 머리는 내 도화지 위에서 황금색이었다. 나는 그렇게 기분 내키는 대로 계속 그려나가, 며칠 만에 그림을 완성했다.

그것은 날카롭고 대담한 매의 머리를 가진 한 마리의 맹금류였다. 그의 몸 절반은 어두운색을 띤 지구에 박혀 있었고 커다란 알에서 나오는 듯 그곳에서 나오려 애쓰고 있었다. 바탕은 푸른 하늘이었다. 그림을 꽤 오랜 시간 바라보고 있으니, 점점 더 내 꿈에 나왔던 색이 있는 문장인 것 같았다.

데미안에게 편지를 쓰는 일은 나로서는 불가능했다. 어쩌면 어디로 보내야 하는지 알았더라도 말이다. 그러나 당시의 내가 매사를 그렇게 처리했던 것과 마찬가지로 꿈과 같은 예감에 사로잡혀 그에게 이 새매 그림을 보내기로 결심했다. 그에게 도착하든 안 하든 상관없었다. 그림에 아무것도 쓰지 않고 내 이름조차 쓰지 않은 채 그림의 가장자리를 조심스럽게 올렸다. 커다란 종이봉투를 사서 내 친구의 옛 주소를 적어

보냈다.

시험이 다가오고 있었다. 나는 예전보다 더 많이 공부해야 했다. 내가 돌연 무례한 방황을 끝냈을 땐, 선생님들도 너그럽게 나를 다시 받아들였다. 그때의 내가 훌륭한 학생은 아니었지만 반년 전만 해도 벌을 받아 퇴학당할 거라고 했다는 사실을 나 자신이나 다른 누구도 생각하지 못했다.

아버지도 이제는 예전과 같은 말투로 혼내거나 협박하는 문장 없이 편지를 보냈다. 그렇지만 나는 아버지에게나 그 누구에게 어떻게 내가 변화했는지 설명할 생각이 없었다. 이런 내 변화가 선생님이나 부모님의 소망과 일치한 것은 우연일 뿐이었다. 이 변화는 나를 다른 사람들에게 데려간 것이 아니었다. 또 그 누구와도 가깝게 만들지 않았다. 오히려 더욱더 고독하게 만들었다. 그것은 어딘가로 향해 있었다. 데미안에게, 그리고 먼 운명에게. 나 스스로는 아직 잘 몰랐다. 내가 그 한가운데 서 있었으니 알 리 없었다. 시작은 베아트리체로부터였으나, 얼마 전부터 나는 그려진 종이들과 데미안에 대한 내 생각과 더불어 살았다. 얼마나 완벽하게 비현실적인 세계에 살았던지 베아트리체마저 시야와 생각에서 까맣게 사라졌다. 내 꿈들, 내 기대들, 내 내면의 변화들에 대해서 단 한마디도 할 수 없었다. 설사 내가 원했다 해도 나는 못 했을 것이다.

하지만 내가 대체 그것을 어떻게 원할 수 있었겠는가?
새는 알에서 나오려고 투쟁한다

내가 그린 꿈속의 새는 제 갈 길을 찾아내 친구를 만났다. 이상한 방식으로 나에게로 답장이 왔다.

쉬는 시간이 끝난 다음 우리 반 교실 내 책상에서 책에 꽂혀 있는 쪽지를 발견했다. 쪽지는 동급생들이 이따금 몰래 주고받는 방법과 똑같이 접혀 있었다. 내가 놀랐던 건 누가 나에게 이런 쪽지를 보냈을까 하는 생각에서였다. 나는 그 누구하고도 그런 식으로 교류한 적이 없었다. 학생들 사이에서 장난하는 거라 여겼고 쪽지를 읽지 않은 채 책 앞쪽에 끼어두었다. 그러다 수업 도중 우연히 그 쪽지가 내 손에 들어왔다.

종이를 만지작거리다가 아무 생각 없이 펼쳤다. 그 안에 적힌 몇 마디 글을 보았다. 글에 슬쩍 시선을 두었다가 어떤 한마디에 시선이 사로잡혀 놀라 읽었다. 그사이 내 심장은 운명 앞에서, 혹독한 추위를 맞은 듯 움츠러들었다.

"새는 힘겹게 투쟁해 알에서 나온다. 알은 세계다. 태어나려는 자는 한 세계를 깨뜨려야 한다. 새는 신에게 날아간다. 그 신의 이름은 아브라삭스다."

나는 그 구절을 몇 번이고 읽었다. 그리고 깊은 생각에 빠졌다. 의심의 여지가 없이 그것은 데미안에게서 온 편지였다. 그와 나 말고는 아무도 새에 대해 알 리 없었다. 그는 내 그림을 받은 것이다. 그는 이해했고 내 해석을 도운 것이다. 하지만 이 모든 게 서로 어떤 관련이 있단 말인가? 그리고 무엇보다 나를 괴롭힌 것은 아브라삭스가 대체 무엇인가 하는 것이었다. 나는 이 말을 들어본 적도 읽어본 적도 없었다. "그 신의 이름은 아브라삭스다."

수업을 조금도 듣지 못한 채 시간이 지나갔다. 오전의 마지막 수업이 시작됐다. 대학을 갓 졸업한 젊은 교생이 담당이었는데, 그는 우리에게 쓸모없는 거짓 위엄을 내비치지 않았다. 우리 모두 그를 좋아했다.

우리는 그 폴렌 선생님의 지도로 헤로도토스를 읽었다. 이 강독수업은 내가 흥미를 가진 몇 안 되는 수업 중 하나였다. 그러나 내 정신은 딴 데 팔려 있었다. 기계적으로 책을 펼쳤지만 번역을 따라가지 못한 채 내 생각에만 잠겨 있었다. 어쨌든 나는 데미안이 그때 종교 수업 시간에 말했던 게 얼마나 옳은지 이미 몇 차례의 경험을 통해 알았다. 사람이 무엇인가를 강렬하게 소망하면 그것은 정말 이루어진다. 수업 중에 내가 아주 강렬하게 나 자신의 생각에 집중하고 있으면 선생님도 나를 조용히 내버려 둘 수 있었다. 그렇다, 만약 산만하게 굴거나 졸고 있으면 선생님은 갑자기 내 앞에 와 있었다. 나도 겪었던 일이다. 그러나 정말 생각하고 깊이 몰두하면 그대로 시간을 지켜낼 수 있었다. 뚫어지게 바라보는 일은 나도 이미 실험해보았고 믿을 만한 일임을 깨달았다. 그때 데미안과 함께하던 시절에는 성공하지 못했지만, 이제는 눈빛과 생각만으로 아주 많은 것을 얻을 수 있다고 느꼈다.

그때도 나는 그렇게 헤로도토스와 학교에서 멀리 떨어져 있었다. 그러나 느닷없이 선생님의 목소리가 번개처럼 내 의식 안으로 들이닥쳤다. 화들짝 놀라 깨어났다. 선생님의 목소리가 들렸다. 선생님은 내 곁에 바짝 와 계셨다. 내 이름을 부르신 줄 알았는데 나를 보지 않고 있었다. 나는 안도의 숨을 내쉬었다.

그때 선생님의 목소리가 다시 들렸다. 그 목소리는 크게 '아브라삭스'라는 낱말을 말하고 있었다.

폴렌 선생님은 내가 듣지 못한 처음 부분을 계속 설명했다. "우리는 고대 종파들의 의견과 신비한 합일을 합리주의적 관찰자의 입장으로 단순하게 생각해서는 안 됩니다. 오늘날 우리가 생각하는 의미에서의 학문은 고대에는 아예 존재하지 않았죠. 그 대신 고도로 발달하였던 철학적 신비주의적인 진리를 향한 깊은 탐색이 있었습니다. 부분적으로 아마 사기와 범죄로 이어지는 주술과 게임도 있었지만 그 마법도 고귀한 유래와 깊은 사상이 있습니다. 제가 앞서 설명했던 아브라삭스의 가르침도 마찬가지입니다. 사람들은 이 이름은 흔히 그리스의 주문과 연결해 부르며, 오늘날에 이르기까지도 미개한 민족이 믿는 무슨 마법 부리는 악마 정도로 여기고 있습니다. 하지만 아브라삭스는 훨씬 더 많은 의미를 지닌 것으로 보입니다. 우리는 이 이름이 신적인 것과 악마적인 것의 결합이라는 상징적 과제를 지닌 어떤 신성의 이름쯤으로도 생각할 수 있을 겁니다."

키가 작고 박식한 선생님은 섬세하고 열정적으로 이야기를 이어나갔지만 아무도 주목하고 있지 않았다. 그리고 아브라삭스라는 이름도 더 이상 언급되지 않자 나의 관심도 곧바로 나 자신에게로 돌려졌다.

'신적인 것과 악마적인 것의 결합'이라는 말이 여전히 귓가를 맴돌았다. 나는 여기서 연결할 수 있었다. 그 말은 우리 우정의 맨 마지막 시절 데미안과의 대화에서 들은 친숙한 것이었다. 당시 데미안은 말했다. 우리가 숭배하는 하느님이란 멋대로 나누어놓은 세계의 절반만을 나타낸다고(그것은 공식적으로 허용된 '밝은 세계'였다). 그러나 세계 전체를 존중할 수 있어야 하며 그러기 위해서는 신이면서 동시에 악마이기도 한 신을 갖든가 아니면 신에 대한 예배와 함께 악마에 대한 예배도 드려야 한다고 말했다. 그러니까 아브라삭스는 신이기도 하고 악마이기도 한 존재였다.

한동안 나는 아주 열성적으로 그 신을 추적해보았지만 전혀 진전이 없었다. 아브라삭스를 찾아 온 도서관을 성과 없이 뒤지기도 했다. 하지만 그렇게 학문적인 진리들을 발견하면 나 같은 사람의 손에서는 돌처럼 쓸모없어진다. 나의 본질은 직접적이고 의도적으로 탐색하는 이런 방법에는 맞지 않았다.

내가 얼마 동안 내내 빠져 있었던 베아트리체의 모습은 이제 서서히 사라졌다. 아니면 오히려 그녀는 나에게서 천천히 멀어지면서 서서히 수평선으로 다가서더니 더 그림자 같고 더 흐려지면서 빛바래져 갔다. 이제 그 모습은 내 영혼을 충족시키지 못했다.

이제는 내가 마치 몽유병 환자처럼 영위하고 있는, 나 자신의 내면 안으로 숨어들었던 삶의 방식에 새로운 것이 만들어지기 시작했다. 내 안에서 삶을 향한 동경이, 아니 그보다는 사랑을 향한 동경이 꽃 피웠다. 그리고 한동안 베아트리체 생각으로 풀 수 있었던 성적인 충동이 새로운 모습과 목표를 요구했다. 아직 여전히 그 어떤 충족도 채우지 못했지만 동경을 기만하고 내 동료들이 행복을 얻으려 찾아가던 그 여자들에게서 무엇을 기대하기란 전보다 더 불가능한 일이 됐다. 나는 다시 자주 꿈을 꾸었다. 밤보다 낮에 더 많은 꿈을 꾸었고 여러 상상들, 모습들, 소망들이 내 안에서 솟아 나와 나를 바깥 세계로부터 분리했다. 나는 현실의 환경보다 내 마음속의 이 영상들, 그 꿈들과 그림자들과 함께 점점 더 생생한 교류를 하며 살았다.

어떤 특정한 꿈 또는 환상놀이가 거듭되면서 나에게 중요해졌다. 이 꿈, 내 인생의 가장 중요하면서 지속적인 꿈은 대략 이런 내용이었다. 내가 부모님 댁으로 돌아간다. 현관문 위에서 문장의 새가 푸른 바탕을 배경으로 노랗게 빛을 낸다. 집 안에서는 어머니가 나를 향해 오신다. 내가 들어서며 어머니와 포옹하려 하자 그 인물은 어머니가 아니라 한번도 본 적 없는 모습이다. 키가 크고 강하며, 막스 데미안이나 내가 그린 그림과 비슷하면서도 다른, 그리고 강인하면서도 온전한 여성의 모습이다. 이 인물이 나를 끌어당기고 나는 깊고도 가슴 떨리는 뜨거운 사랑의 포옹을 한다. 희열과 함께 공포가 뒤섞인다. 그 포옹은 예배였고 동시에 범죄였다. 어머니에 대한 너무 많은 기억들, 내 친구 데미안에 대한 너무 많은 기억들이 나를 껴안은 이 인물 속에 유령처럼 깃들어 있었다. 그 인물의 포옹은 모든 경외심을 배척했지만 영혼의 축복이었다. 자주 나는 깊은 행복감을 느끼며 죽음의 두려움과 격렬한 양심의 가책을 느꼈다. 그 모든 걸 지닌 채 이 꿈에서 깨어났다.

온전히 마음속에서 생겨난 이 모습과 내가 찾아야 할 신에 대한 신호 사이에서 서서히 무의식으로 하나의 결합이 이루어졌다. 그 결합은 점차 긴밀해지고 내밀해졌다. 나는 내가 바로 이 예감의 꿈속에서 아브라삭스를 불렀음을 느끼기 시작했다. 희열과 공포, 남자와 여자가 뒤섞인, 가장 거룩한 것과 추한 것이 얽히고 깊은 죄가 가장 사랑스러운 무죄를 번개처럼 관통하는. 내 사랑의 모습은 그러했다. 아브라삭스 또한 그랬다. 사랑은 이제 내가 맨 처음에 두려움을 느끼던 동물적이고 어두운 충동이 아니었다. 그리고 그것은 이제 더 이상 내가 베아트리체의 모습에 바친 것과 같은 경건한 정신적 숭배도 아니었다. 사랑은 두 가지 모두였다. 두 가지 모두이면서 동시에 그 이상이었다. 사랑은 천사이자 악마였고 하나가 된 남자이며 동시에 여자, 인간이며 동물이고 최고의 선이며 극단적인 악이었다. 이 양극화된 상황을 겪는 것이 내게 주어진 운명 같았다. 그리고 나는 이를 맛봐야 했다. 나는 운명을 향해 동경과 공포를 동시에 품었지만 운명은 늘 거기 있었다. 언제나 내 위에 있었다.

이듬해 봄, 나는 김나지움을 떠나 대학을 가게 되었다. 하지만 여전히 어디서 무엇을 공부해야 할지 몰랐다. 내 입술 위로는 수염이 조금씩 자랐다. 난 이제 다 자란 성인이었지만 완벽하게 무력하고 목표가 없었다. 단 한 가지, 내 내면의 목소리, 꿈의 영상은 확실했다. 그 영상의 안내를 맹목적으로 따라가는 게 임무라고 생각했다. 그러나 어렵게 느껴졌다. 날마다 나는 거부했고 수시로 내가 미친 게 아닌가 하고 생각했다. 어쩌면 내가 다른 사람들과 다르다는 생각도 들었다. 하지만 나는 다른 애들이 하는 일을 모두 할 수 있었다. 약간 열심히 애쓰면 플라톤을 읽을 수 있었고 삼각법 과제를 풀거나 화학 분석도 따라갈 수 있었다. 다만 한 가지만은 할 수 없었다. 내 안에 어둡게 숨겨진 목표를 끌어내 내 앞 어딘가에 또렷하게 그려내는 일이었다. 그들은 자기가 교수나 판사, 의사나 예술가가 되고 싶다는 걸 분명하게 알고 있었다. 그리고 얼마나 오래 걸릴지 어떤 장점이 있는지까지 정확하게 알았다. 나는 그러지 못했다. 어쩌면 나는 언젠가 무언가가 되고 싶겠지만 그게 뭔지 내가 지금 어찌 알겠는가. 어쩌면 여러 해 동안 찾고 또 찾아야 할지 모른다. 어쩌면 어떤 목표에 다다르지 못할지도 모른다. 그리고 어쩌면 어떤 목적지에 도달했을 때 그것이 사악하고 위험하고 끔찍한 것일지도 모른다.

나는 내 속에서 저절로 우러나오는 것을 따라 살아보려고 했다. 그게 왜 그리도 어려웠을까?

나는 자주 내 꿈속 강렬한 사랑의 모습을 그림으로 그려보려 했지만 한번도 성공할 수 없었다. 그림을 그릴 수만 있었다면 나는 그 그림을 데미안에게 보냈을 것이다. 그는 대체 어디에 있는 것일까? 나는 알지 못했다. 내가 아는 건 오직 그가 나와 결합되어 있다는 사실이었다. 언제 그를 다시 볼 수 있을까?

베아트리체의 시절 그 몇 주, 그 몇 달의 쾌적한 안정이 오래전에 사라졌다. 당시 나는 섬에 도달했고 이제 평화를 찾았다고 믿었다. 하지만 언제나 늘 그랬듯 하나의 상태가 좋아지고 하나의 꿈이 괜찮아지자마자 그것은 금방 시들고 흐릿해졌다. 그것이 그립다고 탄식해도 소용없었다. 나는 이제 진정되지 않는 갈망과 팽팽하게 긴장된 기대의 불꽃 속에서 살았다. 그것은 자주 나를 몹시 거칠게 또 미치게 만들었다. 꿈의 연인의 모습이 살아 있는 연인의 모습보다 더 뚜렷하게 자주 눈앞에 보였다. 나 자신의 손보다도 더 뚜렷했다. 그 모습과 이야기를 나누고 그 앞에서 울고 저주를 빌었다. 그 모습을 어머니라 부르며 그 앞에서 무릎을 꿇은 채 눈물을 흘렸다. 어느 때는 그 모습을 연인이라 불렀고 모든 것을 충족시

켜주는 성숙한 입맞춤을 예감했다. 가끔 악마이자 창녀, 흡혈귀, 살인자라고 부르면 그 모습은 나를 유혹해 가장 섬세하고 애정 어린 꿈으로, 또 난잡하고 음탕한 꿈으로 이끌었다. 여기서는 그 무엇도 너무 좋거나 소중하지 않았고 그 무엇도 너무 나쁘거나 저질스럽지 않았다.

그 겨울 나는 뭐라고 확언할 수 없는 내면의 폭풍 속에서 지냈다. 고독에 익숙해진 지 이미 오래였고 고독은 나를 짓누르지 않았다. 나는 데미안과 새와 내 운명이자 내 연인이었던 꿈속과 함께 살았다. 그 안에서 지내기는 충분했다. 모든 것이 거대하고 드넓었고 모든 것은 아브락사스를 가리켰다. 하지만 이런 꿈들 가운데 그 어느 것도 내 생각을 따르지 않았다. 나는 무엇도 부를 수 없었다. 그것들이 나와 나를 가졌다. 나는 그것들의 지배 속에서 그것들에 의해 살았다.

겉으로는 내가 꽤 안정돼 보였을 것이다. 이제 사람에게 두려움을 느끼지 않았으며 내 동료들은 그것을 알아차리고 나서 나에게 남모를 존경심을 보였다. 그 존경심에 나는 종종 미소를 지었다. 나는 원한다면 그들 대부분을 잘 꿰뚫어 볼 수 있었고 그로써 이따금 그들을 놀라게 할 수 있었다. 하지만 나는 그런 일을 거의, 아니 전혀 원하지 않았다. 나는 언제나 나 자신에게 집중하고 있었다. 그리고 이제 마침내 나 자신에게 한번 인생의 한 조각 삶을 살아봤으면, 내 안에서 무언가를 세상으로 끄집어냈으면, 세상과 연결하고 투쟁도 해 봤으면 하고 간절히 원했다. 이따금 저녁에 거리를 걸으며 초조한 마음으로 한밤중까지 집으로 돌아가지 못할 때면 나는 이렇게 생각했다. 이제는, 정말 이제는 내 애인을 만나게 되리라. 다음 모퉁이를 지나면 있을 거라. 다음 창문에서 나를 부를지도 모른다. 이따금 이 모든 것이 견딜 수 없이 고통스러워 죽어버릴까 생각했다.

당시의 나는 특이한 피난처를 찾았다. 흔히들 말하는 '우연'에 의해서였다. 하지만 그런 우연이란 존재하지 않는다. 무엇인가를 절실하게 필요로 하는 사람에게 꼭 필요한 무언가가 찾아진다면, 그것은 그에게 주어진 우연이 아니라, 그 자신의 욕구와 필요가 그곳으로 인도한 것이다.

나는 도시를 오가는 길에 어느 교외의 작은 교회에서 두세 번 오르간 연주 소리를 들었다. 걸음을 멈추지는 않았다. 그다음에 지나갈 때 또다시 그 소리를 들었다. 그리고 바흐가 연주되고 있다는 걸 알았다. 문으로 다가갔다. 하지만 문은 잠겨 있었다. 골목길은 인적이 드물었고 나는 교회 모퉁이 갓돌 위에 앉아 외투의 깃을 세우고 음악을 들었다. 크지는 않지만 그래도 좋은 오르간 소리였다. 무엇보다 연주가 아주 훌륭했다. 극히 개인적인 의지와 끈질김을 표현한 소리였는데, 그 소리는 마치 기도처럼 들렸다. 나는 그 안에서 연주하고 있는 사람이 이 음악 속에 보석이 감추어져 있음을 알고, 자신의 생명을 얻듯 이 보석을 얻어내고 구해내려 건반을 두드리며 애쓰고 있다고 생각했다. 나는 음악의 기술적인 면을 별다르게 분석하지 못하지만 바로 이런 영혼의 표현을 어릴 적부터 본능적으로 이해했다. 내 속에 음악을 자명한 것으로 느끼곤 했다.

이어서 연주자는 현대음악을 연주했다. 레거의 곡인 것 같았다. 교회는 완전히 어두웠다. 다만 아주 가느다란 빛줄기가 옆 창문을 통해 흘러나왔다. 나는 곡이 끝날 때까지 기다렸다. 주변을 오가며 서성이고 있다가 오르간 연주자가 밖으로 나오는 모습을 발견했다. 그는 아직 젊었지만 나보다는 몇 살 위로 보였다. 체격이 좋고 작았는데, 힘차면서도 내키지 않는 걸음으로 재빨리 그곳을 떠났다.

그때부터 나는 이따금 저녁 시간에 교회 앞에 앉아 있거나 그 근처를 오락가락했다. 한번은 문이 열려 있는 것을 보았다. 오르간 연주자는 높은 곳에 매달린 옅은 가스등 불빛 아래서 연주를 했다. 나는 그가 연주하는 동안 반 시간이나 추위에 떨면서 행복하게 의자에 앉아 있었다. 그가 연주하는 곡에서 내가 발견한 것은 그 사람 자신만이 아니었다. 그가 연주하는 모든 것들은 자기들끼리 연결된 듯했다. 남모를 어떤 연관성을 가지고 있는 것 같았다. 그가 연주하는 모든 소리에는 신앙심이 있었고 헌신적이며 경건했다. 그러나 교회 다니는 사람들이나 신부님처럼 경건한 게 아니라 중세의 거지 순례자처럼 경건했다. 모든 종파를 넘어선 세계 감정에 대한 남김 없는 헌신으로 경건했다. 바흐 이전의 대가들과 옛날 이탈리아 사람들의 곡을 노련하게 연주했다. 그리고 모든 곡은 같은 이야기를 했다. 모두가, 세상을 지극히 내밀하게 잡아두기, 세상과 다시 가장 격렬하게 작별하기, 자신의 깊고 어두운 영혼에 귀를 기울이기, 헌신에의 도취와 경이로운 것들에 대한 호기심이었다. 그 음악가와 영혼 속에 담긴 것을 드러내고 있었다.

한번은 교회를 떠나는 오르간 연주자의 뒤를 몰래 따라갔다. 그가 저 멀리 도시 변두리의 작은 술집으로 들어가는 걸 보고 뒤돌아서지 못하고 그를 따라 들어갔다. 그곳에서 처음으로 그를 똑똑하게 보았다. 작은 술집 한 모퉁이에 있는 주인 맞은편 테이블에서, 머리에는 까만 펠트 모자를 쓰고, 와인 한 잔을 앞에 두고 앉아 있었다. 그의 얼굴은 내가 예상한 대로였다. 못생겼고 약간 거칠었으며, 무언가를 탐색하는 완고한 고집스러움과 강한 의지를 품은 모습이었다. 하지만 입주위는 부드럽고 천진한 어린아이 같았다. 남자다운 강인함은 모두 눈과 이마에 몰려 있었고 얼굴의 아랫부분은 섬세하고 미완성된 모습이었다. 부분적으로는 달랐다. 우유부단함이 가득 찬 턱은 이마나 시선과는 반대로 유약한 소년 같았다. 자부심과 적의에 찬 짙은 갈색 눈이 내게는 친숙했다.

나는 아무 말도 없이 그의 맞은편에 앉았다. 술집에는 다른 사람이 없었다. 그는 나를 쫓아내려는 듯한 눈길로 쏘아보았다. 그렇지만 나는 버텨냈으며 마침내 그가 퉁명스럽게 말을 내뱉을 때까지 그를 마주 보았다. "어쩌자고 날 그리 날카롭게 쏘아보는 거요? 나한테 뭐 바라는 거라도 있소?"

"선생님께 원하는 건 없습니다." 내가 말했다. "벌써 당신에 대해 상당히 알고 있습니다."

그는 이마를 찌푸렸다.

"그래? 그렇다면 음악 팬이오? 난 음악에 빠지는 일은 구역질이 난단 말이지."

나는 물러서지 않았다.

"벌써 자주 선생님의 연주를 들었습니다. 저 바깥 교회에서요." 내가 말했다. "아무튼 나는 귀찮게 할 생각은 없습니다. 그저 선생님 곁에서 뭔가 특별한 걸 찾아낼 수 있지 않을까 싶었습니다. 그게 무엇인지는 아직 모르지만요. 차라리 나를 신경 쓰지 말아 주세요! 나는 선생님 교회에서 선생님 음악을 듣지만 말입니다."

"난 언제나 문을 잠그는데."

"최근에 그걸 잊으셨던 것 같아요. 저는 안에 앉아 있었습니다. 보통은 바깥에 서 있거나 갓돌 위에 앉아 있곤 했죠."

"그래요? 다음번에는 그냥 안으로 들어오세요. 좀 더 따뜻할 거요. 그냥 문을 노크하면 됩니다. 세게 말이죠. 물론 연주할 때는 안 됩니다. 자 그럼 말해보시오. 대체 무슨 말을 하려 했죠? 아직 젊어 보이는데. 김나지움 학생이나 대학생 정도? 아니면 음악가요?"

"아뇨. 음악을 즐겨 듣습니다. 그냥 당신이 연주하는 것과 같은 음악이요. 아주 절대적인 음악, 그러니까 한 인간이 천국과 지옥을 흔들고 있다고 느껴지는 그런 음악이요. 음악은 내 생각에 별로 도덕적이지 않아서 참 좋습니다. 다른 모든 것은 도덕적이죠. 저는 도덕적이지 않은 무언가를 찾고 있습니다. 지금껏 도덕적인 것에서 고통만 받았거든요. 제 마음을 잘 표현할 수 없네요. 당신은 아시지요? 신이면서 동시에 악마인 신이 있어야 한다는 걸요. 그런 신이 있다고 들었습니다. 그런 이야길 들었지요."

음악가는 넓은 모자를 살짝 뒤로 젖혔다. 그리고 넓은 이마에서부터 짙은 색 머리카락을 흔들어 쓸어 넘겼다. 그러면서 나를 뚫어질 듯 바라보거나 테이블 너머 나에게로 얼굴을 내밀었다.

그가 긴장한 목소리로 나직하게 물었다. "당신이 말한 신의 이름이 무엇이죠?"

"유감스럽게도 그 신에 대해서는 거의 모릅니다. 그저 이름만 알죠. 그 이름은 아브라삭스입니다."

음악가는 누군가 우리 말을 엿듣기라도 하는 것처럼 주변을 두리번거렸다. 그런 다음 내게 더 바짝 다가와 몸을 숙여 속삭였다. "내 생각대로군요. 그렇다고 생각했어요. 당신은 누구죠?"

"김나지움 학생입니다."

"대체 아브라삭스에 대해선 어떻게 알았지?"

"우연히요."

그가 탁자를 세게 내려치는 바람에 와인이 조금 넘쳐흘렀다.

"우연이라고! 그런 멍청한 소리가 어디 있나, 이 사람아! 아브라삭스에 대해서는 우연히 알 수가 없어. 알아두시오. 내가 그에 대해 더 이야기할 테니. 난 아브라삭스에 대해서 조금 알거든요."

그가 입을 다물고 자기가 앉은 의자를 뒤로 밀었다. 내가 기대에 찬 채로 그를 바라보자 그는 얼굴을 찌푸렸다.

"여기서 말고! 다음번에, 그때 들으시오."

그러면서 그는 벗어놓은 자기 외투 호주머니를 뒤져서 군밤 몇 개를 꺼내 내게 던졌다.

나는 아무 말도 하지 않고 그것을 받아먹었다. 나는 매우 만족스러웠다.

"그래서!" 잠시 뒤에 그가 속삭였다. "어디서 알았소, 그에 대해서." 나는 망설이지 않고 말했다.

"저는 혼자서 어떻게 해야 할지 몰랐을 때 어린 시절 친구가 생각났습니다. 그 친구가 무척 많은 걸 알고 있다고 믿었거든요. 전 무언가를 그렸어요. 지구에서 빠져나오는 새 그림이었죠. 그리고 그걸 그 친구에게 보냈어요. 얼마 지나 더는 답장 받을 수 없다고 깨달았을 때 종이쪽지 하나가 제 손에 들어왔어요. 거기 그렇게 쓰여 있었어요. 새는 힘겹게 투쟁해 알에서 나온다. 알은 세계다. 태어나려는 자는 한 세계를 깨뜨려야 한다. 새는 신에게로 날아간다. 그 신의 이름은 아브라삭스다."

그는 아무 말도 하지 않았고, 우리는 밤껍질을 까서 와인에 곁들여 먹었다.

"한 잔 더 할까요?" 그가 물었다.

"괜찮습니다. 술을 좋아하지 않아요."

그는 실망한 듯 웃음을 터뜨렸다.

"좋은 대로! 난 당신과 다르게 술을 좋아하오. 난 여기 좀 더 있겠으니 먼저 가보시오!"

그다음 번 오르간 연주가 끝난 뒤 그와 함께 걸었을 때 그는 말이 많지 않았다. 그는 나를 어느 오래된 저택 위층으로 안내했다. 그곳은 음침하고 커다란 방이었는데, 피아노 말고는 음악을 암시하는 거라곤 아무것도 없었다. 한편에는 커다란 책장과 책상이 있었고 학자의 방 같은 분위기를 풍기고 있었다.

"책이 많네요!" 내가 감탄하며 말했다.

"일부는 아버지 서재에서 가져왔소. 아버지 댁에 살고 있거든. 그래, 난 아버지와 어머니 집에서 살아. 그러나 자네를 부모님께 소개할 수는 없어. 내 교우관계는 집안에서 그다지 존중받지 못하거든. 나는 버려진 자식이오. 아시겠지. 아버지는 더할 나위 없이 존경받는 분이오. 이 도시에서 저명한 신부님이고 설교자시지. 그러니까 나를 말하자면 그분의 재능 있고 장래가 촉망되는 아들이지. 하지만 제 길을 잃어버린, 조금은 살짝 미쳤다고도 말하지. 신학을 공부하다가 국가고시를 보기 직전에 그 답답한 대학을 때려치웠소. 사실 개인적인 연구를 얘기한다면 나는 아직도 신학도인데 말이지. 때에 따라 어떤 신들을 생각해냈는지가 늘 나에게는 중요한 관심사였어. 그리고 나는 지금 음악가이고, 아마 머지않아 자그마한 교회의 오르간 연주자 자리를 얻게 될 것 같소. 그러면 나도 다시 교회로 돌아가게 되는 거지."

나는 작은 스탠드 불빛이 비치는 곳까지 책등을 살펴봤다. 그리스어, 라틴어, 히브리어책 제목들이 보였다. 그 사이 그는 벽 바로 옆쪽 바닥에 엎드려 무언가를 하고 있었다.

"이리 좀 와보시오." 잠시 뒤에 그가 말했다. "우리 지금 철학을 해봅시다. 그러니까 입은 닥치고 배를 깔고 생각하자는 거지."

그는 성냥을 긋더니 자기 앞에 있던 벽난로 속의 종이와 장작에 불을 붙였다. 나는 그의 곁으로 가 올이 풀리고 낡은 양탄자 위에 드러누웠다. 그는 불을 뚫어지게 바라봤다. 그 불꽃은 내 마음도 끌어당겼다. 우리들은 아무 말 없이 대략 한 시간가량 타닥거리며 타는 장작불 앞에 배를 깔고 엎드려 있었다. 불꽃은 이글이글 타오르다가 조금 약해졌다가 가라앉고 휘어지면서 꿈틀거렸다. 활활 타오르던 불꽃은 마침내 고요하게 사그라지며 잦아들었다.

"불꽃 숭배는 지금까지 인간이 창안해 낸 것 중 가장 멍청한 일은 아니었지." 그가 혼잣말처럼 중얼거렸다. 우리는 그 말 말고는 아무 말도 하지 않았다. 나는 불꽃을 뚫어져라 응시하면서 꿈과 고요 속으로, 연기 속으로 가라앉는 어떤 영상을 보았고 그것은 잿더미 속에도 보였다. 한번은 깜짝 놀라기도 했다. 함께 불을 바라보던 그가 송진 한 조각을 던져 넣었고 조그맣고 가느다란 불꽃이 솟구쳐 올랐다. 나는 그 속에서 노란 새매 머리를 한 그 새를 보았다. 꺼져가는 벽 난롯불 속에서 황금색으로 빛나는 실 가닥이 한데로 모여 그물이 만들어졌다. 문자와 그림이 나타났다. 얼굴, 동물, 식물, 벌레와 뱀들과 관련한 기억이 떠올랐다. 내가 문득 정신을 차리고 그를 바라보자, 그는 턱을 두 주먹에 괸 채 완전히 몰두해 있었다. 마치 어디에 홀린 듯 재를 응시하고 있었다.

"이젠 가야겠어요." 내가 나직이 말했다.

"좋소, 가시오. 또 봅시다!"

그는 일어나지 않았다. 램프가 꺼졌기 때문에 캄캄한 방과 어두운 복도 계단을 더듬거리며 힘들게 지나왔다. 그렇게 마법에 빠진 낡은 집을 나올 수 있었다. 거리에서 걸음을 멈추고 그 낡은 집을 올려다봤다. 불을 밝힌 창은 하나도 없었다. 주석으로 만든 작은 팻말이 가스등 불빛 속에서 반짝거렸다.

'피스토리우스, 주임 목사'라고 적혀 있었다.

집에서 저녁을 먹고 홀로 내 작은 방에 앉았을 때야 비로소 내가 아브라삭스나 피스토리우스에 대해서 별 대답을 듣지 못했으며 우리가 주고받은 말이 기껏해야 열 마디도 채 되지 않는다는 걸 깨달았다. 하지만 나는 그 집을 찾아간 것에 대해 만족스러웠다. 게다가 그는 다음번에는 아주 뛰어난 옛 오르간 음악 작품인 북스테후데의 파사칼리아를 들려주겠다고 약속했다.

나는 미처 깨닫지 못했지만, 내가 그와 함께 그의 울적한 은둔자의 방 벽난로 앞 바닥에 엎드려 있을 때, 오르간 연주자 피스토리우스는 내게 첫 가르침을 준 셈이었다. 불을 들여다본 행위가 내게 좋은 작용을 만들어줬고 내가 언제나 알고 있었지만 한번도 제대로 들여다보지 못한 여러 성향을 강화해주었다. 나는 그 사실을 점점 명확하게 알 수 있었다.

벌써 어린 시절 때부터 나는 간혹 기괴한 형태를 가진 자연의 배경을 바라보려는 성향이 있었다. 관찰이 아니라 그 본래의 마력, 그 얽히고설킨 깊은 언어에 마음을 빼앗겼다. 고목처럼 드러난 긴 나무뿌리, 암석에 나타난 여러 색의 광맥, 물 위에 뜬 기름 얼룩, 유리에 난 금—그런 것들 모두가 때때로 내게 마법을 부린 듯했다. 특히 물과 불, 연기, 구름, 먼지, 그리고 눈을 감을 때 보이는 빙글빙글 움직이는 색의 얼룩이 그랬다. 피스토리우스 집을 처음으로 방문하고 난 다음 며칠 동안은 그런 것들이 다시 생각의 수면 위로 떠 올랐다. 내가 그 뒤로 느낀 활력과 즐거움, 나 스스로에게서 나오는 감정의 고조는 날것의 불을 응시한 덕분이라는 것을 알아차렸다. 불을 바라보는 일이 특이하게도 좋은 영향을 미쳐 기분이 좋고 삶이 풍요로워지는 느낌을 주었던 것이다!

지금까지 내 삶의 목표로 가는 길에서 찾아낸 얼마 안 되는 경험에 이 경험이 더해졌다. 그런 모습을 관찰하다 보면, 비이성적이고 이상하게 얽혀 있는 자연 형태에 몰두하다 보면, 이런 형태들을 있게 한 의지력과 우리의 내면이 일치한다는 느낌을 받는다—우리는 곧 그 일치감을 우리 자신의 기분으로, 우리 자신의 창작으로 여기려는 유혹을 받는다—우리는 우리와 자연 사이의 경계가 흔들리고 무너지는 것을 보게 되며 또한 그 분위기 속에서 우리 망막에 맺힌 이 모습이 외부로부터 비롯된 것인지, 내면의 인상에서 비롯된 것인지 구분할 수 없게 된다. 우리가 얼마나 대단한 창조자인지, 우리의 영혼이 얼마나 오래 지속적으로 세계의 끊임없는 창조에 동참하고 있는지를 그렇게 쉽고 간단하게 알아낼 수 있는 방법은, 이런 행동 말고는 세상 어디에도 없다. 우리의 내면에서 그리고 자연 안에서 활동하는 것은 오히려 똑같은 신성함에 기대 있다. 바깥 세계가 사라진다고 하더라도 우리 중 하나는 그 세계를 다시 세울 수 있을 것이다. 산과 강, 나무와 잎, 뿌리와 꽃, 자연의 모든 모습이 우리들 마음속에 미리 만들어져 있고 우리의 영혼에서 비롯됐기 때문이다. 영혼의 본질은 영원이며 우리는 그 본질을 알지 못하지만, 그 본질은 대개 사랑의 힘과 창조력으로 느낄 수 있다.

몇 해가 지나고 나서야 이런 관찰을 뒷받침할 만한 여러 근거를 어느 책에서 발견했다. 많은 사람이 침을 뱉어놓은 담벼락을 관찰하는 일이 얼마나 즐겁고 깊은 자극을 주는 일인지에 대해서 설명한 구절이었고 그 글은 바로 레오나르도

다빈치의 글이었다. 그는 축축한 담벼락의 얼룩을 보며 피스토리우스와 내가 불을 보며 느꼈던 감정을 똑같이 여겼던 것이다.

다음번 만남에서 오르간 연주자는 이런 설명을 덧붙였다.

"우린 우리 개성의 경계를 늘 너무 좁게 잡고 있어! 우리가 개인적이라고 구분하는 것만을 따로 인식하고 그것과 다르면 개성이라고 생각해. 그러나 우리는 세계의 구성 성분이나 다름없어. 한 사람 한 사람이 모두 그래. 그리고 우리 몸은 진화의 계보를 지니고 있기 때문에 물고기나 그 이전까지 거슬러 올라갈 수 있어. 그와 똑같은 거지. 우리의 영혼도 지금까지 인간의 영혼에 나타났던 것을 모조리 껴안고 있어. 그리스인들이나 중국인들에게서든 아프리카 한 부족의 것이든 상관없이, 모두가 우리 안에 있어. 가능성과 소망으로, 탈출구로. 인류가 모두 멸종한다고 해도 어느 정도 재능이 있는 아이 단 한 명만 남겨진다고 해도, 이 아이가 특별한 수업을 받은 적이 없다 해도, 이 아이는 모든 과정을 다시 찾아낼 거야. 신과 데몬과 낙원과 계명과 금기까지. 신약과 구약 모두가 다시 창조될 수 있을 거란 소리지."

"좋습니다." 나는 그의 의견에 반대했다. "하지만 개인의 가치는 어디에 있는 거죠? 우리가 모든 것을 이미 완성한 채로 가지고 있다면, 우리는 무얼 위해 끊임없이 노력하는 걸까요?"

"잠깐!" 피스토리우스가 격하게 소리쳤다. "자네가 그냥 세계를 속에 지니고만 있느냐, 혹은 그 사실을 알기도 하느냐는 아주 큰 차이야. 미친 사람이 플라톤을 상기하는 생각을 할 수도 있고 헤른후트파 학교의 신앙심 깊은 꼬마 학생이 그노시스파나 조로아스터에게 나타나는 신비주의 맥락의 심오한 생각을 독창적으로 펼치는 일도 가능해. 그런데 그들은 그런 세계가 자기 안에 있다는 걸 몰라. 한 그루 나무거나 돌일 뿐이지. 아니면 고작해야 짐승에 불과할지도 몰라. 그 사실을 모르는 상태에서는 말이야. 하지만 인식의 첫 불꽃이 희미하게 깜빡거려지는 순간, 그때 그는 인간이 되는 거야. 자네는 설마 저 바깥에 있는 두 발로 서 있는 존재 모두를 인간이라고 생각하는 건 아니지? 그들이 비록 두 발로 똑바로 서서 걷고 아홉 달 배 속에 아이를 품고 있다는 이유만으로 인간이라고 여기는 건 아니지? 그들 중 얼마나 많은 이들이 물고기나 양, 벌레나 거머리인지, 얼마나 많은 이들이 개미이고 꿀벌인지 알고 있겠지! 자, 그들 하나하나 속에 인간이 될 가능성은 있어. 그러나 각자가 그 가능성을 예감함으로써, 부분적으로는 심지어 그것들을 의식하는 것을 배움으로써 비로소 그들은 그 가능성을 자신의 것으로 만드는 거라네."

우리의 대화는 대략 이런 식이었다. 대화에서 완전히 새로운 것이나 완전히 놀라운 일이 나오는 건 드물었다. 그러나 모두가, 가장 진부한 대화도, 나직하지만 꾸준히 같은 지점을 망치질했다. 그 모든 대화는 나를 형성하도록 만들었고 허물을 벗고 알껍데기를 깨뜨리도록 도와주었다. 그리고 대화 하나하나에서 짓부수어진 세계의 껍데기를 뚫고 마침내 나의 노란색 새가 머리를 조금 더 위로, 조금 더 자유롭게 쳐들 수 있었다. 나의 노란 새는 부서진 세계의 껍질에서 아름다운 머리를 치켜들었다.

우리는 자주 서로의 꿈을 이야기했다. 피스토리우스는 꿈을 해석할 수 있었다. 마침 놀라운 예시가 하나 기억난다. 한번은 꿈속에서 내가 날 수 있었다. 하지만 나는 날기에 익숙하지 않은 채로 어떤 힘으로 공중에서 크게 도약해 떨어졌고 나뒹굴었다. 날아오르는 힘은 상쾌했지만 내 의지 없이 위태롭게 고공에 오르는 순간 그 감정은 두려움으로 뒤바뀌었다. 그러나 나는 숨을 참았다가 쉬는 것을 통해 날아오르는 것과 내려오는 것을 조절할 수 있다는 걸 깨닫고 안심했다.

그 꿈에 대해 피스토리우스가 말했다. "자네를 날게 만든 도약은 누구나 갖고 있는 인류의 위대한 재산이야. 그것은 모든 힘의 뿌리와 연결되어 있다는 느낌이지. 그러나 그러면서도 동시에 두려운 일이야! 끔찍할 정도로 위험하니까! 그래서 대부분의 사람은 저렇듯 차라리 날기를 포기하고 법 규정에 따라 인도 위를 걷는 쪽을 택하는 거야. 하지만 자네는 아니야. 자네는 계속 날아오르고 있어. 기운 넘치는 청년에게 어울리는 방법이야. 그리고 보게, 자네는 놀라운 것을 발견하네. 차츰 스스로 날기를 통제할 수 있다는 발견이지. 점점 그힘의 주인이 되는 것, 자네를 계속 이끄는 거대하고 보편적인 힘을 향해 하나의 기관, 하나의 방향키라는 자신의 섬세하고 작은 힘을 보태고 나아가는 걸 말이지! 그건 정말 멋진 일이야. 그것이 없다면 그저 공중에 떠 있는 상태겠지. 미친 사람들이 그러듯 말이야. 자네에게는 그저 인도를 걷는 사람들에게 주어진 것보다 더욱 깊은 예감이 주어졌어. 다른 이들은 날아가는 일에 맞는 열쇠와 방향키가 없어. 그래서 바닥에 추락하고 마는 거야. 그런데 싱클레어, 자네는 그 일을 잘 해내고 있어. 어떻게? 그걸 아직 모르겠나? 자네는 하늘을 나는 걸 새로운 기관, 즉 하나의 호흡조절 기관으로 해내고 있어. 그렇다면 이제 자네의 영혼이란 게 깊은 곳에서는 거의 '개인'의 것이 아니라는 걸 알 수 있을 거야. 이런 조절 기능을 자네의 영혼이 발명한 건 아니니까. 그건 새로운 게 아니야! 그저 빌린 셈이지. 수천 년 전부터 존재했던 거니까. 그건 물고기의 평형 기관인 부레와 같다네. 실제 오늘날까지도 몇몇 특이한 물고기들은 부레가 폐로 쓰인다네. 상황에 따라서 진짜 호흡에 사용될 수도 있는 거지. 그러니까 자네가 꿈속에서 비행용 부레로 사용한 폐와 아주 똑같은 거라는 거야!"

그는 나에게 동물학책까지 한 권 펼쳐 보이며 그 진화가
덜 된 물고기들의 이름과 도판을 보여주었다. 나는 독특한 전
율을 느끼며 내 안에 이전 진화 초기 단계의 한 기능이 있다
는 걸 생생하게 느꼈다.

야곱의 싸움

내가 특이한 음악가 피스토리우스에게서 아브라삭스에 대해 들은 것을 다시 짤막하게 이야기할 수는 없다. 그러나 그에게 배운 것 중 가장 중요한 사실은 나 자신에게로 가는 길 위에서 또 한 걸음 앞으로 나아가는 일이었다. 나는 당시 열여덟 살의 평범치 않은 젊은이였다. 수많은 일에서 꽤 조숙 했지만 또 다른 일에서는 매우 뒤처져서 무력했다. 때때로 다른 사람들과 자신을 비교해 종종 오만 떨며 자부심이 넘쳤지만, 또 그만큼 자주 의기소침해지고 자존심에 상처를 입었다. 이따금 스스로를 천재로 생각하는가 하면, 어떤 때는 절반쯤 미친 사람 같았다. 또래 친구들이 누리는 기쁨과 생활이 나에 게는 어울리지 않았다. 나는 자주 비난과 근심으로 스스로를 소모했다. 마치 내가 절망적으로 그들에게서 멀리 떨어져 있고 내 삶이 내게는 닫혀 있는 것 같았다.

그 스스로가 괴짜 어른이었던 피스토리우스는 내게 용기와 스스로에 대한 존경심을 갖도록 가르쳤다. 그는 나의 말에서, 나의 꿈과 상상과 생각에서 늘 가치 있는 지점을 찾아주고 언제나 그 모든 것을 진지하게 받아들였다. 그리고 진지하게 논의함으로써 내게 모범이 되었다.

"자네는 이런 이야기를 했었어. 음악을 사랑하는 건, 음악이 도덕적이지 않기 때문이라고. 아무렴 어때. 하지만 자네 자신도 도덕자가 되어선 안 돼! 자신을 타인과 비교하지 말게. 자연이 자네를 박쥐로 만들어놓았다면, 자신을 타조로 만들려고 해서는 안 되네. 더러 누군가는 자신을 특별하다고 여기고 대부분의 사람과 다른 길을 간다고 자신을 비난하지. 그런 행동은 말아야 해. 불을 들여다보게, 구름을 바라보게. 예감이 나타나 영혼 안에서 목소리가 말을 시작한다면, 그 소리에 자신을 완전히 내맡기고 묻지 말게! 그게 선생님이나 아버지 혹은 그 어떤 하느님의 마음에 어울리는 일인지조차 묻지 말게. 그런 질문은 자신을 망치게 할 뿐이야. 그랬다가는 인도를 걸으면서 화석이 되고 말아. 이봐 싱클레어, 우리의 신은 아브라삭스야. 그런데 그는 신이면서 악마야. 자기 안에 밝은 세계와 어두운 세계를 동시에 지니고 있어. 아브라삭스는 자네 생각 그 어느 지점에도, 자네의 꿈 어느 부분에도 반대하지 않네. 이 사실을 절대로 잊지 말게. 하지만 언젠가 자네가 보통의 정상적인 인간이 되어버렸을 때, 그때는 아브라삭스가 자네를 떠날 거야. 그때는 자기 생각을 담아 끓일 새로운 그릇을 찾거나. 그가 자네의 곁을 떠나는 거라네."

내 모든 꿈 가운데 어두운 사랑에 관한 꿈은 가장 끈질기게 이어지는 꿈이었다. 나는 계속해서 그 꿈을 꾸었다. 문장의 새 밑으로 오래된 우리 집 안으로 들어가서 어머니를 포옹하려 하지만, 어느새 어머니 대신 절반은 남자, 절반은 어머니 같은 키 큰 여자를 포옹하고 있었다. 그녀가 두려웠지만, 이상하게 불타는 욕망이 솟았다. 그 욕망은 자꾸 나를 그녀에게로 이끌었다. 그런데 이 꿈은 내 친구에게도 말하지 못했다. 그에게 다른 모든 것을 털어놓았지만 이 꿈만은 내 안에 숨겨두었다. 이 꿈은 나의 구석이자 나의 비밀, 피난처였다.

마음이 짓눌릴 때면 피스토리우스에게 전에 들었던 북스테후데의 파사칼리아를 연주해 달라고 부탁했다. 저녁 무렵 어두운 교회에서 나는 기이하고 내면적이며, 내 안에 내밀하게 가라앉아 내 소리에만 귀를 기울이는 이 음악을 들었다. 그 음악은 늘 기분 좋게 만들었고 영혼이 목소리를 인정할 준비를 만들어줬다.

때로 우리는 오르간 소리가 사라지고 난 뒤에도 한동안 더 교회에 남아 앉아 있었다. 그리고 희미한 빛이 뾰족한 아치형의 높은 창을 통해 비쳐들다가 아련하게 사라지는 모습을 바라봤다.

"우스운 소리일지 몰라." 피스토리우스가 말했다. "난 예전에 신학도였고 신부가 될 뻔했어. 하지만 나는 당시에 형식상의 잘못을 저질렀어. 사제라는 건 여전히 내 소명이고 목표야. 다만 나는 너무 일찍 만족했고 여호와에게 마음대로 쓰시라고 나를 맡겼어. 아브라삭스를 알기 전이었어. 아, 모든 종교든 다 옳아. 종교는 영혼이야. 기독교적 성찬을 들든, 메카로 순례를 하러 가든 마찬가지야."

"그렇다면 당신은 사제가 될 수도 있었겠네요." 내가 말했다.

"아니, 싱클레어. 아니야. 난 거짓말을 해야 했을 거야. 우리의 종교는 마치 그것이 종교가 아닌 것처럼 교육받아. 이성의 작업인 것처럼 구는 거야. 나에게 꼭 필요하다면 가톨릭교도가 될 수는 있었을 거야. 하지만 가톨릭 신자—몇 안 되는 진짜 신자들을 내가 알고 있는데—그들은 말씀에만 의지하네. 내게는 그리스도는 인간이 아니라, 절반은 신 절반은 인간이라고 그런 사람들에게 말할 수 없네. 신화라고 말할 수 없지. 인류가 자신의 모습을 영원성이라는 벽에 그려놓고 바라보는 거대한 그림자 상이라고 말할 수 없어. 다른 사람들은 그저 똑똑한 말 한마디를 들으려, 의무를 실천하고 그 무엇에도 소홀하지 않으려고, 또 다른 기타 등등의 이유로 교회에 다니는데 그들에게 대체 내가 무어라고 말해야 하겠니? 그들을 전도해야 하나? 난 그럴 생각이 없어. 사제는 전도하는 게 아니고 그저 신도들 사이에서, 그러니까 자기와 똑같은 사람들 사이에 살면서 우리 인간이 신들을 만든 기원이 되는 감정을 지니고 그걸 표현하는 사람이고자 해야 해."

그는 말을 멈추었다가 다시 이렇게 이었다. "우리가 지금 아브라삭스라는 이름으로 부르는 우리의 새로운 신앙은 좋은 거야. 우리가 가진 가장 좋은 신앙이지. 하지만 아직 젖먹이야! 아직 날개가 돋아나지 않았어. 이 외로운 종교, 그건 아직 옳은 종교가 아니야. 종교는 공동체를 이뤄야 해. 예배와 도취, 축제와 신비 의식이 필요해……."

그는 생각에 잠겨 자신 안으로 가라앉았다.

나는 망설이다 물었다. "신비 의식은 혼자서, 아니면 작은 범위 안에서도 가능하지 않나요?"

"그럴 수야 있지." 그가 고개를 끄덕였다. "나는 벌써 오래전부터 그렇게 하고 있어. 예배를 드리는 거야. 만약 사람들이 알게 된다면, 나를 몇 년 동안 감옥에 가두어둘 거야. 하지만 난 알아. 이 예배는 아직 옳은 게 아니야."

갑자기 그가 내 어깨를 툭 두드렸고 나는 놀라 움츠러들었다. "이봐." 그는 캐묻듯이 말했다. "자네도 비밀 의식을 가지고 있군. 자네는 틀림없이 나에게 이야기하지 않은 꿈을 꾸고 있을 거야. 그걸 꼭 알고 싶지는 않네. 하지만 이 말은 해두겠네. 그 꿈대로 살고 그것들과 놀고 그것을 위한 제단을 만들게! 그건 아직 완벽하지 않겠지만, 하나의 길이야. 우리가, 그러니까, 자네와 나, 몇몇 다른 사람들이 세계를 한번 새롭게 개혁하게 될지, 못할지는 두고 봐야 아는 일이지. 하지만 우리는 우리 안에서 매일 세계를 새롭게 해야 하네. 그렇지 않으면 우리는 아무것도 아닌 게 되네. 그걸 생각해 봐! 자네는 이제 열여덟 살이지, 싱클레어. 자넨 길거리 창녀에게 가질 않고 사람의 꿈, 사랑의 소망을 갖고 있을 거야. 어쩌면 그 꿈들은 자네가 두려워하는 그런 것이겠지. 무서워하지 말게! 그것들은 자네가 지닌 가장 좋은 것이니까. 내 말을 믿게. 나는 꿈을 많이 잃어버렸어. 자네 나이에 사랑의 꿈들을 능멸해버렸어. 그래선 안 돼. 우리 안에서 영혼이 소망하는 그 무엇도 금지되었다고 해서는 안 되네."

나는 깜짝 놀라서 항의하듯 말했다. "하지만 생각나는 대로 모든 것을 할 수야 없잖아요! 어떤 사람이 마음에 들지 않는다고 그를 죽일 수는 없잖아요."

그가 나에게 다가왔다.

"상황에 따라서는 그래도 된다네. 다만 대부분 죽인다는 행동은 오류야. 생각한 모든 것을 행동으로 옮겨도 된다는 말이 아닐세. 다만 좋은 뜻을 가진 발상을 쫓아버리고 그것을 놓고 이리저리 도덕화해서 해치지는 말라는 거야. 자신이나 다른 사람을 십자가에 못 박지 말고 뛰어난 생각이 담긴 잔으로 술을 마시면서 치르는 희생의 의식을 생각할 수도 있네. 그런 행동을 하지 않고도 자신의 충동과 유혹들을 존경과 사랑으로 다룰 수 있다네. 그러면 그런 충동들과 유혹들이 의미를 내보여. 그것들도 모두 의미를 갖고 있거든. 언제든 무언가 진짜 미친 생각이라거나 죄악적인 생각이 떠오르거든, 싱클레어. 그러니까 누군가를 죽이거나 그와 비슷한 어마어마하게 큰 죄악을 저지르고 싶거든 한순간만 생각해보게. 자네 안에서 그런 공상을 불러일으키는 게 아브라삭스라는 것을! 자네가 죽이고 싶은 인간은 결코 누구누구 아무개 씨가 아니라 틀림없이 하나의 위장에 불과할 뿐이야. 우리가 어떤 사람을 미워한다면 우리는 그의 모습 속에서 우리 안에 있는 무언가를 보고 미워하는 거야. 우리 자신 안에 없는 것은 우리를 자극하지 않아."

피스토리우스가 내 가장 은밀한 속마음을 깊이 파고드는 말을 한 적은 한번도 없었다. 나는 대답할 수 없었다. 하지만 내 마음을 강하게 움직이게 만들고 크게 건드린 것은, 아마도 이 위로가 내가 여러 해 전부터 마음속에 지니고 있던 데미안의 말과 같은 울림을 가졌다는 사실이었다. 그 두 사람은 서로를 몰랐지만 내게 똑같은 말을 한 셈이었다.

피스토리우스가 나직이 말했다. "우리가 보는 사물들은 우리 마음속에 갖고 있는 것과 똑같아. 우리가 우리 마음속에 가지고 있지 않은 현실은 없어. 그래서 대부분 사람은 그토록 비현실적으로 사는 거지. 그들은 바깥에 있는 모습을 현실이라 여기고 자기 안에 있는 본래의 세계가 발현하지 않도록 하거든. 그렇게 해서 행복해 도달할 수는 있겠지만 한번 다른 것을 알게 되면 그때부터는 대부분 사람이 가는 길을 가겠다는 선택은 사라져 버려. 싱클레어, 대부분의 사람이 가는 길은 쉬워. 우리의 길은 어렵지. 자, 우리 함께 가보세."

며칠 뒤 두 번이나 그를 기다렸지만 허탕을 쳤다. 그러다 늦은 저녁 거리에서 그와 마주쳤다. 그는 추운 바람 속에서 고독하게 골목을 돌아 밤바람에 휩쓸려 왔다. 그는 완전히 취했고 비틀거렸다. 나는 차마 그를 부르고 싶지 않았다. 그는 나를 발견하지 못한 채 내 곁을 지나갔다. 이글거리고 외로워진 눈으로 제 앞만 뚫어져라 바라보면서 알지 못하는 어떤 존재의 어두운 외침을 따라가는 것 같았다. 난 한 걸음 뒤에서 그를 따라갔다. 그는 눈에 보이지 않는 철사에 이끌린 듯 광적으로, 그렇지만 정확하지 않은 발걸음으로 움직였다. 나는 슬픔에 빠져 구제받지 못한 나의 꿈으로 돌아왔다.

'그는 그렇게 자기 안의 세계를 새롭게 만드는 것인가!' 나는 생각했다. 또한 동시에 그것이 저급하고 도덕적인 판단임을 깨달았다. 내가 그의 꿈에 대해서 무얼 알 수 있단 말인가? 그는 어쩌면 그렇게 취한 상태에서 두려움에 떠는 나보다 더욱더 안전한 길을 갔을지도 모른다.

학교 수업 쉬는 시간마다 그동안 내가 눈여겨본 적 없었던 동급생 하나가 내 주위를 서성이는 게 눈에 띄었다. 키가 작고 허약해 보이는 가냘픈 젊은이였고 붉은빛 도는 숱 적은 머리카락을 가지고 있었다. 어쩐지 그의 행동에는 독특한 무언가가 있었다. 어느 저녁이었다. 내가 집으로 갈 때 그가 골목에서 숨어서 나를 기다렸다. 그는 내가 옆을 지나쳐가도록 두더니 내 뒤를 쫓아와서 우리 집 현관문 앞에 멈춰 섰다.

"나한테 무슨 할 말이 있니?" 내가 물었다.

"너하고 한번 이야기하고 싶었어. 몇 걸음만 함께 걷자." 그는 수줍게 말했다.

나는 그를 따라 걸으면서, 그가 상기된 기대감으로 가득 차 있다는 걸 느낄 수 있었다. 그의 두 손이 떨렸다.

"너 심령술 하니?" 느닷없이 그가 물었다.

"아니야, 크나우어." 내가 웃음을 터뜨리며 답했다. "전혀 그렇지 않아. 어떻게 그런 생각을 하게 된 거야?"

"그럼 접신론자겠지?"

"그것도 아니야."

"아, 그렇게 숨기지 마! 너한테 뭔가 특별한 게 있다는 걸 나는 아주 잘 알고 있어. 넌 눈에 그런 걸 담고 있어. 분명 네가 영혼들과 교류한다는 걸 확신해. 나는 호기심에 묻는 게 아니야, 싱클레어. 아니고말고! 나 자신이 탐구자라고. 그리고 나도 혼자거든."

"이야기해볼래?" 나는 그를 격려했다. "난 영들에 대해서는 전혀 모르지만, 내 꿈속에 살고 있어. 네가 아마 그걸 느낀 모양이야. 다른 사람들도 꿈속에 살지만 그들 자신의 꿈은 아니야. 그게 차이야."

"그래, 어쩌면 그럴지도 모르겠다." 그가 속삭였다. "어떤 종류의 꿈속에 살고 있느냐의 문제라는 거지. 그럼 혹시 백색 마법에 대해 들어본 적이 있니?"

나는 아니라고 답해야 했다.

"그건 자기 자신을 통제하게 만드는 거야. 죽지 않을 수 있고 마법도 부릴 수 있다는데. 너 그런 연습을 한번도 안 해봤어?"

그 연습에 호기심이 생겨 물었다. 그는 처음에 무언가 숨기려는 비밀스러운 태도를 보였다가 내가 가려고 돌아서자 털어놓기 시작했다.

"예를 들면, 내가 잠들고 싶거나 집중하고 싶을 때면 이런 연습을 하는 거야. 가령 어떤 낱말이나 이름, 기하학 도형을 생각하는 거야. 그다음에는 그것들을 생각하면서 온 힘을 다해 내 안으로 밀어 넣는 거야. 그것이 내 안에, 내 머릿속에 있다고 생각하는 거지. 마침내 그게 정말 거기 있다고 느껴질 때까지. 그런 다음 그걸 목구멍으로 밀어 넣어. 그렇게 계속하다 보면 나는 그것으로 가득 채워지게 돼. 그러면 그때부터는 그 무엇도 나를 평화에서 끄집어낼 수 없게 되는 거야."

나는 그의 말이 어떤 의미인지 어느 정도는 이해가 됐다. 그렇지만 그가 정작 하고 싶은 말은 아직도 나오지 않았다는 걸 느낄 수 있었다. 그는 이상하리만큼 흥분했고 서두르고 있었다. 나는 그의 질문을 가볍게 해주려고 했다. 그러자 이내 그가 자기 자신의 본래 관심사를 털어놓았다.

"너도 금욕하지?" 그가 두려운 듯 물었다.

"그게 어떤 의미야? 혹시 성적인 걸 말하는 거야?"

"그래, 그거 맞아. 난 2년 전부터 금욕을 하고 있어. 어떤 깨달음을 알고부터야. 그전에는 죄를 저질렀어, 너도 벌써 눈치챘겠지만. 넌 한번도 여자랑 잔 적이 없지?"

"없어." 내가 말했다. "그럴 상대를 못 찾았어."

"그럼 만약, 마음에 드는 여자를 만나고 맞는 상대라면, 그 여자하고 같이 잘 거니?"

"그야 물론이지. 그 여자가 반대하지만 않는다면." 나는 비꼬듯이 답했다.

"오, 그런 점에선 넌 잘못된 길로 가는 거야! 완전한 금욕을 해야지 내면의 힘을 키울 수 있어! 어떤 때는 거의 견딜 수 없을 정도라고."

"이봐, 크나우어. 난 금욕이 그렇게 중요하다고 생각하지 않아."

"나도 알아." 그가 내 말을 막았다. "다들 그렇게 말하지. 그래도 너는 안 그럴 거라고 생각했어. 좀 더 높은 정신적인 길을 가려는 사람은 순수해야 해, 반드시!"

"그래, 그럼 그렇게 해! 하지만 난 이해하지 못하겠어. 자신의 성을 억누르는 사람이 왜 다른 사람보다 '더 순수하다'는 건지. 혹시 너는 모든 생각과 꿈에서도 성을 배제할 수 있다는 거니?"

그는 절망적으로 나를 바라봤다.

"아니, 못해! 맙소사. 그렇지만 그래야만 해. 나는 밤에 꿈을 꿔. 나 자신에게조차 말할 수 없는 꿈을 꿔! 정말 끔찍한 꿈들이야!"

나는 피스토리우스가 나에게 했던 말을 기억했다. 그의 말이 참 옳다고도 느끼지만 그 말을 그대로 전할 수는 없었다. 나 자신의 경험에서 나오지 않은 것, 나 자신도 실천할 수 없다고 느끼는 충고를 해줄 수는 없었다. 나는 더 이상 말하지 않았다. 누군가가 나에게 충고를 구하지만 아무런 말도 할 수 없다는 사실에 자존심이 상했다.

"난 모든 걸 다 해봤어!" 크나우어가 내 곁에서 탄식했다. "사람이 할 수 있는 일이라면 다 해봤어. 냉수, 눈, 체조, 달리기까지. 하지만 모두 소용없었어. 밤마다 생각해서는 안 되는 꿈에서 깨어나. 끔찍한 일은 그로 인해 내가 정신적으로 쌓아둔 것들이 다시 차츰 열어진다는 거야. 정신을 집중하거나 잠이 드는 일을 할 수 없어지는 거지. 누워서 그저 밤새 깨어 있는 거야. 더는 못 견디겠어. 결국 내가 이 싸움을 해낼 수 없어 항복하게 된다면, 내가 굴복하고 스스로를 다시 더럽힌다면, 한번도 싸워본 적 없는 모든 사람보다 더 나쁜 거야. 이해하겠니?"

나는 고개를 끄덕였지만, 무어라 해줄 말이 없었다. 그가 지루해지기 시작했다. 선명하게 보이는 그의 절망과 곤란함이 나에게 깊은 인상을 남기지 않는다는 사실에 내심 놀랐다. 나는 다만 이렇게 느꼈다. 난 너를 도울 수 없어, 라고.

"그러니까 넌 아무것도 모른다는 거지?" 그는 지친 표정으로 슬프게 말했다. "아무것도 모른단 말이야? 길이 있을 거야! 넌 대체 어떻게 하니?"

"난 너에게 아무 말도 해줄 수 없어, 크나우어. 이런 일은 서로 도울 수가 없어. 나도 그 누구의 도움을 받지 않았고. 이 건 너 스스로 생각해야 해. 그리고 정말 네 본질에서 나오는 걸 하면 돼. 다른 길은 존재하지 않아. 네가 너 자신을 찾아낼 수 없으면 다른 영들도 찾아내지 못할 거야. 내 생각은 그래."

그 작은 녀석은 실망한 듯 갑자기 말을 뚝 끊었다. 그러더 니 날 물끄러미 바라봤다. 그의 눈빛은 느닷없이 악의로 가득 찼고 얼굴을 찌푸린 채 분노하며 소리쳤다. "야, 그래 너 참 멋 진 성인군자구나! 너도 죄를 짓겠지, 나도 알아! 너는 그냥 현 자인 척 구는 거야. 남몰래 나나 다른 사람들과 똑같이 더러 운 일에 매달리면서! 넌 돼지야, 돼지. 나와 마찬가지야. 우리 는 모두 다 돼지야!"

나는 그를 세워둔 채 자리를 떴다. 그는 두세 걸음 내 뒤를 따라오다가 이내 그대로 멈춰 섰다. 그리고 몸을 돌려 달아났 다. 연민과 혐오가 뒤섞인 감정에 욕이 치밀어 올랐다. 그런 감정을 그대로 달고 집으로 돌아온 채 내 작은 방에서 그림 몇 장을 주위에 늘어놓고는 지극히 간절한 꿈들에 집중하고 나서야 그 감정을 떨칠 수 있었다. 그리고 이내 내 꿈이 다시 떠올랐다. 현관문과 문장에 대한, 어머니와 낯선 여자에 대한 꿈이었다. 그 여자의 표정이 어찌나 또렷하게 보였는지 그날 저녁 바로 그녀의 모습을 그리기 시작했다.

며칠 후 그림이 완성됐다. 꿈속의 몇 분처럼 의식도 없이

그림을 벽에 걸어놓고 그 앞에 탁상램프를 켜놓았다. 결판이
날 때까지 싸워야 하는 신 앞에 선 듯 그 그림과 마주한 것이
다. 그것은 이전에 그린 얼굴과 닮았고 내 친구 데미안과 비
슷했다. 몇몇 표정에서는 나 자신과도 닮은 얼굴이었다. 한쪽
눈이 다른 쪽보다 훨씬 더 위에 있고 운명으로 가득한 시선은
나를 넘어 어딘가로 향해 있었다.

그림 앞에 서서 나는 내적인 긴장으로 가슴속까지 서늘해
진 느낌이었다. 나는 그 모습에 질문하고, 비난했다. 그리고
애무하고 기도했다. 나는 그 그림을 어머니라고 불렀고 연인
이라고 불렀다. 그리고 창녀이며 매춘부라고 부르고 아브라
삭스라고 불렀다. 그사이 피스토리우스의—혹은 데미안이
었던가?—말이 들려왔다. 그 말은 언제 들었는지는 기억할
수 없었다. 그러나 그 말은 처음 듣는 말이 아니었다. 야곱이
하느님의 천사와 싸울 때 나온 말이었다. "나를 축복해주지
않으면 너를 보내지 않겠다."

내가 그린 얼굴은 램프 불빛 속에서 이름을 부를 때마다
모습을 바꾸었다. 환하게 밝아지다가 까맣게 어두워지기도
하고 죽은 눈길 위로 파리한 눈꺼풀이 감겼다가 다시 뜨면서
강렬하게 바라보기도 했다. 그것은 여자이고, 남자이고, 소
녀이고, 작은 아이였다. 동물이었다가 얼룩으로 줄어들었다
가 다시 크고 분명해졌다. 마지막에 나는 내면의 강한 부름을

들으며 눈을 감았다. 이제 그 그림은 내 안에 있었다. 진짜보다 더 강하고 힘 있는 모습이었다. 그 앞에 무릎 꿇으려 했지만 그 모습이 얼마나 깊숙이 나의 내면으로 들어와 버렸는지 그것을 나 자신과 떼어놓을 수 없었다. 마치 그것이 순수하게 나 자신이 되어버린 것 같았다.

그 순간 봄의 폭풍인 듯, 어둡고 무거운 쏟아지는 소리가 들렸다. 말로 표현할 길이 없는 불안과 경험의 새로운 느낌에 휩싸인 채 몸이 떨렸다. 별들이 내 앞에서 반짝 빛나다가 꺼지고 잊어버린 어린 시절에까지 이르는 기억들이, 아주 최초의 기억들이, 존재 이전의 처음 단계에 이르는 기억들이 폭포처럼 쏟아졌다. 나의 온 생애를, 가장 비밀스러운 것까지 되풀이하는 듯한 기억들은 어제오늘로 멈출 수 있는 게 아니었다. 계속해서 앞으로 나아갔고 미래를 비추었다. 이내 오늘에서 나를 분리해 새로운 삶의 형식들 속으로 밀어 넣었다. 그 모습들은 엄청나게 밝고 눈부셨지만 그중 어느 것 하나도 제대로 기억나지 않았다.

깊은 잠에서 깨어났을 땐 한밤중이었다. 나는 옷을 입은 채로 침대에 비스듬하게 걸쳐 누워 있었다. 불을 켰다. 무언가 중요한 것을 생각해내야 한다고 느꼈다. 몇 시간 전의 일을 아무것도 알 수 없었다. 불을 켜자 기억이 천천히 돌아왔다. 나는 그림을 찾았다. 그림은 이제 벽에 걸려 있지 않았다.

책상 위에도 없었다. 어렴풋하게나마 내가 그림을 불태운 것 같은 기억이 있었다. 아니면 그림을 불태우고 재를 먹어버린 건 꿈이었을까?

몸이 부르르 떨렸다. 큰 불안이 나를 내몰았다. 나는 무언가에 강요당하는 듯 모자를 쓰고 집과 골목길을 지나쳐갔다. 폭풍에 밀려나듯 거리와 광장들을 걷고 또 걸었다. 내 친구의 캄캄한 교회 앞에서 귀를 기울였고 어두운 충동에 휩싸여 무언가를 찾고 또 찾아 헤매었다. 다만 무얼 찾고 있는지 알 수 없었다. 사창가가 늘어선 교외를 지나갔다. 그곳엔 여기저기 불이 켜져 있었다. 그 멀리 바깥쪽에는 새로 지은 건물들이 있고 벽돌이 쌓여 있었다. 군데군데 눈에 덮여 있었다. 몽유병 환자처럼 알 수 없는 힘에 이끌려 황량한 곳을 쏘다니다 보니 고향 도시의 공사장이 생각났다. 언젠가 나의 고문자였던 크로머가 계산을 하자며 처음으로 끌고 갔던 곳이었다. 잿빛 어둠 속에서 그 비슷한 건물 한 채가 있었다. 검은 문의 구멍들은 내 앞에서 입을 벌리고 있었다. 그 구멍은 나를 안으로 끌어당겼다. 나는 모래와 쓰레기 더미에 걸려 비틀댔다. 그러나 충동이 더 강했다. 나는 들어가야 했다.

판자와 부서진 벽돌을 지나 비틀거리며 황량한 공간으로 들어섰다. 축축한 냉기와 돌 냄새가 희미하게 났다. 모래 더미 하나가 밝은 잿빛으로 한 군데 있었다. 그 밖에는 모든 게 새카맸다.

그 순간 놀란 목소리 하나가 나를 불렀다. "맙소사, 싱클레어. 어디서 오는 거야?"

그러면서 내 옆 어둠 속에서 사람 하나가, 작고 마른 사내가 유령처럼 몸을 일으켜 세웠다. 나는 머리카락이 곤두설 정도로 놀랐다. 그리고 이내 크나우어를 알아볼 수 있었다.

"여긴 어떻게 왔어?" 그가 흥분한 채 계속해서 물었다. "대체 나를 어떻게 찾은 거야?"

나는 무슨 소린지 알 수 없었다.

"난 너를 찾으려던 게 아니야." 나는 당황하며 말했다. 한마디, 한마디가 몹시 힘들었다. 죽은 듯이 무거운 냉랭한 입술에서 간신히 말이 나왔다.

"찾으려던 게 아니라고?"

"응, 무언가가 나를 이리로 이끌었어. 네가 날 부른 거니? 네가 날 부른 게 분명해. 넌 밤중에 여기서 대체 뭘 했어?"

그는 가느다란 두 팔로 나를 힘껏 끌어안았다.

"그래, 밤이야. 머지않아 곧 아침이 올 거야. 오, 싱클레어. 네가 나를 잊지 않았다니! 나를 용서해주겠니?"

"대체 뭘 용서하지?"

"아, 내가 정말 끔찍하게 굴었잖아!"

이제야 우리의 지난간 대화가 기억났다. 삼사일 전이었던가? 그 뒤로 한평생이 흘러간 것만 같았다. 하지만 이제 불현 듯 모든 것이 분명해졌다. 우리 사이에 무슨 일이 있었는지. 뿐만 아니라 왜 내가 이리로 오게 되었으며 크나우어가 여기서 대체 뭘 하려 했는지도.

"너 죽으려 했구나, 크나우어?"

그가 추위와 두려움으로 몸을 부르르 떨었다.

"그래, 그랬어. 그럴 수 있었을지는 모르겠어. 아침이 될 때까지 기다릴 참이었거든."

나는 그를 이끌고 밖으로 나왔다. 멀리 지평선에서 첫 새벽빛이, 잿빛 공중에서 말할 수 없이 차갑고 힘없이 희미한 빛을 내고 있었다.

얼마간 더 그의 팔을 잡고 한참을 걸었다. 내 안에서 무언가가 이렇게 말했다. "이제 집으로 가. 그리고 아무한테도 무슨 말도 하지마! 넌 잘못된 길을 간 거야, 잘못된 길을! 그리고 우리는 돼지가 아니야. 우린 인간이야. 우리는 신들을 만들고 신들과 싸우지. 그렇게 신들은 우리를 축복해주는 거야."

우리는 말 없이 더 걷다가 헤어졌다. 집으로 돌아오자 날이 완전히 밝았다.

그 시절 성 ○○시에서 내게 생긴 가장 좋은 사건은 오르간 연주를 듣거나 벽난로 앞에서 피스토리우스와 함께 보낸 시간이었다. 우리는 아브라삭스에 대한 그리스어 텍스트를 함께 읽었다. 그는 나에게 베다의 번역 몇 구절을 낭독하고 신성한 '옴에 대해 이야기하는 법을 알려주었다. 그러는 사이 이런 학술적인 태도는 나의 내면을 키워준 게 아니라 오히려 반대였다. 기분 좋았던 것은 나 자신의 내면에서 앞으로 나아 갔음을 보는 것, 내 독특한 꿈과 생각과 예감들에 대한 신뢰 가 쌓인다는 점이었다. 그리고 내 안에 지닌 힘에 대해 점점 더 알아가는 일이었다.

피스토리우스와 나는 더불어 어떤 식으로든 서로를 이해 했다. 내가 그를 강하게 생각하기만 하면 그 자신이나 그의 인사가 내게로 온다고 확신했다. 나는 그에게, 데미안에게 그 랬듯이, 그 자신이 거기 없어도 무엇이든 물어볼 수 있었다. 그냥 그를 강력하게 상상하면서 내 질문을 집중해서 그에게 로 향하기만 하면 됐다. 그러면 물음 안에 담은 모든 영혼의 힘이 내 마음속에 대답으로 되돌아왔다. 다만 내가 그럴 때마 다 상상하는 인물은 피스토리우스나 막스 데미안이 아니라 내 꿈에 나타나는, 내가 그림으로 그린 모습이었다. 남자면서 여자인 모습, 내 수호신의 모습을 부르기만 하면 됐다. 이제 그것은 내 꿈속에만 살거나 종이에 그려지기만 한 게 아니라 내 마음속 소망의 모습이자, 나 자신의 승화된 모습으로 내 안에 살고 있었다.

자살에 실패한 크나우어가 나를 대하는 태도는 특이했고 이따금 우스워 보였다. 내가 그에게 보내졌던 밤부터 그는 나에게 매달렸다. 충실한 종이나 개처럼, 자신의 삶을 내 삶과 연결하려 했고 맹목적으로 내 뒤를 쫓아왔다. 그는 아주 이상한 질문과 소망들을 들고 내게로 왔다. 영들을 보려 했으며 카발라를 배우고 싶다고 했다. 내가 이 모든 것을 전혀 모른다고 말해도 소용없었다. 내 말은 믿으려 하지 않았다. 그는 내게 온갖 능력이 있다고 믿고 있었다. 그런데 이상하게도 내가 내 안에서 어떤 실마리를 풀어야 할 때마다 그가 꼭 이상하고 어리석은 질문을 들고 찾아왔다. 그의 변덕스러운 발상과 관심사들은 나에게 자주 화두가 되거나 문제 해결에 도움을 주었다. 충직하게 구는 그가 부담스러워 종종 주인처럼 내쫓아버렸지만, 그래도 그 또한 내게 보내졌음을 내가 그에게 준 것이 그로 인해 시너지가 되어 돌아왔음을, 그도 나에게는 한 명의 안내자이며 또는 그 길 자체임을 느낄 수 있었다. 그가 그 자신의 구원을 찾았다고 나에게 들고 오는 정신 나간 책들과 문헌들은 내가 바로 이해할 수 있는 것보다 더 많은 것을 알려주는 가르침이 되었다.

크나우어는 나도 모르는 사이에 나의 길에서 사라져 버렸다. 그와는 어떤 논쟁이 필요하지 않았다. 그러나 피스토리우스의 경우는 달랐다. 성 ○○시에서의 학창 시절이 끝나갈 무렵에 또 한번 이 친구와 신기한 체험을 했다.

악의 없는 사람이라 할지라도 삶에서 한두 번쯤 경건함과 감사라는 도덕과 갈등하는 일을 겪기 마련이다. 누구든 한번쯤은 아버지로부터, 스승에게서 떨어져 나와 걸음을 옮겨야 하고 누구나 고독의 가혹함을 조금은 느껴야 한다. 대부분의 사람은 그걸 잘 견딜 수 없어 했고 다시 밑으로 기어들어 갈 곳을 찾곤 한다. 나는 부모님들과 그들의 세계, 내 아름다운 어린 시절의 '밝은 세계'로부터 격렬한 싸움을 벌이며 떨어지지 않았다. 눈에 잘 띄지 않게 서서히 멀어지고 낯설어졌다. 마음이 불편했다. 종종 고향을 찾아갈 때면 힘든 시간을 보내곤 했다. 그러나 가슴속 깊은 곳까지 힘들지는 않은 견딜만한 정도였다.

그러나 우리가 습관에서가 아니라 지극히 고유한 욕구에서 사랑과 존경심을 바쳤던 곳, 더없이 진정한 마음으로 제자가 되고 친구가 된 곳—바로 그곳에 쓸쓸하고 무서운 순간이 덮친다. 우리 안의 주도적인 흐름이 이제 이 사랑하는 사람으로부터 멀어져 간다는 걸 알아차리는 순간이다. 거기서는 친구이자 스승을 거부하는 생각 하나하나가 독침처럼 자신의 마음을 향해 날아온다. 그 상황에서는 방어의 일격이 전부 자신의 얼굴로 되돌아온다. 그럴 때면 스스로 적절한 도덕심을 가졌다고 믿는 사람에게는 '충직하지 못함'과 '배은망덕'이라는 말들이 치욕스러운 외침이나 낙인처럼 떠오른다. 놀란 가슴은 두려움이 가득 차 어린 시절 미덕이 존재하는 아득한 골짜기로 도망친다. 그리고 이런 헤어짐이 있다는 것을, 이런 유대가 끊어진다는 것을 믿을 수 없게 된다.

시간이 지나면서 내 마음속에는 서서히 피스토리우스를 절대적인 스승으로 인정하는 걸 저항하는 눈치였다. 청소년기의 가장 중요한 몇 달 동안 그와 함께했던 우정, 그의 충고와 위로, 그가 곁에 있음을 겪었다. 신은 그를 통해 내게 말을 건넸다. 내 꿈은 그의 입을 통해 내게로 되돌아오고, 설명되고, 해석됐다. 그는 나 자신에게로 가는 용기를 선물해줬다. 아, 그런데 이제 서서히 그에 대한 반감이 자라고 있음을 감지한 것이다. 이제 들으니 그의 말에는 지나치게 많은 가르침이 있었고, 그는 오직 나의 일부분만을 완전히 이해한다는 느낌이 들었다.

우리 사이에 다툼은 없었다. 격한 논쟁이나 결론, 청산조차도 없었다. 그냥 나는 그에게 단 한마디, 그다지 해롭지 않은 말 한마디를 했을 뿐이었다. 하지만 그 순간 우리들 사이에 있던 환상은 산산이 부서져 색색의 유리 조각으로 흩어졌다.

한동안 어떤 예감이 나를 짓누르고 있었다. 그 예감은 어느 일요일 그의 낡은 서재에서 분명한 느낌으로 뚜렷해졌다.

우리는 불 앞쪽 바닥에 엎드려 있었고 그는 비밀 의식과 종교 형태에 관해 이야기했다. 그는 그런 것들을 연구하고 깊게 생각했으며, 그 가능한 미래에 집중하고 있었다. 그러나 나에게는 그 모든 것이 인생을 결정할 만큼 중요한 것이라기보다는 호기심을 끄는 흥미 정도였다. 나에게는 그저 지겨운 과시이자 이전 세계의 폐허를 헤집는 고달픈 탐색의 소리 정도로만 들렸던 것이다. 불현듯 이런 모든 방식, 신비주의에 대한 이런 숭배와 전해 내려오는 신앙 형식을 모자이크처럼 짜 맞추는 놀이에 거부감이 들었다.

"피스토리우스." 내가 갑자기 말했다. 스스로도 놀랄 만큼 악의가 느껴질 정도의 말투였다. "내게 또 한번 꿈 이야기나 해주셔야겠어요. 밤에 꾸셨다는 진짜 꿈 이야기요. 지금 당신이 하는 이야기는 정말, 뭐라고 해야 할까요. 너무 지독하게 오래전 이야기 같아요."

그는 내가 그런 식으로 말하는 것을 한번도 들어본 적이 없었다. 나 자신도 그 말을 내뱉는 순간 번개처럼 수치심과 충격을 느꼈다. 그에게 쏘아낸 화살은 그의 심장을 맞혔고, 그 화살은 바로 그 자신의 병기창에서 나온 것이었다. 그가 냉소적인 말투로 이따금 내뱉던 자기 비난의 어투를, 이제 지독하게 내가 악의에 찬 채 그에게 던진 것이다.

순간적으로 그도 분명 알아차렸다. 그는 곧바로 침묵했다.

나는 두려움을 품은 채 그를 보았고 그가 창백해지는 걸 목격했다.

한참 오랜 시간 침묵이 흘렀고 그가 새 나무토막을 불에 넣으며 조용히 말했다. "네 말이 옳아, 싱클레어. 자넨 영리해. 이제 그런 고리타분한 이야기로부터 떨어지게 해줄게."

그는 아주 조용히 말했지만, 나는 그 상처의 고통을 자세히 알 수 있었다. 내가 대체 무슨 짓을 한 건가!

눈물이 나올 것 같았다. 진심으로 그에게 다가가 용서를 구하고 싶었다. 나의 사랑, 나의 고마움을 그에게 전하고 싶었고 충분히 부드러운 말들이 떠올랐다. 그러나 전할 수 없었다. 나는 그냥 엎드려 불을 들여다보았고 아무 말도 할 수 없었다. 그도 말이 없었다. 그렇게 우리는 누워 있었고 불은 타 내려 가다 이내 꺼졌다. 탁탁 불꽃이 튀며 꺼지는 불꽃 하나와 함께 다시는 돌아올 수 없는 아름답고 내면적인 어떤 것이 바스러지고 곧 사라지는 걸 느꼈다. 다시는 돌아올 수 없었다.

"제 말을 잘못 이해하신 것 같은데요." 마침내 내가 몹시 힘없이 메마르고 쉰 목소리로 말했다. 마치 신문 연재소설을 낭독하듯 어리석고 무의미한 말들이 내 입술 너머로 기계적으로 새어 나왔다.

"자네 말은 아주 정확하게 이해했네." 피스토리우스가 조용히 말했다. "또 그 말이 옳고." 그는 잠시 뜸을 들였다. 그리고 천천히 말을 계속했다. "한 인간이 다른 사람에 대해 말할 수 있을 만큼은 말일세."

아니, 아니에요. 나는 마음속으로 소리쳤다. 제가 틀렸어요! 하지만 난 그 말을 내뱉을 수 없었다. 나는 그 한마디 사소한 말로 그의 본질적인 약점, 그의 괴로운 상처를 찔렀다는 걸 알았다. 그가 자신을 불신하는 그 지점을 건드린 셈이다. 그의 이상은 '낡은 것'이었고 그는 과거를 탐색하는 사람이자, 낭만주의자였다. 그리고 갑자기 나는 깊이 느끼게 됐다. 피스토리우스는, 그가 나에게 주었던 것을 그 자신에게는 줄 수 없었다. 그게 내게 가졌던 의미조차 될 수 없었다. 내 눈에 비쳤던 그의 모습도 결코 실체는 아니었으리라. 그는 나를 안내자인 자신의 그 능력을 뛰어넘어 그를 떠나야 할 길로 안내한 것이다.

맙소사, 어떻게 그런 말이 나오게 되었는지 신만 알 일이었다. 나는 전혀 나쁜 뜻이 아니었고 파국을 예상한 적도 없었다. 말을 입 밖에 내는 순간에도 무엇을 말하고 있는지조차 스스로 알지 못하는 말을 했던 것뿐이다. 약간은 재치 있고 약간의 악의를 품었던 소소한 발상으로 넘어가려던 것뿐인데 그것은 운명이 되어버렸다. 나는 부주의한 작은 횡포를 저질렀다. 그리고 그 말이 그에게는 나의 판단으로 전달되어버렸다.

　당시의 나는 간절하게 소망했다. 그가 차라리 화를 내고 그가 자신을 방어하기 위해 나에게 소리쳐주기를! 하지만 그는 아무것도 하지 않았다. 그 모든 일은 내 마음속에서만 이루어졌다. 그는 할 수만 있었다면 미소 지었을 것이다. 그가 그럴 수 없다는 걸 보고 내가 그의 약점을 얼마나 정확하게 알고 그 지점을 향해 힘껏 내리쳤는지를 깨달았다.

　피스토리우스는 고마움을 모르는 시건방진 제자인 나의 공격을 아무 반응 없이 받아들였다. 내가 옳다고 말하고 침묵함으로써 내 말이 운명임을 인정했다. 내가 스스로에게 증오스러운 존재가 되게 만들었고 나의 경솔함을 수천 배 더 크게 만들었다. 때리려 달려들었을 땐, 그 정도는 방어하는 강한 사람을 공격했다고 생각했다. 하지만 공격받은 이는 조용히 참는 사람이자, 침묵하면서 백기를 드는 무방비한 상태에 놓여 있었다.

　우리는 오랜 시간 꺼져가는 불꽃 앞에 엎드려 있었다. 그 불꽃 속에서 빛나는 모습 하나하나, 구부러져 타는 나무 조각 하나하나가 내 기억 속에 행복하고 아름답고 풍요로웠던 시간을 기억 속에 불러왔다. 피스토리우스에게 진 내 빚더미는 점점 더 크게 쌓였다. 나는 끝까지 견딜 수 없었다. 일어서서 방을 빠져나왔다. 그의 방문 앞에서, 어두운 계단 위에서,

집 바깥에서 오래도록 서서 혹시나 그가 내 뒤를 따라오지 않을까 하고 기다렸다. 그리고 그곳을 벗어나 저녁이 될 때까지 몇 시간 동안 도시와 교외, 공원과 숲을 돌아다녔다. 그때 처음으로 내 이마에 카인의 표식이 찍혀 있음을 느꼈다.

나는 천천히 깊게 생각했다. 내 생각은 모두 나 자신을 비난하고 피스토리우스를 옹호하는 의도의 것들이었다. 그리고 그 모든 것은 정반대로 끝나버렸다. 수천 번이나 나는, 나의 경솔한 행동을 반성했고 다시 그 일을 되돌릴 생각이 있었다. 그러나 그럼에도 내 말은 사실이었다. 나는 그제야 비로소 피스토리우스를 이해하고 그의 꿈 전체를 내 앞에 떠올릴 수 있었다. 그의 꿈은 사제가 되어 새로운 종교를 알리는 것이었다. 꿈, 찬양, 사랑과 예배의 형식을 새롭게 하고 새로운 상징을 세우려는 꿈이었다. 그런데 그것은 그의 능력이나 그의 직분이 아니었다. 그는 너무 편안하게 이미 존재하는 과거 속에 머물렀다. 옛날에 있었던 일을 너무 명확하게 알고 있었다. 그의 사랑은 세계가 이미 보았던 옛날 모습에 붙어 있었다. 하지만 그 자신의 새로운 것은 이전의 것과 달라야 하고 또 그것은 신선한 대지에서 흘러나오는 것이지 온갖 수집품과 도서관에서 만들어질 수 없다는 사실을 그 스스로의 깊은 내면에서 가장 잘 알았다. 그의 직분이란 어쩌면 나에게 해준 것처럼 인간이 그 자신에게로 이르도록 돕는 일일 것이다. 그들에게 그동안 들여다보지 못한 것, 새로운 신을 제시하는 일은 그의 직분이 아니었다.

그리고 여기서 갑자기 깨닫게 된 날카로운 불꽃이 나를 불태웠다. 각자에게 '직분'이 주어져 있지만, 그 누구도 스스로 직분을 직접 고르거나 고쳐 쓰거나, 마음대로 부릴 수 없다는 사실이었다. 새로운 신들을 원한다는 것은 잘못된 일이다. 세계에 새로운 그 무엇인가를 주겠다는 것은 완전히 틀린 생각이다! 각성한 인간에게는 한 가지, 자신을 탐색하고 자기 안에서 더욱 확고해지고 그것이 어디로 가는지 아는 일 말고는 달리 그 어떤, 어떤, 어떤 의무도 없었다. 이 깨달음은 나를 깊이 뒤흔들었다. 그리고 내가 이 경험을 통해 얻은 열매였다. 나는 자주 미래의 모습들을 가지고 놀았고 내게 배정되는 시인이나 예언자, 혹은 화가로서 해야 할 역할을 꿈꿨다. 그 모든 것은 아무것도 아니었다. 나는 시를 짓기 위하여, 설교하거나 그림을 그리기 위해 존재하지 않는다. 나뿐만 아니라 그 누구도 그런 역할을 위해 존재하지 않는다. 그 모든 것은 오로지 부수적인 일이다. 모든 사람에게 있어 진실한 직분이란 단 한 가지였다. 바로 자기 자신에게로 가는 것이다. 그는 마지막에 시인이나 미친 사람, 예언자나 범죄자로 끝날지도 모른다. 하지만 그건 관심 가질 일이 아니었다. 궁극적으로 그런 건 중요한 게 아니었다. 누구나 관심 가져야 할 일은 아무래도 좋은 운명이 아닌 자신의 운명을 찾아내고 그 운명을 자기 안에서 완전하고 굴복 없이 따라가며 사는 것이다. 그것 말고 다른 것은 모두 반쪽이다. 전부 벗어나려는 시도이자 대중의 이상으로부터의 도주, 그저 비판 없는 적응이자 자신에 대한 두려움일 뿐이다. 내 앞에 새로운 모습이 두렵고도 거룩하게 떠올랐다. 수백 번 예감했고 어쩌면 자주 입 밖으로 표현했지만 이제야 비로소 진짜 체험을 하게 됐다. 나는 자연이 던진 것이다. 불확실성을 향한, 어쩌면 새로운 것으로, 어쩌면 아무것도 아닌 곳으로 던져졌다. 그리고 깊이를 알 수 없는 곳으로부터 이 던져짐이 남김없이 이루어지게 하고 그 뜻을 마음속에서 느끼고 완전히 내 의지로 만드는 것, 그것만이 내 소명이었다. 오직 그것만이!

나는 이미 많은 고독을 맛보았다. 하지만 이제 그보다 더 깊은 고독이 있다는 걸 예감했다. 그리고 그 고독을 벗어날 수 없다는 것도 함께.

피스토리우스와 화해하려는 노력은 하지 않았다. 우리는 친구로 남았지만 관계가 달라졌다. 다만 단 한번 우리는 그 일에 관해 이야기를 나누었다. 아니, 오직 그 혼자서 말했다. 그는 이렇게 말했다. "나는 사제가 되려는 소망이 있었지. 자네도 알지. 나는 기꺼이 새로운 종교의 사제가 되고 싶었어. 하지만 난 결코 그렇게 될 수 없을 거야. 나도 알아. 전부터 이미 알고 있었어. 나 스스로에게도 제대로 고백하지 못했지만 이미 오래전부터 말이지. 나는 아마 다른 사제 노릇을 하게 될 거야. 어쩌면 오르간, 아니 어쩌면 다른 방식으로. 하지만 나는 언제나 나 스스로가 아름답고 신성하다고 여기는 것에 둘러싸여 있어야 하네. 오르간 음악이든 비밀 의식, 상징과 신화. 나는 그런 게 필요하고 벗어나고 싶지 않아. 그게 나의 약점이야. 나도 때때로 그런 소망을 갖지 않아야 한다고 생각하네, 싱클레어. 그것이 사치이자 약점이라는 걸 분명하게 알아. 내가 아무런 요구도 없이 그냥 온전히 운명에 자신을 맡긴다면 그게 훨씬 위대하고 올바른 일이겠지. 하지만 난 그렇게 못해. 이것이 내가 할 수 없는 유일한 일이야. 어쩌면 자네는 언젠가 할 수 있을 거야. 그건 어려운 일이야. 나에게 존재하는, 유일하게 힘든 일이야. 때때로 그런 꿈을 꾸기도 했지만 그럴 수 없어. 난 그 앞에서 온몸이 떨려. 나는 그렇게 완전히 벌거벗은 채 고독하게 서 있을 수가 없어. 나 또한 약간의 온기와 먹이를 필요로 하고 이따금 비슷한 자들이 가까이 있음을 느끼고 싶어. 정말이지 자기 운명 외에는 아무것도 바라지 않는 사람은 자기와 비슷한 사람에게 곁을 내어주지 않아. 그는 온전히 혼자 서 있지. 자기 주변에는 오로지 차가운 세계뿐이야. 자네 알지, 그건 겟세마네의 예수가 그랬어. 기꺼이 십자가에 못 박힌 순교자들이 있었지만 그들이 영웅은 아니었다. 해방되지 않았어. 그들 또한 무엇인가를 원했지, 그들에게 익숙한 고향 같은 것을, 그들은 모범과 이성이 있었던 거야. 오직 운명만을 원하는 사람은 모범도 없고 이상도 없다네. 익숙한 고향 같은 것도, 위안되는 것도 없다네! 사람은 본래 이런 길을 걸어야겠지. 나나 자네 같은 사람은 아주 고독해. 그러나 우리는 아직 서로 가진 것이 있어. 우리는 남들과 다르고 부정한다는 점, 비범한 것을 원한다는 남과 다른 쾌감을 갖고 있어. 하지만 누군가 자기만의 길을 온전히 걷고자 한다면, 그것마저 버려야 하네. 그는 혁명가나 어떤 모범, 순교자가 되고자 해서는 안 되는 거야. 생각할 필요도 없는 일이야."

그렇다. 상상할 수도 없었다. 그러나 꿈을 꿀 필요는 있었다. 미리 예감하고 느껴야 했다. 완벽하게 고요한 시간을 찾아냈을 때 몇 번 그런 것을 느꼈다. 그러고는 나 자신을 들여다보다가 내 운명의 영상에 매달린 두 눈을 보았다. 그 두 눈은 지혜로 가득 차 있는 것 같았다. 그리고 광기로 가득 차 있는 것도 같았다. 사랑에 환히 빛나는 것 같기도 하고 깊은 악의가 빛나는 것 같기도 하지만 아무래도 좋았다. 그 모든 것에 상관없이 우리는 그중 어떤 것도 선택할 수 없으며, 선택하려 해서도 안 된다. 인간은 오로지 자기 자신과 스스로의 운명만을 원할 수 있을 뿐이다. 피스토리우스는 내가 그곳으로 향할 수 있는 길의 한 지점을 안내해주는 모습이었다.

그때 나는 눈이 먼 듯 이리저리 헤매고 다녔다. 내 안에서 폭풍이 일어났고 한 걸음, 한 걸음이 위험했다. 내 앞에는 아주 깊은 어둠밖에 보이지 않았는데, 지금까지의 모든 길은 그 어둠으로 들어가 가라앉아 버렸다. 나는 내 내면에서 안내자의 모습을 보았다. 데미안을 닮았으며, 그 눈에는 내 운명이 적혀 있었다.

나는 종이에 이렇게 적었다. "길 안내자가 나를 떠났다. 나는 완전히 어두운 곳에 혼자 서 있다. 한 발자국도 혼자 내디딜 수도 없다. 도와줘!"

데미안에게 그 종이를 보내려고 했지만 그럴 수 없었다. 내가 그러려고 하면 번번이 그 짓이 어리석고 무의미해 보였다. 하지만 나는 그 작은 기도를 외워버린 탓에 종종 혼자 중얼거렸다. 그 기도가 매시간 나와 함께했다. 기도가 무엇인지 어렴풋하게 느낄 수 있었다.

김나지움 시절이 끝났다. 나는 방학 동안 여행을 가기로 되어 있었다. 아버지의 계획이었고 여행이 끝나면 대학에 가야 했다. 어떤 학교를 선택할지는 몰랐다. 철학을 한 학기 듣기로 했다. 설사 다른 과목을 들었다 하더라도 나는 똑같이 만족했을 것이다.

에바 부인

막스 데미안과 그의 어머니가 살던 집을 방학 중에 한번 찾아갔다. 나이 든 부인이 정원을 오가며 산책을 즐기고 있었다. 나는 그녀에게 말을 걸었고, 그 집의 주인이라는 걸 알게 됐다. 데미안 가족에 대해 물었다. 그녀는 그들을 똑똑히 기억하고 있었다. 하지만 그들이 지금 어디 사는지는 몰랐다. 내가 그들에게 관심 갖고 있는 걸 알아차리고는 나를 집 안으로 데려가서 가죽 앨범을 가져와 데미안과 그의 어머니 사진을 보여주었다. 나는 그녀에 대한 기억이 거의 없었다. 하지만 그 작은 사진을 보는 순간 심장이 멈추고 말았다. 그것은 내 꿈에서 보던 모습이었다! 그녀였다. 키가 크고 거의 남자 같은 여성의 모습, 아들과 비슷하지만 어머니다운 표정, 엄격함과 깊은 정열을 표현해 낸 표정, 아름답고 유혹적인, 하지만 그 아름다움에 다가갈 수 없는. 수호자이자 어머니, 운명이자 연인이었다. 바로 그녀였다!

내 꿈의 영상이 지상에 살아 있음을 깨달았을 때 엄청난 경이로움이 나를 꿰뚫고 지나갔다. 그런 여성의 모습, 내 운명의 표정을 지닌 여자가 존재했던 것이다! 그녀는 어디에 있을까? 어디에? 그런 바로 그녀가 데미안의 어머니였다.

그 후 곧바로 나는 여행을 떠났다. 이상한 여행이었다! 나는 언제나 그녀를 찾으면서 내 기분이 내키는 대로 쉬지 않고 발을 옮겼다. 그녀를 떠오르게 하는, 그녀를 닮은 모습만 만나는 날도 있었다. 뒤엉킨 꿈속에서처럼 낯선 도시의 골목길을 지나고, 역을 지나 기차 칸으로 따라갔다. 또 어떤 날은 모든 게 헛일이라는 걸 깨닫기도 했다. 그런 날에는 아무것도 하지 않았다. 어느 공원이나 호텔의 정원, 대합실 같은 데 앉아 내 마음을 들여다보았고 내 마음속에 그 모습을 살아 있게 만들려고 애썼다. 하지만 그 모습은 이제 부끄러운 듯 도망치듯 사라지곤 했다. 한번도 제대로 잠에 빠질 수 없었다. 기차에 몸을 싣고 알 수 없는 낯선 풍경들을 지나는 동안 한 십오분 정도 고개를 끄덕이며 졸았다. 한번은 취리히에서 어떤 여자가 나를 뒤따라 왔다. 아름다웠지만 약간 뻔뻔스러웠다. 나는 마치 그녀가 공기처럼 안 보이기라도 한다는 듯 쳐다보지도 않고 계속 걸었다. 다른 여성에게 한시라도 관심을 두느니 차라리 당장 죽고 싶었다.

내 운명이 나를 이끌고 있다는 걸 느낄 수 있었다. 그리고 이제 실현할 수 있음을 감지했다. 하지만 그 실현까지 다가서기까지 내가 할 수 있는 일은 아무것도 없음에 마음이 초조했다. 한번은 어떤 기차역에서, 아마 인스브루크였던 것 같은데, 방금 출발한 기차의 창가에서 그녀를 떠올릴 법한 모습을 보았다. 그래서 나는 여러 날을 불행해야만 했다. 그러다 갑자기 그 모습이 꿈속에 나타났다. 내 추적이 무의미함을 깨닫고 부끄러움을 느꼈다. 나는 곧바로 집으로 돌아왔다.

몇 주 뒤 나는 H 대학에 등록했다. 모든 것이 실망스러웠다. 내가 들은 철학과 강의는 대학에서 공부하는 젊은 학생들의 태도만큼이나 실체가 없는 공장제품 같았다. 모두가 틀에 박힌 듯 똑같이 행동했다. 소년 같은 앳된 얼굴들 위로 나타난 들뜬 즐거움은, 보는 내가 똑같이 우울할 정도로 공허하고 기성품처럼 보였다! 그러나 나는 자유로웠다. 나의 하루는 온전히 나 자신을 위한 나날이었다. 교외의 낡은 집에 조용히 지내면서 책상 위에는 니체의 책 몇 권을 올려놓았다. 나는 니체와 함께 살면서 그의 내면의 고독을 느꼈고 그를 쉴 새 없이 몰아간 운명의 냄새를 맡았다. 그와 함께 나는 괴로웠다. 그러면서 운명에 굴하지 않고 자신의 길을 간 사람이 있다는 사실에 행복했다.

한번은 늦은 저녁 가을바람을 맞으며 도시 이곳저곳을 기웃거렸다. 술집에서 대학생 무리의 노랫소리가 울려 나오곤 했다. 열린 창으로 담배 연기가 구름처럼 피어오르고 홍수처럼 쏟아지는 노랫소리는 크고 우렁찼지만 활기나 생기는 찾아볼 수 없을 정도로 획일적이었다.

나는 어느 길모퉁이에 서서 술집 두 군데에서 정확하게 연습 된 젊음의 쾌활함이 명랑한 밤으로 쏟아져 나오는 소리에 귀를 기울였다. 어딜 가든 모임이, 함께 있기, 운명을 내려놓고 따스한 무리 안으로 도망치는 일뿐이었다!

내 뒤에서 남자 둘이 천천히 지나갔다. 그들의 대화 일부가 들렸다.

"흑인 촌에 있는 젊은이들이나 여기나 똑같지 않나요?" 한 사람이 말했다. "모든 게 딱 똑같아요. 심지어 문신조차 유행이라오. 알아두시오. 이게 바로 새로운 유럽이오."

그 목소리는 내게 놀라운 경고음을 보냈다. 귀에 익은 목소리였다. 나는 어두운 골목길로 두 사람을 따라갔다. 한 명은 키가 작고 우아한 일본인이었다. 어느 가로등 불빛 아래에서 그의 얼굴이 누렇고 환하게 빛나는 게 보였다.

그때 다른 사람이 말했다.

"그런데 당신네 일본도 사정이 더 좋지는 않을 겁니다. 무리를 만들지 않는 사람들은 어디서나 드물어요. 여기에도 조금 있을 뿐이에요."

그 말 한마디 한마디가 기쁜 놀라움으로 나의 머리를 뚫고 지나갔다. 말하는 사람은 아는 사람이었다. 그는 데미안이었다.

바람 부는 밤, 어두운 골목길로 그와 일본인을 뒤쫓았다. 그들의 대화에 귀를 기울이고 데미안 목소리가 주는 울림을 즐겼다. 그 목소리는 옛날 음색 그대로였다. 오래된 아름다움과 안정감, 침착함을 지닌 채 나를 지배하는 힘을 갖고 있었다. 이제 모든 게 다 잘됐다. 나는 그를 찾아낸 것이다.

일본인은 어느 교외 거리의 끝에서 작별 인사를 나누고 현관문을 열었다. 데미안은 그 길을 되돌아왔다. 나는 그대로 멈추어 선 채로 길 한복판에서 그를 기다렸다. 요동치는 가슴으로 내게로 다가오는 그를 보았다. 밤색 비옷을 걸치고 가느다랗고 짧은 지팡이를 걸고 있었다. 그는 특유의 반듯한 자세로 적당한 보폭을 유지한 채 내 바로 앞까지 왔다. 쓰고 있던 모자를 벗어 단호하게 다문 입과 넓은 이마의 독특한 환한 빛을 보이며 밝은 얼굴을 내보였다.

"데미안!" 내가 외쳤다.

그는 내게로 손을 내밀었다.

"그래, 너구나. 싱클레어! 너를 기다리고 있었어."

"내가 여기 있다는 걸 알았어?"

"정확히는 몰랐어. 하지만 그러리라 확신했어. 오늘 저녁에서야 널 발견했어. 넌 우리를 한참이나 따라왔잖아."

"그럼 나를 곧바로 알아보았단 말이야?"

"물론이야. 넌 변했지만 여전히 표식을 갖고 있으니까."

"표식이라고? 대체 어떤 표식을 말하는 거야?"

"네가 아직도 기억하고 있다면 알아들을 수 있을 거야. 우린 그걸 카인의 표식이라고 불렀어. 그건 우리의 표식이야. 넌 그걸 언제나 지니고 있었어. 그 덕분에 난 너와 친구가 되었잖아. 지금 보니 그 표식이 더욱 뚜렷해졌구나."

"난 몰랐어. 아니면 알고 있었는지도 모르겠구나. 한번은 내가 네 모습을 그렸어. 하지만 놀랍게도 그 모습이 나와 너무 비슷했어. 아마 그게 표식이었을까?"

"그랬을 거야. 그게 바로 표식이야. 네가 이렇게 오니 좋구나! 어머니도 좋아하실 거야."

나는 깜짝 놀랐다.

"네 어머니? 어머니도 여기 계셔? 하지만 어머니는 나를 전혀 모르실 텐데."

"아니, 알고 계셔. 네가 누구인지 내가 따로 말하지 않아도 알아보실 거야. 넌 오랜 시간 소식을 알리지 않았지."

"아, 몇 번이나 편지를 쓰고 싶었지만 쉽지 않았어. 얼마 전부터 널 다시 만날 수 있을 거라는 확신을 느꼈어. 그리고 날마다 그 날을 기다렸고."

그는 내 팔에 자신의 팔을 끼고 나와 함께 걸었다. 그에게서 평온함이 흘러나와 나에게 스며들었다. 우리는 곧 옛날처럼 이야기를 나누었다. 학창시절, 견진례 수업, 그리고 방학 때의 불행했던 만남도 기억해냈다. 다만 우리 사이의 가장 내밀했던 최초의 시작점, 프란츠 크로머 이야기만은 역시나 하지 않았다.

어느새 우리는 희한하고도 예감에 가득 찬 대화에 깊이 빠져들었다. 데미안이 아까의 일본인과 나눈 대화와 비슷한, 대학생들의 이야기였다. 그 이야기로부터 다른 이야기로 화제를 돌렸지만 그 먼 이야기조차 데미안의 내면과는 같은 맥락으로 연결됐다.

그는 유럽의 정신과 이 시대의 징표에 대해 이야기했다. 어디에서든 연합하고 무리를 만드는 게 유행한다고 했다. 하지만 자유와 사랑은 없다고 말했다. 대학생 동아리와 노래 동아리 모임에서 국가에 이르기까지, 이 모든 공동체는 두려움과 공포, 당혹감에서 태어났다. 그 내면은 늘 부패하고 오래되었으면 거의 멸망하기 직전이라고도 말했다.

"함께한다는 건." 데미안이 말했다. "멋진 일이야. 그러나 지금 여기저기에서 만들어지고 있는 건 아름다운 게 아니야.

아름다운 함께하기는 개인들 각자가 서로를 이해하면서 새롭게 만들어질 거야. 그리고 한동안 세계의 모습을 바꾸어놓겠지. 지금 사람들이 서로 연대하는 건 그저 무리 짓는 짓거리일 뿐이야. 사람들은 서로가 무서워서 제각각 서로에게 도망치고 있어. 신사들은 신사들끼리, 노동자들은 노동자들끼리, 학자들은 학자들끼리 말이야! 그런데 왜 그 사람들은 두려운 걸까? 인간은 자기 자신과 하나가 되지 못하기 때문에 불안한 거야. 그들은 단 한번도 자신을 이해한 적이 없기 때문이야. 음, 그러니까 자기 자신 안에 있는 모르는 존재를 두려워하는 공동체인 거야! 그들 모두는 자기 삶의 방식이 이제 더 이상 옳지 않다는 것과 자기들의 낡은 법칙을 따라 살고 있다는 걸 깨달았어. 그들의 종교나 도덕성, 그 무엇조차 우리가 필요로 하는 것에는 어울리지 않아. 유럽은 백 년이 넘는 시간 동안 그저 대학 공부를 하고 공장을 세웠을 뿐이야! 그들은 한 인간을 죽이기 위해 필요한 화약이 몇 그램인지 정확하게 알고 있어. 하지만 신에게 기도하는 법을 모르고 한 시간 동안이라도 어떻게 만족스럽게 시간을 보내는지도 몰라. 대학생이 다니는 술집을 봐! 아니면 부자들이 드나드는 유흥점을 한번 봐! 희망이라곤 없어! 이봐, 싱클레어. 그 모든 것에서는 명랑한 것이 나올 수가 없어. 이렇게 두려워서 함께 모여 있는 사람들은 불안과 공포, 악의가 가득해. 아무도 다

른 사람을 믿지 않아. 그들 모두가 이제 더는 이상에 머무르
지도 않는 이상에 매달려 있어. 그러면서 누군가 새로운 이상
을 내놓으면 그에게 돌을 던지지. 다툼이 있다는 게 느껴져.
그 싸움은 곧 벌어질 거야. 내 말을 믿어. 곧 머지않아 올 거
야! 물론 그 대립은 세계를 '개선'하지는 못해. 노동자들이 그
들의 고용인을 쳐 죽이든지, 혹은 러시아와 독일이 서로 총칼
을 겨누든, 그저 주인만 바뀌는 일이야. 하지만 그렇다고 해
도 그게 전혀 소용없는 일은 아니야. 그건 오늘날의 이상들이
가치가 없다는 걸 보여주는 거지. 석기시대의 신들을 없애줄
거야. 지금 이 세계는 죽을 거야, 무너지려고 하고 있고 곧 그
렇게 될 거야.

"그럼 우리들은 어떻게 될까?" 내가 물었다.

"우리? 어쩌면 우리도 함께 멸망하겠지. 우리가 우리 같은
사람을 쳐 죽일 수도 있어. 다만, 우리는 다 사라지지는 않을
거야. 우리에게 남은 것과 우리 중 살아남은 사람들 주변으
로 미래의 의지가 모여들 거야. 유럽이 한동안 기술과 학문의
큰 시장을 만들어놓고 소리쳐 부르짖어 들리지 않았던 인류
의 의지가 드러날 거야. 그다음엔 이 인류의 의지라는 게 결
코 오늘날의 공동체, 국가와 민족, 협회와 교회들의 의지와는
다르다는 게 드러나겠지. 자연이 우리 인간에게 원하는 것은
개개인의 마음속에 적혀 있어. 네 마음속에도 있고 물론 내

마음속에도 존재해. 예수 안에 적혀 있고 니체에게도 적혀 있지. 이 유일하고 중요한 흐름들을 위한 공간은 현재의 공동체가 무너진다면, 곧바로 보일 거야. 물론 그 흐름들은 매일 다르게 보이겠지만."

우리는 늦은 시각 강변에 있는 어떤 정원 앞에서 멈춰 섰다.

"여기가 우리 집이야." 데미안이 말했다. "곧 한번 놀러 와! 우리는 계속 널 기다리고 있거든."

나는 서늘해진 밤, 가쁜 마음으로 먼 길을 걸어 집으로 돌아왔다. 도시 곳곳에서는 술에 취한 학생들이 떠들어대며 집으로 돌아가고 있었다. 나는 그들의 우스꽝스러운 쾌락의 방식과 나의 고독한 삶 사이에 존재하는 대립을 느꼈다. 그 대립은 때때로 결핍감을 줬고 때때로 비웃음을 짓게 했다. 그러면서 그 일이 나오는 얼마나 거리가 먼지, 이 세계가 내게는 얼마나 멀리 떨어져 있는지를 오늘처럼 안정적이면서 내밀한 힘을 품은 채 느낀 적은 없었다. 내 고향 도시의 공무원들이 생각났다. 늙고 위엄 있는 신사의 모습으로 마치 축복받은 천국의 기념품처럼 대학 시절 술집에서 보낸 기억들에 매달려 있는 사람들이었다. 사라져버린 '자유'를 추억하며 시인들이나 낭만주의자들이 어린 시절 바치던 숭배와도 같은 기억에 머물러 있는 사람들이었다. 어디에서든 똑같았다! 그들은 어디에서든 '자유'와 '행복'을 지나버린 시간에서 찾아냈다. 그 자신의 원래의 책임이 생각날까 봐, 자신이 원래 가야 하는 길을 가라는 경고를 받을까 봐 오로지 두려워만 했다. 몇 년 동안 술을 퍼마시며 즐겁게 살다가 결국 안정감에 기대 국가기관에 근무하는 엄격한 신사 노릇을 하는 것이다. 그렇다. 온갖 곳들은 다 썩어 있었다. 사방은 게으름 투성이었다. 그래도 대학생들의 이런 어리석은 행동은 수많은 멍청한 일들보다는 덜 나쁜 일이었다.

그러나 홀로 떨어져 있는 나의 집으로 돌아와 침대에 누웠을 땐 이런 생각들이 전부 사라져 있었다. 나의 온 생각은 기대에 찼다. 이 하루가 나에게 선사해준 큰 약속에 빠져 있었다. 내가 당장 원하기만 한다면, 내일이라도 데미안의 어머니를 볼 수 있다. 대학생들이야 술판을 벌이고 얼굴에 문신을 새기든, 그 어떤 세계가 썩어서 무너진다고 한들 그게 나와 무슨 상관인 것인가! 나는 오직 내 운명이 새로운 얼굴로 내게 다가오기만을 기대했다.

아침 늦게까지 잠에 빠져들었다. 새로운 날이 축제처럼 밝아왔다. 어린 시절의 크리스마스 파티 이후로는 오랫동안 경험하지 못했던 축제였다. 내 내면의 깊은 곳들은 일렁이고 있었다. 하지만 두렵지 않았다. 나에게 중요한 하루가 때마침 밝았고 주변의 세계가 변하는 걸 느꼈다. 나를 둘러싼 세계는 기대에 차 나와 연결되면서 풍부하고 거대해진 것이다. 잔잔하게 내리는 가을비는 아름답고 고요했다. 진지하고 즐거운 음악으로 가득 찬 축제를 알리는 것 같았다. 바깥 세계가 처음으로 내 내면세계와 마주한 채 순수한 음을 울렸다. 이제야 영혼의 축제가 벌어질 것이고 이제야 살 만한 가치를 알게 됐다. 어떤 집도 어떤 창문과 어떤 얼굴조차 나를 방해하지 않았다. 모든 것은 분명 그래야 할 모습 그대로였다. 익숙한 듯 공허한 얼굴을 지니고 있는 것이 아니라 기대에 찬 자연의 모습이었다. 주변의 모든 것이 경건하게 앞으로의 운명을 기다리고 있었다. 나는 어린 시절의 크리스마스나 부활절 같은 큰 축제일의 아침 세계를 그렇게 바라보았다. 이 세상이 여전히 이토록 아름다울 수 있다는 걸 나는 오랫동안 모르고 살았다. 나는 내면을 향해 가는 삶에만 익숙했다. 또한 바깥에 있는 것에 대한 감각은 잃어버렸다는 데 익숙해져 있었다. 반짝이는 다양한 색을 잃어버린 게 어린 시절의 상실과 떼려야 뗄 수 없다는 사실과 영혼의 자유로움을 얻고 성인이 되기 위해 이 아름다운 색채를 포기해야만 한다고 여겼다. 이제야 나는 이 모든 것이 그저 파묻힌 채 어두워져 있다는 것을 인식했다. 그러나 유년의 행복을 저버리고 자유로워진 사람에게도 세계가 뿜어내는 빛을 바라보고 어린아이의 시각으로 내면의 전율을 맛볼 수 있다는 걸 깨달았다.

지난밤 막스 데미안과 헤어졌던 교외의 그 정원을 다시 찾아갈 시각이 되었다. 비에 젖어 잿빛이 된 키 큰 나무들 뒤로 작은 집이 환한 빛을 밝히며 아늑하게 자리 잡고 있었다. 커다란 유리 벽 뒤에는 꽃을 피운 다년생 나무들이 있었고 반짝이는 창문들 너머로 그림들과 서가가 달린 어두운 벽들이 보였다. 검은 옷에 흰 앞치마를 두른 늙은 하녀가 말없이 나를 맞이해 외투를 받아들었다.

그녀는 나를 홀에 홀로 남겨두었다. 나는 주변을 두리번거렸다. 그 순간 나는 내 꿈속 한가운데에 존재했다. 문의 뒤, 위쪽 짙은 목재 벽에 걸린 검정 유리 액자 속에는 내가 잘 아는 그림이 걸려 있었다. 세계의 알에서 벗어나고 있는 황금빛 매의 머리를 가진 나의 새였다. 나는 깊은 마음의 요동으로 사로잡힐 수밖에 없었다. 그대로 멈추어 서버렸다. 마음이 기쁘기도 했지만 슬프기도 했다. 마치 내가 이 순간을 기다린 듯, 지금껏 경험하고 체험한 모든 것이 답이자 실현된 듯 내게로 돌아온 것 같은 마음이었다.

수많은 모습들이 내 영혼을 번개처럼 훑고 지나갔다. 현관문 아치 위에 낡은 돌 문장이 있는 고향의 집, 그 문장을 그리는 소년 데미안, 크로머라는 적에게 붙잡혀 두려움에 가득 차 있던 나라는 소년, 김나지움 학생 시절 작고 조용한 방, 책상에 앉아 동경의 새를 그리는 청년이 된 나, 스스로 만든 실로 얽히고설킨 그물 속에 갇힌 영혼. 그리고 이내 이 순간을 맞이하며 그 모든 일 전부가 내 안에서 다시 울리고, 내 마음에서 긍정되고, 대답을 들었다. 그렇게 인정받았다.

축축해진 눈으로 내 그림을 보면서 나 자신의 마음을 읽었다. 그때 눈길이 아래로 향했다. 새 그림 아래 열린 문틈 사이로 짙은 색 옷을 입은 키 큰 여성이 서 있었다. 바로 그녀였다.

나는 아무 말도 할 수 없었다. 아름답고 우아한 여성이 나를 향해 미소 짓고 있었다. 그 아들과 똑같이 시간과 나이도 없이 영혼이 깃든 의지가 가득 찬 얼굴이었다. 그녀의 시선은 실현이었다. 그 인사는 고향으로 돌아왔다는 의미였다. 나는 말 없이 그녀를 향해 두 손을 내밀었다. 그녀는 따듯한 손으로 힘 있게 내 두 손을 마주 잡았다.

"당신이 싱클레어죠? 바로 알아봤어요. 어서 와요!"

그녀의 목소리는 깊고 따스했다. 나는 달콤한 포도주를 마시듯 그 목소리에 젖어 들었다. 그리고 눈을 들어 그녀의 고요한 얼굴을, 깊이를 헤아리기 어려운 검은 눈을 들여다봤다. 그녀의 입술은 싱싱하게 익었고 탁 트인 이마에는 당당하게 표식이 있었다.

"얼마나 기쁜지 모르겠어요!" 그녀에게 말하며 두 손에 입을 맞추었다. "평생 헤매기만 하다가 비로소 집으로 돌아온 것 같아요."

그녀는 어머니처럼 미소 지었다.

"집으로 돌아오는 건 결코 못 하는 일이죠." 그녀가 다정하게 말했다. "하지만 친근한 길들이 서로 만나는 곳, 그 지점에서는 온 세상이 잠깐이나마 고향처럼 보이는 법이죠."

그녀는 내가 그녀에게 오는 길에 느낀 감정을 말했다. 그 목소리와 그녀의 말들은 아들의 느낌과 매우 비슷하면서도 사뭇 달랐다. 모든 것이 더 성숙했고 더 따뜻했으며, 더 선명했다. 그러나 예전의 데미안이 그 누구에게도 소년의 인상을 주지 않았던 것처럼 그의 어머니 또한 다 큰 아들을 둔 어머니처럼 보이지 않았다. 그녀의 얼굴과 머리카락 주변에 감도는 기운은 굉장히 젊었고 사랑스러웠다. 황금빛이 맴도는 피부는 주름 하나 없이 팽팽했으며, 입술은 꽃을 피운 듯 보였다. 그녀는 내 꿈에서보다 더 당당한 모습으로 내 앞에 서 있었다. 그녀 곁에 있는 건 사랑의 행복이었고 그녀의 시선은 충분한 만족을 품고 있었다.

이것이 내 앞에 펼쳐진 새로운 운명의 모습이었다. 더 이상 엄격하지 않았고 더 이상 고독하지도 않았다. 아니, 오히려 성숙한 즐거움으로 흥분됐다! 나는 결론 내리지 않았다. 맹세도 하지 않았다. 나는 목적지에, 길의 높은 자리에 도착한 것이다. 그곳에서부터 약속의 땅까지는 갈 길이 멀어 보였지만 찬란하게 마주하며 나 있었다. 가까운 행복의 나무 그

늘이 드리워져 있고 쉽고 다양한 즐거운 정원들이 시원한 휴식을 주는 길이었다. 어찌 되었든 그걸로 충분했다. 세상에서 이 여성을 안다는 일이, 그녀의 목소리에 잠기고 그녀 가까이에서 숨을 쉰다는 사실이. 그녀가 내게 어머니, 연인, 여신, 그 무엇이 되든 오로지 그 자리에만 있다면! 나의 길이 그녀의 길과 가깝기만 하다면!

그녀는 나의 매 그림을 가리켰다.

"우리 데미안은 당신에게 받은 저 그림으로 더할 나위 없는 기쁨을 느꼈어요." 그녀가 생각에 잠겨 말했다. "나도 마찬가지고요. 우리는 당신을 기다렸어요. 그리고 이 그림이 왔을 때, 당신이 우리들에게로 오는 길이라는 걸 알았어요. 싱클레어, 당신이 어린 소년이었을 때, 어느 날 아들이 학교에서 돌아와 이렇게 말했어요. 소년 하나가 표식을 지니고 있다고. 그리고 자기 친구가 될 거라고 말했죠. 그게 당신이에요. 당신은 쉽지 않은 시간을 보냈을 거예요. 그러나 우린 당신을 믿었어요. 언젠가 당신이 방학 때 집으로 돌아와서 막스를 다시 만난 적이 있지요. 아마 열여섯 살 때쯤이었을 거예요. 막스는 나에게 그 이야기를……"

나는 그녀의 말을 막았다. "오, 데미안이 그런 이야기를 했다니! 그때는 나에게 가장 비참한 시간이었어요!"

"그래요, 막스는 이렇게 말했어요. 이제 싱클레어는 가장 힘든 시간을 앞두고 있다고. 한번 더 사람들과의 관계로 도망치려 하고 심지어 술집에 드나드는 아이가 됐다고요. 하지만 아마 그렇게 되지는 않을 거라 말했어요. 그의 표식은 가려졌지만 그 표식은 아무도 모르게 다시 그를 불태울 거라고요. 그렇지 않았나요?"

"오, 물론이에요. 맞아요. 내가 그랬어요. 그러고 나서 베아트리체를 만났어요. 그리고 그다음에 마침내 다시 저를 저 자신에게로 이끄는 안내자를 만났어요. 그의 이름은 피스토리우스예요. 그때 비로소 나는 저의 소년 시절이 왜 그렇게 막스에게 얽혀 있었는지, 왜 그에게서 벗어날 수 없었는지 분명하게 알게 됐어요. 친애하는 주인, 아니 사랑하는 어머니. 전 당시에 목숨을 끊어야겠다고 생각했어요. 그 길은 누구에게나 그토록 어려운 건가요?"

그녀는 바람처럼 가볍게 내 머리카락을 쓰다듬었다.

"태어나는 일은 늘 어려워요. 당신은 알죠, 새는 알에서 밖으로 나오기 위해 애를 쓴다는 걸. 그럼 돌이켜 질문해보세요. 그 길이 그렇게 어려웠나요? 그저 어렵기만 했나요? 혹시 아름답지 않았나요? 당신은 그보다 더 아름답고 더 쉬운 길을 알았나요?"

나는 고개를 가로저었다.

"그건 어려웠어요." 나는 꿈속에서 말하듯 중얼거렸다. "꿈이 나타나기 전까지는 힘들었죠."

그녀는 고개를 끄덕이고 나를 꿰뚫듯 바라봤다.

"그래요. 자신의 꿈을 찾아내야 해요. 그러면 길은 쉬워지죠. 하지만 언제까지나 영원히 지속되는 꿈은 없어요. 어떤 꿈이든 지나가고 또 다른 새로운 꿈으로 나타나지요. 그러니까 그 어떤 꿈도 집착하면 안 돼요."

나는 매우 놀랐다. 놀란 이유는 하나의 경고였을까? 아니면 저항이었을까? 하지만 상관없었다. 나는 그녀의 안내를 받으며 목적지가 어디인지 묻지 않을 각오가 되어 있었다.

"모르겠어요." 내가 말했다. "내 꿈이 얼마나 오래 지속될지는 모르겠어요. 그저 영원하기를 바랄 뿐이죠. 새 그림 아래서 제 운명이 저를 맞이해줬어요. 나를 어머니처럼, 연인처럼 말이죠. 저는 그 누구도 아닌 내 운명에 계속 속해 있어요."

"그 꿈이 당신의 운명인 이상 당신은 그 꿈에 계속해서 충실해야겠네요." 그녀는 진지하게 확인해줬다.

어떤 슬픔이 나를 사로잡았다. 그리고 이 마법이 불러온 듯한 시간에 죽어버렸으면 하는 간절한 소망이 나타났다. 눈물이—얼마나 오랜 시간 나는 울지 않았던가!—걷잡을 수 없이 솟구쳐 올라왔다. 나는 슬픔에 압도당할 느낌이었다. 나는 격하게 그녀에게서 몸을 돌려 창가로 갔다. 그리고 흐려진 눈으로 화분의 꽃들 너머를 바라보았다.

등 뒤에서 그녀의 목소리가 들렸다. 가장자리로 포도주가 넘쳐흐르는, 애정으로 가득 찬 침착한 목소리였다.

"싱클레어, 어린아이군요! 당신의 운명은 당신을 사랑해요. 언젠가 그 운명은 완전히 당신의 것이 될 거예요. 당신이 변하지 않고 충실한다면 꿈꾼 대로 될 거예요."

나는 마음을 억누르고 다시 그녀를 향해 얼굴을 돌렸다. 그녀는 손을 내밀었다.

"난 친구가 몇 명 있어요." 그녀가 미소를 지으며 말했다. "몇 안 되는 아주 가까운 친구들이죠. 그들을 나를 에바 부인이라고 불러요. 당신도 그게 편하다면 그렇게 부르도록 해요."

그녀는 나를 문까지 데려다주고 문을 열어 정원을 가리켰다. "저기 바깥에서 막스를 찾을 수 있을 거예요."

큰 나무 아래 멍하니 서서 흔들리는 마음을 느꼈다. 그 어떤 때보다 더 깨어 있는 상태인지, 아니면 꿈속이 아닌지 알 수 없었다. 나뭇가지에서 가벼운 빗방울이 떨어졌다. 나는 강변을 따라 넓게 펼쳐진 정원으로 천천히 들어섰다. 그리고 마침내 데미안을 찾았다. 그는 문이 열린 작은 정자에 윗옷을 벗은 채로 거기 매달린 샌드백 앞에서 권투 연습을 하고 있었다.

나는 놀라 멈춰 섰다. 데미안은 멋있었다. 넓은 가슴, 단단하고 남자다운 머리, 탄탄하게 부푼 근육들은 강하고 튼실하게 팔뚝에 자리 잡고 있었다. 허리, 어깨, 팔의 관절이 만드는 동작들은 흐르는 샘물처럼 움직이고 있었다.

"데미안!" 내가 외쳤다. "여기서 뭐 해?"

그가 즐겁게 웃었다.

"연습 중이야. 그 작은 일본인과 권투를 하기로 했거든. 그 친구는 고양이처럼 잽싸. 물론 고양이만큼 꾀도 있어. 그러나 나를 해치우지는 못할 거야. 내가 그에게 빚진 작은 곤욕스러운 일이 있어."

그는 셔츠와 재킷을 입었다.

"벌써 우리 어머니를 만나고 왔니?" 그가 물었다.

"응, 데미안. 어쩜 그렇게 멋진 어머니가 있지! 에바 부인! 그 이름이 아주 잘 어울리시더라. 그분은 모든 존재의 어머니 같으셔."

그는 한순간 생각에 잠겨 내 얼굴을 바라보았다.

"너 벌써 그 이름을 아는구나? 이봐, 넌 자랑스러워해도 되겠다. 어머니가 만나자마자 그 이름을 말해준 건 네가 처음이야."

그날부터 나는 아들이며 형제처럼, 그리고 애인처럼 그 집을 드나들었다. 등 뒤로 그 집 문을 닫으면서, 멀리 정원의 큰 나무들이 보이기만 해도 벌써 나의 마음은 넉넉하고 행복해졌다. 그 집의 바깥에는 '현실'이 있었다. 바깥의 거리와 집들, 사람과 여러 가지 시설, 도서관과 강의실이 있었다. 그러나 그 집 안에는 사랑과 영혼이 있었다. 그곳에는 동화와 꿈이 어우러져 살았다. 그렇다고 우리가 세상을 끊어낸 채 살았던 것은 아니다. 우리는 자주 생각하고 대화를 나눴고 그 가운데서 자주 세상 한가운데에 서 있었다. 다만 우리는 대부분 사람과 경계를 나눈 벌판이 아닌, 오직 다르게 보는 시각으로 떨어져 있었다. 우리의 과제는 세상에 하나의 섬을 제안하는 것, 어쩌면 하나의 대안을 주거나, 적어도 살아가는 데 다른 가능성을 알리는 존재로 사는 것이었다. 오랫동안 고독한 사람이었던 나는 완전한 고립을 겪은 사람들 사이에서만 존재하는 모임을 알게 됐다. 다시는 행복한 사람들의 식탁과 즐거운 사람들의 축제를 원하지 않았다. 이제 다시는 다른 사람들이 함께하는 것을 보아도 질투를 느끼거나 그리워하지 않았다. 그리고 나는 천천히 그 '표식'을 지닌 사람들의 비밀을 전달받았다.

표식을 지닌 우리는 세상의 눈에 이상한 사람이거나 위험하다고 여겨질 수 있다. 그건 어쩌면 어느 정도 옳은 말일지도 모른다. 우리는 깨어난 사람들, 혹은 깨어나고 있는 사람들이었다. 우리가 원하는 건 점점 더 완전한 깨어 있음이었다. 그에 반해 다른 사람들의 갈망과 행복 찾기는 자신들의 의견, 자신들의 이상과 의무, 자신들의 삶과 행복을 점점 더무리에 귀속시키는 행동이었다. 그곳에도 열망은 있고 힘과위대함이 똑같이 있었다. 하지만 표식을 지닌 우리는 자연의의지라는 새로운 존재, 개인과 미래의 존재를 지향한다고 여겼고 반면 다른 사람들은 가진 것을 지키는 의지 속에서 살고있었다. 그들에게는 인류는 완성되어지고 보존되어야 하며지켜져야만 하는 것이었다. 우리와 마찬가지로 인류를 사랑했다. 하지만 우리에게 인류는 먼 미래였다. 우리는 모두 그미래를 향해 나아가고 있는 상태였고 그 미래의 모습은 아무도 몰랐다. 그 법칙은 어디에도 쓰여 있지 않았다.

우리 모임에는 에바 부인, 막스 그리고 나 말고도 가깝거나 먼 다양한 탐구자들 몇 명이 있었다. 그들 중 일부는 특별한 오솔길을 걸으며 특별한 목적을 가지고 특별한 의견과 임무에 붙들려 있었다. 그들 중에는 점성술사와 카발라 추종자, 톨스토이 추종자도 있었으며, 종류를 나눌 수 없는, 다정하고수줍어하며 상처받기 쉬운 사람들, 새로운 추종자, 인도 요가 수행자, 채식주의자 등등이 있었다. 이런 모든 사람과 우리는 사실 아무런 정신적인 공통점도 없었다. 누구든 다른 사람의 비밀스러운 꿈을 존중한다는 사실 하나가 유일한 공통점이었다. 우리는 또 다른 사람들과 조금 더 가까웠는데, 이들은 과거 인류의 새로운 신들과 최고의 소망의 모습을 탐색하고 추적했다. 그들의 연구는 종종 피스토리우스를 추억하게 만들었다. 그들은 책을 가져왔고 고대어로 쓰인 글을 우리들에게 번역해 주었다. 옛 의식들의 상징과 의식을 그린 그림들을 보여주고 지금까지 인류가 가졌던 이상 전체가 무의식적인 영혼의 꿈들로 이루어졌다는 걸 알려주었다. 이런 꿈에서 인류는 미래의 가능성에 대한 예감을 더듬으며 따라갔다. 그렇게 우리는 옛날 세계의, 천의 머리를 한 기이한 신들의 무리를 헤집으며 기독교에서의 방향이 바뀌는 게 이루어지는 경이로운 곳까지 도달했다. 고독한 신자들의 고백은 우리에게도 알려져 있다. 민족에서 민족으로 종교가 움직인 일도 마찬가지다. 우리가 수집한 모든 것들은 우리 시대와 현재 유럽에 대한 비판이었다. 유럽은 엄청난 노력을 기울여 인류에게 새롭고 강력한 무기를 만들어줬지만 결국 탄식에 빠진 정신의 황폐함에 깊이 빠져들었다. 유럽은 전 세계를 갖게 됐지만, 그러는 와중에 자신의 영혼을 잃어버렸다.

여기에도 특정한 희망과 구원의 교리를 믿는 신도와 그를 따르는 세력이 있었다. 유럽을 개종시키려는 불교도들, 톨스토이 추종자들, 그리고 또 다른 신앙도 있었다. 작은 모임이었지만 우리는 귀 기울이며 이런 이론들은 상징적인 모습이라고 받아들였다. 이마에 표식을 지닌 우리에게는 미래를 걱정하는 일이 의무는 아니었다. 우리가 보기에는 어느 종교든,

어떤 구원론이든 원래부터 죽어 있었고 쓸모가 없었다. 우리가 각자 온전한 자기 자신이 되는 일, 자신 안에서 작동하는 자연의 요구에 완전히 어울리며 자연의 흐름에 따라 사는 일, 불확실한 미래가 가져오는 것이 무엇이든 그에 대해 따르며 사는 일만이 우리의 의무이자 운명이라고 여겼다.

왜냐하면 새로운 탄생과 현존하는 것의 멸망이 눈앞으로 다가왔다는 걸 느낄 수 있었기 때문이다. 멸망에 대해 말을 하거나 하지 않거나에 상관없이 우리 모두의 감정에서는 뚜렷했다. 종종 데미안은 나에게 이렇게 말했다. "무엇이 다가올지 먼저 생각할 수는 없어. 유럽의 영혼은 정말 오랜 시간 묶여 있던 짐승과 같아. 만약 그 영혼이 자유로워진다면 그 첫 발자국이 그다지 아름답지는 않을 거야. 사람들이 이렇게 오래 거듭해서 없는 것처럼 거짓말하고 마비시켜온 영혼의 진짜 궁핍함을 드러낸다면, 온갖 길이든 그 길을 피한 길이든 소용없어질 거야. 그러면 우리의 날이 오는 거야. 사람들에겐 우리가 필요할 거야. 안내자라거나 새로운 법을 세우는 사람으로서가 아니라—우리는 이제 새로운 법을 경험할 수 없어—함께 걷다가 운명이 부르는 곳에서 멈추어 설 각오가 있는 사람들로 말이야. 모든 사람은 자신의 이상이 위협당할 때, 믿을 수 없는 일도 해낼 각오가 되어 있어. 하지만 새로운 이상이나 새롭고도 약간은 위험한 일, 엄청난 발전의 움직임이 문을 두드릴 땐, 그곳엔 아무도 없어. 그때 그 자리에 있다가 함께 걷게 될 얼마 안 되는 사람들은 우리들일 거야. 그렇기 때문에 우리에게는 표식이 있는 거야. 공포와 증오를 만들어 당시 사람들을 좁은 목가적 생활에서 끌어내 위험하고 너른 세상으로 몰아가도록 카인이 표식을 지녔던 것처럼 말이야. 인류의 걸음에 영향을 남긴 사람들은 모두 하나같이, 그들에게 닥친 운명을 받아들일 각오가 있었어. 그래서 자신들의 능력을 발휘하고 인류에게 영향을 끼칠 수 있었던 거지. 그건 모세나 부처에게, 나폴레옹과 비스마르크에게 모두 해당되는 말이야. 그가 어떤 흐름에 봉사할지, 어떤 극의 지배를 받을지는 스스로가 택할 수 있는 문제가 아니야. 만약 비스마르크가 사회민주주의자들을 이해하고 그들의 편에 섰다면, 그는 영리한 사람으로 남았을 거야. 하지만 운명의 사람은 아니었을 거야. 나폴레옹도 그렇고 카이사르나 로욜라도 전부 그러해! 그걸 언제나 생물학적 발전사로 생각해야 해! 지구 표면의 격렬한 움직임은 물속의 동물을 육지로, 육지에 사는 동물은 물속으로 몰아붙였어. 운명을 받아들일 준비가 된 표본들은 전에 들어본 적 없는 새로운 것을 해내고 새롭게 적응하면서 자신의 종을 구해낼 수 있었지. 이런 표본들이 이전의 자기들 종에서 기존의 것을 지키는 보수주의자로 뛰어난 존재였는지, 아니면 괴짜 혁명가였는지는 지금의 우리는 몰라.

다만 그들은 준비가 되어 있었어. 그리고 그 모든 것 너머로 그들의 종을 건져내 새로운 발전 속으로 구할 수 있었지. 우리는 그 사실을 알고 있어. 그래서 우리는 준비하려는 거야."

이런 대화를 나눌 땐 에바 부인도 종종 함께했다. 그러나 그녀는 이런 식의 이야기에 끼어들지는 않았다. 그녀는, 자신의 생각을 표현하는 사람을 위해 그 자리에 머물렀다. 신뢰와 이해로 가득한 경청자이자 다양한 생각을 울리는 존재였다. 모든 생각은 그녀에게서 나와 그녀에게로 되돌아가는 것처럼 보였다. 그녀 가까이에 앉아서 이따금 내뱉는 그녀의 목소리를 들으며, 그녀를 둘러싼 성숙한 영혼의 분위기를 누리는 일이 나에게는 행복이었다.

내 마음속에 어떤 변화, 생각이 흐려지거나 새로운 생각에 빠질 때면 그녀는 곧바로 알아차렸다. 마치 내가 자면서 꾸었던 꿈들은 마치 그녀가 알려준 영감처럼 보였다. 나는 그녀에게 종종 내 꿈 이야기를 했고 그녀는 모든 꿈을 이해하고 자연스럽게 받아들였다. 그녀가 명확한 느낌으로 따라갈 수 없는 이상함이라곤 세상에 없었다. 한동안 나는 우리가 낮에 나눈 대화를 다시 보여주는 꿈들을 꾸었다. 온 세계가 뒤흔들리는 꿈이었다. 나는 혼자서 데미안과 함께 잔뜩 긴장한 채 거대한 운명을 기다리는 꿈도 꾸었다. 운명은 여전히 모습을 감추고 있었지만 어쩐지 에바 부인의 모습과 닮은 것 같았다.

그녀의 선택을 받든 아니든, 그것은 운명이었다.

이따금 그녀는 미소를 지으며 말했다. "당신의 꿈은 그게 전부라고 할 수 없어요, 싱클레어. 당신은 가장 좋은 부분을 잊어버렸어요." 그러면 다시 그 부분이 떠올랐고 어떻게 그걸 잊을 수 있었는지 이해할 수 없는 경험도 있었다.

나는 때때로 만족할 수 없었고 욕망에 휩싸였다. 그러니까 말하자면, 그녀를 눈앞에 두고 바라보면서도 두 팔에 안을 수 없다는 현실이 견딜 수 없었다. 한번은 여러 날 그 집에 찾아가지 않았다. 그러다 혼란스러운 모습으로 다시 그 집에 방문했을 때, 그녀는 나를 따로 불러 이렇게 말했다. "당신 스스로도 믿지 않는 소망들에 몰두해서는 안 돼요. 당신이 원하는 게 무엇인지 나는 알아요. 하지만 그 소망을 버릴 수 있어야 해요. 아니면 마음속에서 완전히 올바르게 소망해야 해요. 당신 스스로 그 소망의 실현을 확신할 수 있다면 실현할 가능성도 커져요. 하지만 당신은 소망한 다음에 다시 후회하고 두려워하죠. 그 모든 것은 극복해야만 해요. 내가 동화 하나를 들려줄게요."

그녀는 별을 사랑하게 된 어떤 청년에 대한 이야기를 들려주었다. 그 청년은 바닷가에 서서 두 손을 뻗어 별에게 기도했다. 별에 대해 꿈꾸고 그의 생각을 별에게로 보냈다. 하지만 그는 알았다. 아니 안다고 믿었다. 인간이 별을 안을 수는 없다는 걸. 그는 성취할 거라는 희망도 없이 별을 사랑하는 것을 자신의 운명이라고 여겼다. 이런 생각에서 체념하고 말없이 변함없는 고통과 자신의 절망을 다룬 삶의 문학을 만들었다. 그것들이 자신을 발전시키고 정화시키리라는 기대를 품었다. 하지만 그의 꿈은 전부 별을 향하고 있었다. 한번은 그가 다시 밤 바닷가 높은 절벽에 서서 별을 쳐다보며 별을 향한 뜨거운 사랑을 되뇌고 있었다. 그러다 더없이 커진 그리움의 순간에 빠져 그는 별을 향해 뛰어 허공으로 몸을 던졌다. 그러나 뛰어오르는 순간에도 이런 생각이 그를 스쳤다. 하지만 불가능한 일이야! 결국 그는 바닷가에 떨어져 온몸이 으스러졌다. 그는 사랑할 줄 몰랐다. 그 감정을 이해하지 못했다. 만약 뛰어드는 순간까지도 영혼의 힘을 다해 사랑의 성취를 믿었다면, 하늘로 날아올라 별과 하나가 되었을지도 모른다는 이야기였다.

"사랑은 애원해서는 안 돼요." 그녀가 말했다. "강요해서도 안 돼요. 사랑은 자기 자신 속에서 확신에 다다를 수 있는 힘을 가져야 합니다. 그러면 사랑은 더 이상 끌림을 당하는 게 아니라 스스로 상대를 이끌어요. 싱클레어, 당신의 사랑은 나에게 끌리고 있어요. 언젠가 당신의 사랑이 나를 움직이게 만든다면, 그땐 내가 갈 거예요. 나는 선물을 주지 않겠어요. 나를 획득해야 해요."

다음번에 그녀는 또 다른 동화를 들려주었다. 희망 없이 사랑하는 사람이 있었다. 그는 온전히 자기 영혼 속으로 물러나서 사랑에 타버리고 있다고 믿었다. 그에게 세상은 사라져버렸다. 그는 푸른 하늘도 초록의 숲도 더 이상 보지 않았다. 시냇물의 흐르는 소리도 들리지 않았고 하프조차 그 앞에서는 소리 내지 않았다. 모든 게 사라지자 그는 마음이 빈곤해지고 비참해졌다. 그러나 그의 사랑은 커졌다. 사랑하는 그 아름다운 여인을 포기하느니 차라리 죽어서 썩어버리는 게 낫다고 여겼다. 그러자 그는 자신의 사랑이 내면에서 다른 모든 것을 불태워 버렸음을 깨달았다. 사랑은 힘 있게 더욱 커졌고 끌어당기고 더 끌어당겼다. 마침내 아름다운 여인은 그를 따라갈 수밖에 없었다. 그녀가 그 앞에 섰을 때 그는 두 팔을 활짝 벌려 그녀를 자신에게 끌어당겼다. 그러나 그녀가 그의 앞에 섰을 땐 그녀의 모습은 완전히 변해 있었다. 자기가 잃어버린 모든 세계를 다시 자기에게 끌어당겼다는 걸 알아차리고 그는 전율했다. 그녀가 그 앞에 서서 그에게 자신을 내맡겼다. 하늘과 숲과 시내, 모든 것이 새로운 색을 입었고 새롭고 찬란하게 그를 마주했다. 다시 그의 것이 되고 그의 언어로 말했다. 그는 단순히 한 여인을 얻은 게 아니었다. 마음속에 다시 온 세계를 품게 되었다. 하늘의 별 하나하나가 그의 안에서 빛나고 그의 영혼을 통해 기쁨의 빛을 발산했다.

그는 사랑했고 그러면서 자신을 발견했다. 하지만 대부분 사람은 사랑하면서 자신을 잃어버린다.

에바 부인을 향한 나의 사랑은 내 삶의 유일한 언어 같았다. 그러나 그녀는 매일매일 달라졌다. 가끔 나는 내 존재가 이끌리는 상대가 그녀 자체가 아니라 그녀는 단지 내 내면의 상징일 뿐, 나를 나 자신 속에 더 깊이 인도하려 할 뿐이라고 확신했다. 그녀의 말을 듣다 보면 그것이 내 마음을 움직이는 발화하는 질문에 대한 내 무의식의 대답처럼 들렸다. 그러고 나면 다시 그녀 곁에서 육체적인 욕망으로 타올라 그녀가 건드린 물건들에 입 맞추는 순간들도 있었다. 그러면서 차츰 감각적인 사랑과 감각적이지 않은 사랑, 현실과 상징이 서로 겹쳐지면서 내 안으로 밀려왔다. 그다음에는 내가 내 방에서 조용히 그리고 열렬하게 그녀를 생각하면, 그녀의 손이 나의 손에 그녀의 입술이 내 입술 위에 겹쳐 있는 듯 느껴졌다. 어쩔 땐 내가 그녀 집에서 그녀의 얼굴을 바라보고, 그녀와 대화하고, 그녀의 목소리를 듣고 있으면서도 정말 그녀가 내 앞에 있는지, 꿈이 아닐지도 모른다는 생각에 빠지기도 했다. 사람이 어떻게 죽지 않는 사랑을 계속해서 할 수 있는지 알 수 있었다. 나는 어느 책을 읽다가 새로운 인식을 깨달았는데, 그것은 에바 부인의 입맞춤과도 같은 느낌이었다. 그녀가 내 머리를 쓰다듬고 나를 향해 성숙하고 향기로운 따스함을 미소로 보내주었을 때, 나는 마치 나 자신이 내면 안에서 한 걸음 더 성장했을 때와 똑같은 느낌을 받았다. 내게 중요하고 운명인 모든 일이 그녀의 모습과 닮았다. 그녀는 내 생각 하나하나로 바뀔 수 있었고 내 생각 하나하나는 그녀의 모습으로 바뀔 수 있었다.

부모님 댁에서 지내는 크리스마스 휴가가 두려웠다. 2주 동안 에바 부인으로부터 멀어져 있는 건 고통스러울 거라 예상했다. 그러나 그것은 고통을 동반하지 않았다. 집에서 지내면서 그녀를 생각하는 일은 꽤 멋진 일이었다. H시로 되돌아오고 나서도 이틀 동안이나 그녀의 집에 가지 않았다. 안정감과 그녀의 감각적인 존재 사실로부터 자유롭다는 사실을 즐기고 싶었다. 또한 꿈에서도 그녀와의 만남이 새롭고 비유적인 방법으로 이루어졌다. 그녀는 바다였고 나는 그 안으로 흘러들고 있었다. 그녀는 별이었고 나 자신도 별 하나로 그녀에게 가는 길이었다. 그렇게 우리는 서로 만났고 서로가 서로를 끌어당긴다는 걸 알았다. 서로의 곁에서 가까이에서 소리를 내며 머무르고, 영원히 둥글게 원을 그렸다.

그녀를 다시 방문했을 때 이 꿈 이야기를 그녀에게 했다.

"꿈이 아름답네요." 그녀가 조용히 말했다. "이제 그 꿈을 현실로 만드세요."

이른 봄 그 어느 날을 절대 잊을 수 없다. 나는 홀 안으로 들어갔다. 창문이 활짝 열려 있고 부드러운 바람이 짙은 히아신스 꽃향기를 온 방 안에 퍼뜨리고 있었다. 아무도 보이지 않았고 나는 계단을 올라가 막스 데미안의 서재로 향했다. 가볍게 노크를 했고 늘 그랬듯이 대답을 기다리지 않고 방문을 열었다.

방은 어두웠다. 커튼이 창문을 가리고 있었고 막스가 화학 실험실로 꾸며놓은 작은 옆방으로 통하는 문이 열려 있었다. 그 방에서는 봄날 밝고 환한 태양이 비구름 사이로 빛났다. 아무도 없다는 생각에 커튼을 열어젖혔다.

그곳 커튼이 드리운 창가에 놓인 작은 책상에 가부좌를 틀고 앉아 있는 막스 데미안이 보였다. 그는 이상하게 변한 웅크린 모습이었다. 그 순간 번개처럼 어떤 느낌이 나를 스쳤다. 이미 한번 본 적이 있다! 그는 두 팔을 축 늘어뜨렸고 아무런 미동도 없었다. 두 손은 무릎에 올려 있었다. 눈을 뜬 채 살짝 앞으로 숙인 얼굴, 그의 시선은 사라져 있었다. 동공 속에는 마치 한 조각 유리처럼 반짝이는 작은 빛이 반사되어 있을 뿐이었다. 창백한 얼굴은 자신 안에 침잠해 있었고 두려울 정도의 경직 말고는 아무 표정도 읽을 수 없었다. 그는 마치 사원의 문에 걸린 옛날의 동물 가면처럼 보였다. 그는 숨조차 쉬지 않는 듯 보였다.

나는 기억을 떠올리며 소스라쳤다. 저렇게, 꼭 저 모습과 똑같이 하고 있는 그의 모습을 내가 아직 어린 소년이던 여러 해 전에 이미 한번 본 적이 있었다. 저렇게 두 눈은 내면으로 향한 채 얼어 있었고 두 손은 생명을 잃은 것처럼 나란히 놓여 있었다. 파리 한 마리가 그의 얼굴을 기어갔었다. 또 당시에도, 어쩌면 여섯 해쯤 전에, 바로 저렇게 똑같이 늙고 시간을 초월한 듯한 모습이었다. 오늘도 그의 얼굴은 주름조차 똑같아 보였다.

두려움에 사로잡혔다. 나는 조용히 방을 빠져나와 계단을 내려갔다. 홀에서 에바 부인을 마주쳤다. 그녀는 전에 없이 창백하고 힘이 빠진 모습이었다. 그림자 하나가 창문 너머로 지나가면서 눈부신 흰 태양 빛이 순식간에 사라졌다.

"막스에게 갔었어요." 나는 작게 말을 이었다. "무슨 일이 있나요? 막스는 자고 있거나 아니면 내면에 침잠해 있는 것 같아요. 아니, 잘 모르겠어요. 전에도 한번 저런 모습을 본 적이 있어요."

"혹시 그 앨 깨우진 않았죠?" 그녀는 급하게 물었다.

"네, 막스는 내 소리를 듣지 못했어요. 저는 재빨리 빠져나왔고요. 에바 부인, 말해주세요. 데미안은 왜 그런 거죠?"

그녀는 손등으로 이마를 닦아냈다.

"안심해요, 싱클레어. 그 애에게는 아무 일도 일어나지 않았어요. 그저 내면에 빠져 있는 거예요. 그리 오래 걸리지는 않을 거예요."

방금 비가 내리기 시작했지만, 그녀는 일어서 정원으로 나갔다. 나는 그녀를 뒤따르면 안 된다고 느꼈다. 그렇게 그 집의 홀을 이리저리 서성거렸다. 마비시킬 듯 강한 히아신스 향기를 맡으며 문 위에 걸린 나의 새 그림을 응시했다. 그날 아침 숨이 막힐 것 같은 압박이 가득 찬 그 집의 이상한 그림자를 들이마셨다. 대체 뭘까? 무슨 일이 일어난 걸까?

곧 에바 부인이 돌아왔다. 빗방울은 그녀의 검은 머리카락에 방울방울 맺혀 있었다. 그녀는 자신의 안락의자에 앉았다. 피로는 그녀를 뒤덮고 있었다. 나는 그녀 곁으로 다가서 그녀 위로 몸을 숙였다. 그리고 그녀의 머리카락에 맺힌 물방울에 입을 맞췄다. 그녀의 두 눈은 맑고 고요했다. 하지만 그녀의 물방울에서는 눈물 맛이 났다.

"데미안을 살펴볼까요?" 나는 조용히 물었다.

그녀는 희미하게 웃었다.

"어린아이처럼 굴지 말아요, 싱클레어!" 그녀는 자신 안에서 자신을 옭아매는 어떤 마법을 깨뜨리듯 강하게 경고했다. "지금은 나갔다가 이따 나중에 다시 오세요. 지금은 당신과 이야기할 수 없어요."

나는 밖으로 나가 집과 시내를 지나쳐 산으로 향했다. 가늘고 비스듬하게 내리는 빗방울을 맞았다. 구름은 두려움에 잠긴 듯 무거운 몸으로 낮게 흘러갔다. 아래쪽은 거의 바람이 불지 않았지만, 높은 곳에서는 마치 폭풍이 부는 것 같았다. 가끔 강철 같은 잿빛 구름을 뚫고 창백하고 눈부신 태양 빛이 살짝 비치기도 했다.

그때 하늘 너머로 노란빛 구름이 나타났다. 그 구름이 잿빛 구름의 벽에 막혀 뭉쳤고 바람은 겨우 몇 분 만에 누런색과 푸른 하늘색으로 거대한 형상을 만들었다. 바로 새의 형상이었다. 새는 푸른 혼돈을 찢어내고 큰 날갯짓으로 하늘 속으로 사라졌다. 그러더니 다시 폭풍우 소리가 들렸다. 이내 요란한 소리를 내며 비와 우박이 뒤섞여 내렸다. 믿을 수 없을 정도로 무서운 찰나의 천둥소리가 우박 비가 몰아치는 풍경 위로 크게 울렸다. 그리고 곧 다시 한 줄기 햇빛이 나타났다. 갈색 숲 너머 가까운 산 위에는 창백한 눈이 비현실적으로 빛나고 있었다.

여러 시간이 지나 내가 바람을 맞고 흠뻑 젖은 채 집으로 돌아갔을 때, 데미안이 직접 문을 열어주었다.

그는 나를 자기 방으로 데리고 올라갔다. 실험실에는 가스불이 타고 있었고 여기저기 종이가 널브러져 있었다. 아마도 그는 작업을 하고 있었던 모양이었다.

"앉아." 그가 말했다. "피곤할 거야. 형편없는 날씨에 아무렇게나 밖을 돌아다닌 모습이구나. 금방 차를 가져올 거야."

"오늘 무슨 일이 시작되었어." 내가 망설이며 말을 시작했다. "이건 단순한 천둥 번개가 아니야."

그가 나를 살피며 바라보았다.

"무얼 보았니?"

"응. 구름 속에서 한순간이었지만 분명한 형상을 하나 보았어."

"어떤 형상?"

"새였어."

"새매? 그거였니? 네 꿈에 나타난 새?"

"응. 그건 내 새매였어. 노랗고 거대한 그 새가 검푸른 하늘 속으로 날아갔어."

데미안이 깊게 숨을 내쉬었다.

노크 소리가 났다. 늙은 하녀가 차를 가져왔다.

"들어봐, 싱클레어. 네가 그 새를 우연히 본 건 아니라고 생각해."

"우연? 그걸 우연히 볼 수가 있어?"

"물론 아니야. 그건 무언가를 뜻해. 그게 뭔지 알겠니?"

"아니. 다만 그 뜻이 어떤 충격을 가리킨다는 것, 운명으로 한 발자국 나아간다는 건 느꼈어. 우리들 모두의 문제일 것 같아."

그가 성급하게 이리저리 오갔다.

"운명의 한 발자국이라고!" 그가 큰 소리로 외쳤다. "나는 지난밤에 똑같은 꿈을 꾸었어. 어제 어머니도 어떤 예감을 느끼셨다고 했어. 그것들은 같은 걸 말하고 있어. 꿈에서 나는 나무줄기인지 탑인지에 걸쳐진 사다리를 올랐어. 위에 올라서니 모든 땅 전체가 보였어. 그런데 모든 마음과 광활한 평지가 불타고 있었다. 나는 아직 다 이야기해줄 수가 없어. 많은 것들이 분명하지 않거든."

"그 꿈이 너를 가리킨다고 생각해?" 내가 물었다.

"나 자신과 연결되냐고? 물론이야. 그 누구도 자신과 무관한 꿈을 꾸지 않아. 하지만 그건 나한테만 해당되는 꿈이 아니야. 네 말이 맞아. 나는 꿈들을 꽤 정확하게 구분하거든. 나 자신의 영혼 속의 움직임을 알려주는 꿈과 다른 꿈들, 그리고 매우 드물지만 인류의 운명을 암시하는 다른 꿈들에 대한 구분이야. 그런 꿈은 아주 드물어. 지금까지 그게 예언이 되거나 실현되었다고 말할 수 있을 만한 꿈을 꾼 적은 한번도 없었어. 해석이 굉장히 불확실하거든. 하지만 이것만은 똑똑히 알겠어. 나는 나만 관련된 게 아닌 무엇인가를 꿈꿨어. 그 꿈은 전에 꾼 꿈에 속해. 그 꿈들은 계속 이어지고 있어. 이런 꿈들에서 나는 이미 너에게 말한 적이 있는 그런 예감을 얻었어. 우리의 세계는 완전히 썩어 있어. 그렇다고 그게 종말이나 뭐 그런 걸 예언할 근거는 아니야. 하지만 몇 년 전부터 낡은 세계의 붕괴가 가까이에 다가왔다는 결론을 내려주는, 아니 느끼게 해주는, 혹은 뭐라고 명명할 필요 없는 그런 꿈을 꾸었어. 처음에는 약했어. 그리고 멀리 떨어진 예감이었어. 그런데 점점 뚜렷해지고 강해졌어. 나는 아직도 나와 연관된 무언가 거대하고 끔찍한 일이 시작됐다는 것밖에 모르겠어. 싱클레어, 우리는 아마 이미 여러 번 얘기했던 그 일을 겪게 될지도 몰라! 세계는 점점 새로워지려고 해. 죽음의 냄새가 풍겨와. 새로운 것은 죽음 없이 오지 않거든. 내가 생각했던 것보다 더 끔찍해.”

나는 깜짝 놀라 그를 바라봤다.

“나에게 그 꿈의 나머지를 얘기해줄 수 있어?” 나는 조심스럽게 부탁했다.

그가 고개를 가로저었다.

“아니, 못하겠어.”

문이 열리고 에바 부인이 들어왔다.

“거기 함께 있구나! 얘들아, 설마 슬퍼하는 건 아니지?”

그녀는 생기 있었고 전혀 피곤해 보이지 않았다. 데미안은 그녀를 향해 미소 지었다. 그녀는 두려움에 떠는 아이들에게 다가서는 어머니처럼 우리에게 다가왔다.

“슬프지 않아요, 어머니. 다만 우리는 이 새로운 표식의 수수께끼를 조금씩 풀어보려고 했어요. 그러나 그건 중요하지 않아요. 지금 다가오는 건 갑자기 도착할 거예요. 그러면 우리가 알 필요 있는 걸 겪게 되겠죠."

하지만 난 기분이 안 좋아졌다. 작별하고 혼자 홀을 지나갈 때 히아신스 향기를 맡았다. 향기는 시들고 맥 빠진 시체 같은 느낌이었다. 그림자 하나가 우리들 위에 드리워진 것이다.

종말의 시작

나는 내 뜻에 따라 여름 학기에도 H시에 머물 수 있었다. 우리는 집 안에 머물지 않고 대부분의 시간을 강변의 정원에서 시간을 보냈다. 일본인은 권투경기에서 제대로 패배한 뒤 떠났고 톨스토이 추종자도 사라졌다. 데미안은 날이면 날마다 끊임없이 말을 탔다. 나는 자주 그의 어머니와 단둘이 남아 있었다.

내 삶의 평화로움은 때때로 스스로를 놀라게 했다. 워낙 오랜 시간을 혼자 지냈고 체념하는 걸 연습했다. 나 자신의 고통에서 힘들게 몸부림치며 싸우는 일이 오랜 시간 익숙했던 터라 H시에서의 이 몇 달이 꿈속의 섬처럼 느껴졌다. 아름답고 편안한 일들과 감정들에만 충실하며 살 수 있었다. 이것은 우리가 만들려 했던 새롭고 더 고양된 공동체의 모습이라는 걸 예감했다. 하지만 그럴수록 이 행복이 불편했다. 결코 행복은 오래 지속될 수 없었다. 풍부하고 안락한 시간 속에서 숨 쉬는 일은 나의 몫이 아니었다. 고통이 필요했고 서둘러야 했다. 어느 날에는 나는 이 아름다운 사랑스러운 모습에서 깨어나 오로지 고독과 싸움뿐인, 평화나 공존이 없는 타인들의 냉혹한 세계 속에서 홀로, 완전하게 홀로 서게 될 거라 짐작했다.

나는 내 운명이 아직도 이 아름답고 고요한 얼굴을 지니고 있다는 사실이 기뻤다. 그럴 때마다 나는 두 배 더 다정하게 에바 부인 곁에 바짝 몸을 기댔다.

여름의 몇 주간은 쉽고 재빠르고 지나갔다. 여름 학기는 벌써 끝나가고 있었다. 이별이 곧 닥쳐올 예정이었지만 나는 그걸 생각하지 않으려 애썼다. 생각해서는 안 됐다. 나비가 꿀이 가득한 꽃에 매달려 있듯 아름다운 날들에 꼭 붙어 있고 싶었다. 행복한 시절이었다. 내 인생에서 처음으로 실현된 무리에 몸을 맡긴 일이었다. 그다음에는 무엇이 올까? 나는 어쩌면 다시 싸움을 시작하고 그리움을 견디고, 꿈을 꾸리라. 그렇게 혼자일 거라 예감했다.

그러던 어느 하루, 어떤 예감이 강하게 나를 덮쳤다. 그 바람에 에바 부인을 향한 나의 사랑이 갑작스럽게 타올랐다. 맘

소사, 이제 머지않아 그녀를 보지 못할 것이다. 그녀 특유의 안정감 있고 확고한 발걸음 소리를 집 안에서 들을 수 없을 것이다. 내 테이블 위에서 그녀의 꽃을 발견할 수 없겠지. 그런데 나는 무엇을 이룬 걸까? 나는 꿈꾸었고 아늑한 행복 안에서 흔들렸다. 그녀를 얻지 못했고, 그러기 위해 싸우지 않았으며, 그녀를 영원히 내게로 끌어당기지 못했다! 다만 그녀가 일찍이 진정한 사랑에 대해서 내게 말했던 모든 것이 떠올랐다. 수많은 경고의 말, 나직한 유혹들과 그 약속들 속에서도 그녀는 다정했다. 그래서 나는 무얼 얻었는가? 아무것도 없다! 아무것도!

내 방 한가운데 서서, 내 모든 의식을 모아 에바 부인을 생각했다. 그녀가 내 사랑을 느끼고 내 곁으로 끌어당기기 위해 영혼의 온 힘을 모으려 했다. 그녀가 나에게 와야 해. 내 품을 그리워해야 하고 내 키스가 그녀의 성숙한 사랑의 입술을 끝없이 파고들어야 해.

그렇게 선 채로 정신을 집중하자, 손가락과 발부터 싸늘한 기운이 느껴졌다. 내게서 힘이 빠져나가는 기분이었다. 잠깐 내 안에서 무언가가 천천히 더 단단하게 뭉쳐졌다. 무언가 밝고 환한 것이었다. 한순간 마음속에 수정 한 덩어리가 뭉쳐진 것 같았는데 그것이 나의 자아임을 깨달았다. 차가운 기운이 가슴까지 차올랐다.

무서운 긴장에서 깨어났을 때 무엇인가가 다가오는 느낌
이 들었다. 죽을 것 같이 지쳐 있었지만 불타오르듯 황홀하게
에바 부인이 방 안으로 들어오는 것을 기다릴 수 있었다.

그 순간 말발굽 소리가 따각따각 소리를 내며 먼 거리에
서 다가왔고 가까운 곳에서 거세게 울리다가 이내 멈추었다.
창가로 뛰어갔다. 데미안은 말에서 내리고 있었다. 나는 달려
내려갔다.

"무슨 일이야, 데미안? 어머니에게 무슨 일이 생긴 건 아니
지?"

데미안은 내 말을 귀담아듣지 않았다. 얼굴은 창백하게 질
려 있었고 그의 이마 양쪽의 땀이 뺨으로 흘러내리고 있었다.
열로 달아오른 말의 고삐를 정원 울타리에 묶고는 내 팔을 잡
고 함께 거리를 따라 걸었다.

"벌써 무슨 소식 들었니?"

나는 아무것도 몰랐다.

데미안이 내 팔을 꼭 붙잡더니 가까이 얼굴을 돌렸다. 그
의 얼굴엔 연민에 찬 어둡고 특별한 시선이 채워져 있었다.

"그래, 이봐. 이제 시작이야. 러시아와 갈등이 심각하다는
걸 알고 있었겠지."

우리 곁에는 아무도 없었지만 그는 작게 말했다.

"아직 선전포고하지는 않았어. 하지만 곧 전쟁이 일어날

거야. 믿어. 난 이 문제로 널 부담스럽게 만들고 싶지 않았지만, 그때부터 세 번이나 새로운 징후를 겪었어. 그러니까 세계의 종말이거나 지진이 아니고 혁명도 아니야. 바로 전쟁이야. 그것이 어떻게 닥쳐오는지는 나도 보게 될 거야! 사람들은 기뻐할 거야. 진작 다들 한번은 터질 거라고 바라왔고 기대하며 기뻐하고 있어. 그들에게는 벌써 삶이 무의미한 거야. 그러나 넌 보게 될 거야, 싱클레어. 이건 시작일 뿐이야. 어쩌면 큰 전쟁이 될 거야. 상상할 수 없이 큰 전쟁. 하지만 그것 또한 시작일 뿐이야. 새로운 게 나타날 거야. 그리고 낡은 것에 매달린 사람들에게는 이 새로움이 끔찍할 거야. 넌 뭘 할 거니?"

나는 당황스러웠다. 이 모든 것이 나에게는 낯설었고 믿을 수 없는 일이었다.

"모르겠어. 넌?"

그가 어깨를 으쓱했다.

"동원 명령이 떨어지면 난 군대로 가야 해. 난 소위야."

"네가? 그건 전혀 몰랐어."

"그래, 그건 내가 세상에 적응하는 방법 중 하나였어. 너도 알겠지만 나는 바깥 눈에 띄는 일을 좋아하지 않아. 오히려 행동을 정확하게 해서 틈을 보이지 않도록 노력했어. 아마 일주일 뒤에 나는 전쟁터에 있을 거야."

"오, 맙소사."

"자, 싱클레어. 일을 감상적으로 생각해서는 안 돼. 살아 있는 사람을 향해 총구를 겨누는 일이 나에게는 결코 즐거울 리 없어. 그걸 명령하는 일도 마찬가지야. 그러나 그건 중요한 게 아니야. 이제 우리는 모두 큰 수레바퀴 안으로 들어와 버렸어. 너도 마찬가지야. 너도 분명 군대에서 부를 거야."

"그럼 네 어머니는, 데미안?"

그제야 나는 다시 십오 분 전의 일이 생각났다. 세계는 얼마나 변했는가! 가장 달콤한 모습을 불러내기 위해 얼마나 큰 힘을 한데 모았는가. 그런데 갑자기, 이제 나는 운명이 섬뜩하고 위협적인 가면을 쓰고 나를 바라보는 것을 느꼈다.

"우리 어머니? 아, 우리 어머니 걱정은 할 필요 없어. 어머니는 안전해. 세상 그 누구보다 안전하셔. 넌 어머니를 무척 사랑하는구나?"

"데미안, 알고 있었어?"

그는 소리 내며 크게 웃었다.

"이봐, 꼬마! 물론 알고 있었어. 어머니를 에바 부인이라고 부르면서 사랑하지 않은 사람은 없거든. 그건 그렇고 어떻게 된 거야? 오늘 네가 어머니나 나를 부른 거지? 안 그래?"

"그래, 내가 불렀어. 에바 부인을 불렀어."

"어머니가 그걸 감지했어. 갑자기 너에게 가보라고 나를 보내셨어. 내가 막 러시아 소식을 전한 참이었는데 말이지."

우리는 돌아섰다. 별다른 말을 나누지 않았다. 그는 고삐를 풀더니 말에 올라탔다.

위층 내 방으로 돌아와서야 내가 얼마나 지쳐 있었는지 알수 있었다. 데미안의 소식도 그러했지만 그 전에 느낀 긴장감 탓이었다. 그렇지만 에바 부인은 내가 부르는 소리를 들었다! 나의 마음속에서 생각만으로 그녀에게 가닿은 것이다. 사정이 달랐다면 그녀가 직접 왔을 것이다. 이 모든 게 얼마나 특별한가. 그리고 실제로 얼마나 아름다운가! 이제 전쟁이 일어날 것이고 그 일은 우리가 이미 여러 번 감지했던 일이 일어나는 시작점이다. 그리고 데미안은 그 일에 대해 더 많은 것을 미리 알고 있었다. 얼마나 이상한가, 이제 세계의 흐름이 우리 곁을 스쳐 지나가는 게 아니라 갑자기 우리의 가슴 한가운데를 뚫고 지나가는 것이다. 모험과 거친 운명들은 우리를 부르고 곧, 아니면 머지않은 시기에 세계는 우리를 필요로 할 것이다. 그 스스로를 변화하려 시도하는 순간은 온다. 데미안이 옳았다. 그것은 감상적으로 받아들일 문제가 아니었다. 그렇게 외로운 일인 '운명'을 그토록 많은 사람들과, 전 세계와 함께 겪게 된다는 건 조금 특이했다. 그렇다면 좋다!

나는 각오가 됐다. 저녁에 시내를 지날 때 여기저기에서 흥분이 솟아나고 있었다. 사방에서는 '전쟁'이라는 단어를 입에 올렸다.

나는 에바 부인 집으로 갔다. 우리는 정원의 정자에서 저녁을 먹었다. 나는 유일한 손님이었다. 우리는 전쟁이라는 단어를 입에 올리지 않았다. 다만 늦게, 내가 떠나기 직전 에바부인이 말했다. "사랑하는 싱클레어, 당신이 오늘 나를 불렀어요. 내가 어째서 직접 가지 않았는지 알 거라 생각해요. 하지만 잊지 말아요. 당신은 이제 부르는 방법을 알아요. 표식을 지닌 누군가가 필요해지면 언제라도 다시 불러요!"

그녀가 일어나 뜰의 어둠을 뚫고 앞서 걸었다. 당당하고 비밀 가득한 여인처럼, 말 없는 나무들 사이로 걸어갔다. 그녀의 머리 위에서 조그만 별이 사랑스럽게 반짝이고 있었다.

내 이야기는 이제 끝에 다다랐다. 일의 진행은 빨랐다. 곧 전쟁이 시작됐고 데미안은 군복에 은회색 외투를 걸친 채 낯선 모습으로 떠났다. 나는 그의 어머니를 집으로 모셔다드렸다. 곧 그녀와도 헤어졌다. 그녀는 내 입술에 입을 맞추고 한동안 나를 품에 끌어안았다. 그녀의 커다란 눈이 내 눈 가까이에서 흔들림 없이 타들었다.

모든 사람이 형제가 된 것 같았다. 그들은 조국과 명예를 입에 올렸다. 하지만 한순간 그들 모두가 들여다본 것은 운명의 숨김없는 얼굴이었다. 젊은 남자들은 막사에서 나와 기차에 올랐다. 그리고 많은 얼굴 속에서 나는 표식 하나를 발견했다. 우리들의 표식과는 달랐지만 사랑과 죽음을 끌어안은 아름답고 가치 있는 표식이었다. 나 역시 한번도 본 적 없는 사람들의 포옹을 받았다. 나는 그것을 이해하고 기꺼이 받아들였다. 그들이 하는 행동은 도취된 상태라 가능했다. 그것이 운명의 의지가 아니라 할지라도 도취는 신성했다. 그들 모두는 이 짧게 뒤흔드는 시선으로 이미 운명의 두 눈을 들여다보았기 때문이다.

내가 전쟁터에 도착했을 때는 겨울이 시작될 무렵이었다.

총격의 뚜렷한 흥분에도 불구하고 처음에는 모든 것에 실망했다. 예전에 나는 인간이 이상을 위해 사는 경우가 어째서 그렇게 극히 드문지에 대해 생각하는 데 많은 시간을 쏟았다. 그리고 지금의 나는, 많은 사람, 아니 모든 사람이 이상을 위해 죽는 것이 가능하다는 걸 깨달았다. 다만 그것은 개인적인 이상이나 자유로운 이상, 그들이 선택한 이상이 아니었다. 남들이 떠맡긴 공통된 이상이었다.

그러나 시간이 지나면서 내가 인간을 과소평가했다는 걸 알았다. 그렇게 같은 임무와 위험이 그들에게 제복을 입혀 획일화해 놓았어도, 살아 있는 그리고 죽어가는 사람들이 운명의 의지에 아름답게 다가서는 모습을 보았다. 많은, 아주 많은 사람들이 공격할 때뿐만 아니라, 어느 때든 분명하고도 먼, 약간의 광기 담긴 눈빛을 갖고 있었다. 목적이 아닌 것은 전혀 모르지만 무섭고 거대한 것을 위한 완벽한 헌신을 뜻했다. 그들이 무엇을 믿고 생각하든 그들은 준비되어 있었다. 그들은 쓸모 있었고 그들에 의해 미래는 만들어지리라. 그리고 세계가 전쟁과 영웅, 명예와 다른 낡은 이상들에 단호하게 집착할수록, 겉으로 언뜻 인간성을 외치는 목소리 하나하나가 더욱 멀고 비현실적으로 들리면 들릴수록, 그 모든 것은 표면이었다. 전쟁의 외적이고 정치적인 목적들에 대한 질문은 표면에 불과했다. 깊은 곳에서 무언가가 만들어지고 있었다. 새로운 인간성 같은 무엇이었다. 나는 많은 사람을 볼 수 있었다. 그들 가운데 누군가는 바로 내 옆에서 죽었다. 그런 사람들은 증오나 분노, 살인과 파괴가 대상과 관련 없다는 사실을 느낌으로 깨달았다. 아니, 어쩌면 대상은 목적만큼이나 완벽한 우연이었다. 가장 근원적인 감정은 가장 거친 느낌이거나 적에게 향해진 것이 아니었다. 근원적 감정에서 비롯된 피 터지는 행동은 내면의 표출, 속으로 찢기고 무너진 영혼이 겉으로 발산되는 일에 불과했다. 그렇게 찢어진 영혼은 미쳐 날뛰며 죽이고, 파괴했고, 스스로 죽으려는 영혼을 드러낸 것이다. 거대한 새가 알에서 나오려고 힘겹게 투쟁하고 있었다. 알은 세계이고 세계는 부서져야 했다.

　이른 봄 어느 밤이었다. 우리가 점령한 농가 앞에서 나는 보초를 서고 있었다. 이따금 잔잔한 바람이 불어왔다. 플랑드르 지방의 높은 하늘 위로 구름 떼가 군대의 말처럼 빠르게 지나갔다. 그 구름 뒤 어딘가에 달이 있을 것 같은 예감이 들었다. 나는 이미 온종일 불안한 상태였다. 어떤 근심은 내 마음을 흔들었다. 지금, 내가 서 있는 어두운 초소에서 지금까지 살아온 내 사람의 이미지와 에바 부인, 데미안을 간절하게 떠올렸다. 포플러 나무에 기댄 채 빠르게 움직이는 하늘을 응시했다. 조용히 기척 없이 움직이던 하늘의 밝은 부분이 갑작스럽게 솟구치는 커다란 형상이 연속으로 보였다. 맥박이 이상하게 약해졌고 피부는 바람과 비에 무감각해졌다. 내면이 갑자기 깨어나는 기분을 느끼면서, 내 주변에 한 안내자가 있음을 알아차렸다.

구름 속에는 거대한 도시가 있었다. 그 도시에서 수백만 명의 사람들이 뛰쳐나왔고 그들은 무리를 만들어 넓은 풍경으로 흩어졌다. 그들 한가운데서 힘찬 신의 형상이 나타났다. 머리카락에 반짝이는 별들을 단 산처럼 거대한 이 형상은 에바 부인의 모습이었다. 사람들의 행렬은 마치 커다란 동굴로 몸을 숨기듯 그 신 안으로 빨려 들어갔다. 그리고 이내 사라졌다. 여신은 바닥에 웅크리고 앉았다. 그녀 이마 위 반점이 환하게 빛을 뿜고 있었다. 꿈 하나가 여신을 지배하는 힘인 듯 보였다. 그녀는 두 눈을 감았다. 그녀의 얼굴은 고통을 참는 듯 일그러졌다. 갑자기 그녀가 맑은소리를 내지르자 그녀의 이마에서 별들이 튀어나왔다. 수천 개의 빛나는 별들이 웅장한 포물선을 그리며 검은 하늘 너머로 날아올랐다.

그 별들 중 하나가 밝은 소리를 내며 곧장 나를 향해 날아왔다. 마치 나를 찾는 듯했다. 그러더니 이내 요란한 소리를 내며 다시 수천 개의 불꽃으로 쪼개졌다. 나를 휙 끌어올렸다가 다시 땅바닥으로 내던졌다. 세계는 내 위에서 천둥소리를 내면서 무너졌다.

나를 찾아낸 건 포플러 나무 근처였다고 했다. 나는 진흙을 뒤집어쓰고 온몸에 상처를 입었다.

나는 어느 지하실에 누워 있었다. 위에서는 거센 포화 소리가 터졌다. 나는 수레에 실린 채 덜컹덜컹 텅 빈 들판으로 향했다. 나는 대부분 시간을 잠들어 있거나 의식이 없었다. 그러나 깊이 잠들수록 무언가가 나를 끌어당긴다는 사실을, 나를 지배하는 어떤 힘을 따르고 있다는 걸 격렬하게 느꼈다.

어느 마구간에서 짚더미 위에 누워 있었다. 사방은 어두웠다. 누군가 내 손을 밟고 지나갔다. 하지만 내 내면은 더 나아가려고 했고 나는 더욱 강하게 그것을 끌어당겼다. 다시 나는 수레 위에 눕혀졌다. 나중에는 들것이나 사다리 위였다. 점점 더 어딘가로 가라고 명령받고 있다는 걸 깨달았다. 마침내 그곳에 도착하겠다는 열망 말고는 아무것도 느낄 수 없었다.

나는 목적지에 도착했다. 밤이었고 의식은 분명했다. 조금 전까지만 해도 내 안의 끌림과 충동을 강하게 느꼈다. 이제 나는 넓은 홀에, 바닥에 깔린 자리에 누워 있었다. 내가 부름을 받은 곳에 이르렀다는 걸 알 수 있었다. 주위를 둘러보았다. 내 매트리스 옆에 또 다른 매트리스가 바싹 붙어 있었고 그 위에 누군가가 누워 있었다. 그는 내 쪽으로 몸을 돌리고 나를 바라봤다. 그는 이마에 표식을 지니고 있었다. 바로 막스 데미안이었다.

　나는 말할 수 없는 상태였다. 그도 말할 수 없었을지도 모른다. 그는 말하지 않았고 그저 나를 내려 보았다. 그 너머 벽에 매달린 등불이 그의 얼굴을 비치고 있었다. 그가 나를 향해 미소 지었다.

　끝없이 긴 시간 동안 그는 내 눈을 들여다보았다. 그의 얼굴은 천천히 내 쪽으로 다가왔다. 우리는 거의 닿을 정도였다.

　"싱클레어!" 그가 작게 속삭였다.

　나는 눈으로 그의 말을 알아듣고 있다는 신호를 보냈다.

　그가 다시 미소 지었다. 나를 측은하게 여기는 표정이었다.

　"꼬마야!" 그는 미소를 그대로 품은 채 말했다.

　그의 입술이 이제는 내 입 아주 가까이에, 붙을 듯 말 듯 한 거리에 있었다. 그가 작게 말을 이었다.

"프란츠 크로머를 아직 기억하니?"

나는 그렇다는 뜻으로 눈을 깜박였다. 그리고 미소 지었다.

"꼬마, 싱클레어. 잘 들어! 나는 떠날 거야. 너는 어쩌면 내가 다시 필요해질지 몰라. 크로머나 다른 어떤 것에 맞서기 위해서. 그럴 때 네가 나를 부르면 나는 이제 말이나 기차를 타고 네게 오지 않을 거야. 나를 부를 때 너는 네 안의 소리에 귀를 기울여야 해. 그럼 내가 네 안에 있다는 걸 알게 될 거야. 알아듣겠지? 그리고 또 한 가지 전할 게 있어! 에바 부인이 말했어. 너에게 어떤 나쁜 일이 생긴다면, 나더러 당신의 키스를 너에게 전해주라고⋯⋯. 눈을 감아, 싱클레어!"

나는 얌전히 눈을 감았다. 여전히 피가 흐르는 내 입술 위에 가벼운 입맞춤이 느껴졌다. 그리고 나는 잠에 빠졌다.

아침에 사람들이 나를 깨웠고 그들은 내게 붕대를 감아주려 했다. 마침내 완전히 깨어났을 때 나는 옆쪽 매트리스로 머리를 돌렸다. 그 위에는 한번도 본 적 없는 낯선 사람이 누워 있었다.

붕대를 감는 내내 아팠다. 그 후로 내게 일어난 일 전부가 아팠다. 그러나 이따금 열쇠를 찾아내 나 자신 안으로 완전히 들어가면, 거기 어두운 거울 속 운명의 모습이 잠들어 있는 곳으로 내려가면, 나는 그저 검은 거울 위로 몸을 숙여 나 자신의 모습을 바라보기만 하면 됐다. 그러면 내 모습이 보였다. 나는 이제 완전히 그와 같았다. 내 친구이자 나의 안내자인 그와.

데미안

Demian
Die Geschichte von Emil
Sinclairs Jugend

작품 해설 및 작가 연보

『데미안(Demian)』 작품 해설

1. 작가의 생애

헤르만 헤세(Hermann Hesse, 1877~1962)는 1877년 독일 슈바벤 주의 소도시 칼프에서 출생했다. 선교사였던 아버지의 영향으로 1891년, 명문 신학교인 마울브론 신학교에 입학한다. 하지만 평소 문학에 관심이 있었던 그는 신학교 생활에 적응하지 못하고 시인이 되겠다는 일념으로 1년 만에 뛰쳐나온다. 그 무렵 신경쇠약 증세를 보이던 그는 자살을 기도하기도 하였으며, 한동안 정신병원에서 요양 생활을 하게 된다. 1892년에 김나지움에 입학하였으나 다음 해에 학업을 중단하고 서점 직원으로 근무하기도 한다. 하지만 곧 그 일을 그만두고 시계 부품 공장에서 견습공으로 일을 시작하지만 그역시 오래가지 못하고 1895년, 다시 서점 직원으로 근무하며 습작 활동을 이어 나간다. 1899년에는 그의 첫 시집 『낭만적인 노래(Romantische Lieder)』와 산문집 『자정 이후의 한 시간(Eine Stunde hinter Mitternacht)』을 출간한다. 그러다 1904년, 9세 연상의 피아니스트 마리아 베르누이와 결혼하고, 장편소설『페터 카멘친트(Peter Camenzind)』를 출간한 후 경제적으로 안정이 되어 습작 활동에 전념할 수 있게 된다. 그 후 청소년기의 방황과 고뇌를 다룬 소설『수레바퀴 아래서(Unterm Rad)』(1906)를 비롯해『게르트루트(Gertrud)』(1910),『크눌프(Knulp)』(1915),『데미안(Demian)』(1919) 등 여러 편의 소설들을 출간한다. 이렇듯 헤세는 시와 소설의 영역을 아우르며 수많은 작품을 출간한다. 헤세는 시와 소설뿐만 아니라 그림에도 소질이 있었는데, 이 무렵 그는 수채화를 그리며 마음의 안정을 찾게 된다. 1922년에는『싯다르타(Siddhartha)』, 1930년에는『나르치스와 골드문트(Narziss und Goldmund)』를 출간한다. 하지만 제2차 세계대전 중이던 1939년부터 1945년 종전이 되기까지 그의 작품은 독일에서 출판 금지를 당하는 위기를 겪기도 한다. 1943년에 장편소설『유리알 유희(Das Glasperlenspiel)』를 발표하고 1946년에『유리알 유희』로 노벨문학상과 괴테상을 수상하게 된다. 또한 1956년에는 '헤르만 헤세상'이 제정되기도 한다. 그 밖에도 단편집, 시집, 우화집, 여행기, 평론, 서한집 등 다수의 작품을 남긴 헤세는 뇌출혈로 1962년, 85세의 나이로 생을 마감한다.

2. 『데미안』의 탄생

헤세가 『데미안』(1919)을 집필하던 시기는 제1차 세계대전이 한창 중이던 전시 상황이었다. 민족주의를 비판하며 전쟁에 반대하는 입장이었던 헤세는 언론의 혹독한 비판을 받게 된다. 이러한 전시 상황의 혼란과 더불어 갑작스러운 부친의 사망, 정신분열증을 앓고 있던 부인과 뇌막염을 앓던 아들의 투병 등으로 인해 헤세는 외적·내적으로 많은 방황을 하게 된다. 그러다 1916년, '카를 구스타프 융(Carl Gustav Jung)'의 제자이자 심리 치료사인 '요제프 베른하르트 랑(Josef Bernhard Lang)'을 만나 정신 치료를 받는다. 이러한 경험은 그를 정신 분석학의 세계로 이끌어 훗날 그의 인생관과 문학에 지대한 영향을 미치게 되며, 헤세 자신의 내면의 소리에 귀를 기울이는 계기가 된다.

『데미안』은 제1차 세계대전이 끝난 직후에 출간된다. 헤세는 처음에 자신의 본명이 아닌 '에밀 싱클레어'라는 가명으로 이 책을 출간한다. 그는 자신의 자전적 소설이자 고뇌하고 방황하는 청춘들에게 보내는 메시지이기도 한 이 작품에, 혹시라도 젊은 세대들이 기성 작가의 작품이라는 프레임을 씌우고 선입견을 갖게 될까봐 염려했던 것이다. 이렇듯 헤세는 선입견과 고정관념의 틀을 깨기 위해 많은 노력을 기울였다.

그는 『데미안』을 통해 주인공 에밀 싱클레어가 성장하며 겪게 되는 자아실현의 과정을 보여준다. 싱클레어는 자아를 찾아가는 과정 속에서 수많은 방황과 갈등을 겪으며 성장해 나간다. 싱클레어는 곧 헤세 자신의 모습이자 오늘을 살아가는 우리의 모습이기도 하다.

3. 유년시절의 껍데기를 깨고 – '빛과 어둠'의 세계에 대한 인식과 투쟁

한 세계는 아버지의 집이다. 그 세계는 좁다. 실제로도 협소해서 그 안에는 내 부모님밖에 없다. 대부분의 것들은 잘 알고 있었다. 어머니와 아버지, 사랑과 엄격함, 모범과 학교라는 이름으로 불렸다. 온화한 광채, 맑음과 깨끗함은 그 세계에 속했다. 부드럽고 다정한 이야기, 깨끗하게 씻은 손과 가지런한 옷가지와 좋은 습관이 깃들어 있었다. (…) 반면 또 다른 세계가 우리 집 한가운데서 시작했다. 그 세계는 완전히 다른 세계였다. 풍기는 냄새가 달랐고 말도 달랐다. 약속하고 요구하는 것조차 달랐다. 이 두 번째 세계 속에는 하녀들과 견습공들이 있고 무서운 유령 이야기와 떠도는 소문이 있었다. 끔찍한 것, 유혹하는 것, 무섭고 수수께끼 같은 온갖 소문들이었다. 도살장과 감옥, 술에 취해 비틀거리는 사람들과 악에 받쳐 소리 지르는 여자들, 새끼를 낳는 암소와 쓰러진 말이 있었고 절도와 사람을 때려죽이는

일, 스스로 목숨을 끊어내는 일까지 있었다. 아름답고도 무서운,
사납고도 잔인한 이 모든 일이 사방에 깔려 있었다. (…) 가장
이상한 일은 그 두 세계의 경계가 맞닿아 있다는 사실이었다.
두 세계는 얼마나 가깝게 붙어 있었던가!

어머니와 아버지, 그리고 누나들과 함께 살아가던 따뜻하
고 올바른 세계 속에서 싱클레어는 안정되고 평온한 생활을
하며 성장한다. 그러던 어느 날, 싱클레어는 프란츠 크로머라
는 불량한 친구를 만나면서 혼란을 겪게 된다. 밝고 평온했던
빛의 세계는 더 이상 싱클레어를 지켜주지 못했기에 그는 홀
로 방황하며 외로운 투쟁을 시작한다.

또래들 앞에서 좀 더 강해보이기 위해 시작했던 거짓말은
그를 옥죄는 굴레가 된다. 크로머는 싱클레어의 그러한 약점
을 이용해 괴롭히기 시작한다. 싱클레어의 몸과 마음은 점점
병들어간다. 그러면서 그는 세상에는 어두운 세계도 존재한
다는 것을 차츰 인식하게 되고, 그 세계 속에서 쓰라린 고통
을 맛보게 된다. 하지만 한편으론 어두운 세계의 묘한 유혹에
이끌리기도 한다. 그러다 전학생 데미안의 도움으로 크로머
의 속박에서 벗어난 싱클레어는 다시 자유로워진다.

데미안을 만나면서 싱클레어는 많은 변화를 겪게 된다.
'카인과 아벨의 이야기'와 '예수 옆에 매달린 도둑'에 대해 기

존의 해석과는 전혀 다른 관점으로 바라보는 데미안을 통해 싱클레어는 비판적 사고를 갖게 된다. 또한 '어두운 세계'라는 것이 꼭 '악(惡)'의 세계는 아니며, 세상은 '선(善)과 악(惡)'이라는 단순한 이분법으로만 나눠지는 것은 아니라는 사실을 인식하게 된다. 이렇듯 '밝음과 어둠'이라는 양면적 속성을 지닌 이 세계는 어느 하나의 특성도 외면할 수 없는, 싱클레어가 받아들이고 헤쳐 나가야 할 세계였던 것이다.

그러던 어느 날, 전학을 가게 된 싱클레어는 자연스럽게 데미안과 멀어지게 된다. 다시 방황하게 된 싱클레어는 방탕한 생활을 일삼으며 또 다른 어둠의 세계로 진입한다. 그러다 이상형인 한 소녀를 만나게 되는데, 그는 이 소녀에게 베아트리체라는 이름을 붙여준다. 싱클레어에게 베아트리체는 고귀함과 순결함, 신성함의 결정체나 다름없었다. 베아트리체를 그리워하던 싱클레어는 그녀의 초상화를 그리기 시작한다. 하지만 완성된 그림은 소녀의 얼굴이 아닌 청년의 얼굴에 가까웠으며, 데미안의 얼굴과 아주 많이 닮아 있었다. 싱클레어가 그토록 동경하고 사랑했던 사람은 바로 데미안이었던 것이다. 정신적으로 의지할 무언가가 필요하던 싱클레어는 어느 날 우연히 책갈피에서 쪽지 한 장을 발견한다.

새는 힘겹게 투쟁해 알에서 나온다. 알은 세계다. 태어나려
는 자는 한 세계를 깨뜨려야 한다. 새는 신에게 날아간다. 그 신
의 이름은 아브라삭스다.

데미안이 싱클레어에게 보낸 답장인 이 구절에 등장하는
'아브라삭스'는 밝음과 어둠이 공존하는, 신적인 것과 악마적
인 것이 결합된 신이다. 아브락사스는 곧 우리가 사는 이 세
상과 닮아 있었던 것이다.

우리의 대화는 대략 이런 식이었다. 대화에서 완전히 새로
운 것이나 완전히 놀라운 일이 나오는 건 드물었다. 그러나 모
두가, 가장 진부한 대화도, 나직하지만 꾸준히 같은 지점을 망치
질했다. 그 모든 대화는 나를 형성하도록 만들었고 허물을 벗고
알껍데기를 깨뜨리도록 도와주었다. 그리고 대화 하나하나에
서 짓부수어진 세계의 껍데기를 뚫고 마침내 나의 노란색 새가
머리를 조금 더 위로, 조금 더 자유롭게 쳐들 수 있었다. 나의 노
란 새는 부서진 세계의 껍질에서 아름다운 머리를 치켜들었다.
(…) 내가 특이한 음악가 피스토리우스에게서 아브라삭스에 대
해 들은 것을 다시 짤막하게 이야기할 수는 없다. 그러나 그에
게 배운 것 중 가장 중요한 사실은 나 자신에게로 가는 길 위에
서 또 한 걸음 앞으로 나아가는 일이었다.

이 봐 싱클레어, 우리의 신은 아브라삭스야. 그런데 그는 신이면서 악마야. 자기 안에 밝은 세계와 어두운 세계를 동시에 지니고 있어. 아브라삭스는 자네 생각 그 어느 지점에도, 자네의 꿈 어느 부분에도 반대하지 않네. 이 사실을 절대로 잊지 말게. 하지만 언젠가 자네가 보통의 정상적인 인간이 되어버렸을 때, 그때는 아브라삭스가 자네를 떠날 거야. 그때는 자기 생각을 담아 끓일 새로운 그릇을 찾게나. 그가 자네의 곁을 떠나는 거라네."

우연히 만나게 된 오르간 연주자 피스토리우스는 싱클레어에게 아브라삭스에 관해 이야기를 들려주며, 인생의 지침이 될 만한 많은 가르침을 준다. 피스토리우스의 이야기는 새롭거나 놀라울 만한 것은 아니었으나 싱클레어의 내면을 끊임없이 자극하며, 그가 지니고 있는 고정관념이나 편견들을 깨뜨리고 오로지 자신의 내면의 소리에 귀를 기울이도록 도와준다. 이렇듯 싱클레어는 피스토리우스에게 감화되기 시작한다.

시간이 지나면서 내 마음속에는 서서히 피스토리우스를 절대적인 스승으로 인정하는 걸 저항하는 눈치였다. 청소년기의 가장 중요한 몇 달 동안 그와 함께했던 우정, 그의 충고와 위로,

그가 곁에 있음을 겪었다. 신은 그를 통해 내게 말을 건넸다. 내 꿈은 그의 입을 통해 내게로 되돌아오고, 설명되고, 해석됐다. 그는 나 자신에게로 가는 용기를 선물해줬다. 아, 그런데 이제 서서히 그에 대한 반감이 자라고 있음을 감지한 것이다. 이제 들으니 그의 말에는 지나치게 많은 가르침이 있었고, 그는 오직 나의 일부분만을 완전히 이해한다는 느낌이 들었다.

하지만 시간이 흐름에 따라 싱클레어는 피스토리우스의 견해가 차츰 고루하게 느껴지기 시작한다. 피스토리우스는 싱클레어에게 많은 영향을 미친 인생의 조력자이자 스승이 었으나 싱클레어에게는 이제 아무리 훌륭한 견해라도 무조 건적으로 수용하지 않는, 비판적으로 바라볼 수 있는 안목이 생겼던 것이었다. 결국 싱클레어는 피스토리우스를 떠나게 된다. 이렇듯 싱클레어는 피스토리우스의 영향으로 한층 더 성장한 모습을 보여준다.

4. '진정한 나'를 찾아서

대학에 진학한 싱클레어는 그토록 그리워하던 데미안과 재회하게 된다. 그리고 데미안의 어머니인 에바 부인과의 새 로운 만남이 시작된다. 에바 부인은 싱클레어가 그토록 열망하던, 현실과 상상 속의 결합체이자 연인이었고, 동경하던 신의 모습이었다. 에바 부인은 싱클레어가 스스로를 성찰할 수 있도록 새로운 질문을 제시하고 조언을 해주며, 그가 진정한 자아를 찾는 데 있어 또 다른 조력자가 되어 준다.

"태어나는 일은 늘 어려워요. 당신은 알죠, 새는 알에서 밖으로 나오기 위해 애를 쓴다는 걸. 그럼 돌이켜 질문해보세요. 그 길이 그렇게 어려웠나요? 그저 어렵기만 했나요? 혹시 아름답지 않았나요? 당신은 그보다 더 아름답고 더 쉬운 길을 알았나요?"

진정한 나를 찾아가는 길은 그저 힘들기만 한 고통의 시간이었을까. 힘들었기에 그만큼 더 값지고 아름다운 것은 아닐까. 에바 부인은 험난한 길을 지나 자신을 찾아온 싱클레어에게 묻는다.

얼마 후, 세계대전이 발발하게 되어 데미안과 싱클레어 모두 참전하게 된다. 부상을 당한 싱클레어는 침대에서 치료를 받다가 우연히 옆자리에 있는 데미안과 재회하게 된다.

"꼬마, 싱클레어. 잘 들어! 나는 떠날 거야. 너는 어쩌면 내가 다시 필요해질지 몰라. 크로머나 다른 어떤 것에 맞서기 위해서.

그럴 때 네가 나를 부르면 나는 이제 말이나 기차를 타고 네게 오지 않을 거야. 나를 부를 때 너는 네 안의 소리에 귀를 기울여야 해. 그럼 내가 네 안에 있다는 걸 알게 될 거야. 알아듣겠지?"

붕대를 감는 내내 아팠다. 그 후로 내게 일어난 일 전부가 아팠다. 그러나 이따금 열쇠를 찾아내 나 자신 안으로 완전히 들어가면, 거기 어두운 거울 속 운명의 모습이 잠들어 있는 곳으로 내려가면, 나는 그저 검은 거울 위로 몸을 숙여 나 자신의 모습을 바라보기만 하면 됐다. 그러면 내 모습이 보였다. 나는 이제 완전히 그와 같았다. 내 친구이자 나의 안내자인 그와.

하지만 다음 날, 싱클레어의 옆에는 데미안이 아닌 낯선 남자가 누워 있었다. 데미안은 이제 싱클레어를 떠날 때가 된 것이다. 싱클레어에게는 더 이상 자신이 필요하지 않았기 때문이다. 마침내 데미안이 곧 싱클레어가 되고, 싱클레어가 데미안이 되는 순간이 온 것이다.

나는 내 속에서 솟아 나오려는 것, 그것을 향해 살아가려 했을 뿐이다. 그것이 왜 그토록 어려운 일이었을까?

(⋯)

모든 사람의 삶은 각자 자기 자신에게로 향하는 길이다. 자신에게 가는 길의 시도이며 좁은 길의 암시다. 그 어떤 인간도 오롯이 자기 자신이 된 적 없다. 하지만 자기 자신이 되기 위해 애쓴다. 어떤 사람은 애매하게, 어떤 사람은 투명하게, 자기가 할 수 있는 방법으로 그 방법을 찾으려 한다.

『데미안』의 첫 부분에 등장하는 이 구절은 헤세가 우리에게 궁극적으로 전달하려는 메시지이기도 하다. 인생이란 내 안의 목소리에 온전히 귀를 기울이며 자신이 진정으로 원하는 것이 무엇인지 알기 위한, 또 내가 누구인지 알기 위한 치열하고 외로운 투쟁인 것이다. 자기 자신에게 이르는 길을 찾아 험난한 길을 떠났던 싱클레어는 이제, 자신의 이상향이자 신적인 존재와도 같았던 데미안과 하나가 되었으며, 결국 진정한 자아를 찾게 된 것이다.

싱클레어가 지나온 길과 마찬가지로 우리는 성장하기 위해 가장 먼저, 안정되고 평온한 부모님의 세계 안에서 벗어나야 한다. 그 후, 현실이라는 차갑고 딱딱한 껍데기와 부딪치는 고통을 겪어야만 한다. 그 고통을 경험한 사람만이 껍데기를 부술 수 있는 힘과 자격을 갖추게 되는 것이다. 안온한 상태에서 벗어나 우리가 부딪치고 싸워야만 하는 현실과 마주하게 될 때, 우리는 두려워하고 방황하게 된다. 이러한 두려움과 방황은 우리에게 상처를 남기기도 한다. 하지만 이것을 인생이라는 긴 여정의 한 과정으로 받아들이며 극복한 사람은 결국 성숙해지고 성장하게 되는 것이다. 이렇듯 우리는 인생에서 좌절을 겪기도 하고 성취감을 느끼기도 한다. 삶은 그렇게 다치고 회복되는 과정이 수없이 반복되는 힘겨운 여정인 것이다. 그리고 그 과정에서 내 안에 있는 진정한 나를 발견하고 그것이 원하는 삶을 살아가는 것, 그것이야말로 모든 사람들의 인생의 목표이자 진정한 행복에 이르는 길일 것이다.

인생에서 어느 한 순간도 중요하지 않은 시기는 없겠지만, 이 책은 소중한 인생의 한 지점에서 여전히 방황하며 많은 것들과 외롭게 투쟁하고 있을 모든 이들에게 헤세가 건네는 따뜻한 위로가 되어 줄 것이다.

작가 연보

1877년 독일 남부의 뷔르템베르크 주의 작은 도시 칼프에서 출생. 그의 아버지 요하네스 헤세는 발틱계 독일인으로 인도에서 개신교 선교사 임무를 마치고 헤르만 군데르트의 기독교 출판 사업을 도움. 저명한 인도어 문화학자이기도 한 헤르만 군데르트의 딸 마리는 한 번 결혼했다가 미망인이 되었고 32세에 요하네스 헤세와 재혼하고 헤르만을 첫아들로 둠.

1881년 집안이 스위스 바젤로 이주. 부친은 바젤 선교학원에서 교사로 근무.

1883년 부친이 스위스 시민권을 취득(그전에는 러시아 국적을 갖고 있었음).

1886년 집안이 다시 칼프로 돌아옴. 헤세는 그곳에서 김나지움에 다님.

1890년 뷔르템베르크 지방 시험에 대비해서 괴핑겐의 라틴어 학교에 입학. 시험 자격 취득을 위해 헤세는 스위스 국적을 포기하고 독일 시민권 회복.

1891년 뷔르템베르크 지방 시험에 합격. 그해 9월에 마울브론 신학교에 입학.

1892년 신학교 자퇴. 시인이 되기 위해 혹은 아무것도 되지 않기 위해 도망침. 자살하려고 했으나 미수에 그쳤고 슈테텐에서 신경질환 치료를 받음. 바트칸슈타트 김나지움에 다님.

1893년 사회민주주의자가 되었고 술집만 돌아다니는 생활을 함. 하이네만 읽으며 그를 흉내 냄. 에슬링겐에 있는 서점에서 일했지만 사흘 만에 그만둠.

1894년 칼프의 페롯 시계 공장에서 견습공으로 일함.

1895년 튀빙겐에 있는 헤켄하우어 서점에 취직했고 1898년까지 일함.

1899년 첫 시집 『낭만적인 노래』 출간. 소설을 쓰기 시작하고 습작소설 「고슴도치」를 썼으나 원고를 분실함(아직 발견되지 않음). 『자정 이후의 한 시간』을 출간하고 그해 가을에 바젤로에 있는 라이히 서점에 취직해 1901년까지 일함.

1900년 스위스 일간지 〈알게마이네 슈바이처 차이퉁〉에 기고문과 서평을 쓰기 시작. 이 일은 그의 책들보다 더 알려져 그의 사회생활에 도움이 됨.

1901년 처음으로 이탈리아 여행. 『헤르만 라우셔』 출간.

1902년 『시모음』 출간. 헤세는 출간 직전에 죽은 그의 어머니에게 이 시집을 헌정.

1903년 두 번째 이탈리아 여행. 아홉 살 연상인 마리아 베르누이와 약혼. 서점 점원을 관두고 집필에 몰두. 그 후 베를린 피셔 출판사로부터 작품 집필을 의뢰받음.

1904년 소설 『페터 카멘친트』 출간. 이 소설로 문학적 관심을 받음. 8월 마리아 베르누이와 결혼 후 9월에 가이엔호펜의 빈 농가로 이사. 전업 작가 생활 시작. 소설 『보카치오』, 『아시시의 프란체스코』 출간.

1905년 첫 아들 브루노 출생.

1906년 소설 『수레바퀴 아래서』 출간. 빌헬름 2세의 권위에 도전하는 진보성향의 잡지 〈3월〉의 공동 편집자로 1912년까지 활동.

1908년 단편집 『이웃들』 출간.

1909년 둘째 아들 하이너 출생.

1910년 소설 『게르트루트』 출간.

1911년 시집 『도중에』 출간. 셋째 아들 마르틴 출생. 친구인 화가 한스 슈투르체네거와 함께 인도 여행.

1912년 단편집 『우회로』 출간. 가족들과 함께 스위스로 이사한 후 베른에서 그의 친구인 화가 알베르트 벨티의 별장에서 거주하며 로맹 롤랑과 교우.

1914년 결혼 문제를 주제로 한 소설 『로스할데』 출간. 7월에 제1차 세계대전이 일어나 자원입대했지만 고도근시로 부적

격 판정을 받음.

1915년 베른의 독일 포로 위문 사업국에서 일하며 전쟁을 비판하는 글을 신문에 발표하여 독일 국민의 반감을 샀으며, 전쟁문학을 공개적으로 비판해 매국노라는 비판을 받음. 단편집『길에서』와『청춘은 아름다워라』, 시집『고독한 자의 음악』, 소설『크눌프』출간.

1916년 부친 요하네스 헤세 사망. 유명한 심리학자 카를 구스타프 융의 제자인 요제프 베른하르트 랑 박사에게 정신 치료를 받음.

1917년 시대 비판 활동으로 출판 중단 권고를 받은 후 에밀 싱클레어라는 가명으로 신문사와 잡지사에 기고 시작.『데미안』집필. 아내의 정신분열 증세와 셋째 아들 마르틴의 질병으로 신경쇠약 증세를 보임.

1919년『차라투스트라의 귀환』이라는 정치 팸플릿을 익명으로 출간 후, 이듬해 베를린에서 실명으로 출간. 아내가 정신병원에 수용되고 아이들은 친구들에게 맡김. 5월에 스위스 테신의 몬타뇰라로 이사 후 1931년까지 지냈으며 시와 경험

담을 모은 『작은 정원』 출간. 『데미안』을 에밀 싱클레어라는 이름으로 출간하고 이 작품으로 폰타나 수상. 동화집 출간. 잡지 〈비보스 보코〉 창간.

1920년 시화집 『방랑』, 『화가의 시』, 도스토옙스키에 대한 에세이 『혼돈을 보다』, 표현주의 단편집 『클링서의 마지막 여름』 출간. 다다이즘 창시자 후고 발과 교류.

1922년 장편소설 『싯다르타』 출간.

1923년 『싱클레어의 수첩』 출간. 별거 중이던 부인과 정식으로 이혼 후 취리히 근처 바덴의 요양소에 머무름.

1924년 스위스 국적 취득. 스무 살 연하 루트 벵거와 재혼.

1925년 『요양객』 출간.

1927년 『뉘른베르크 여행』, 『황야의 이리』 출간. 헤세의 50세 생일을 맞이해 후고 발이 헤세의 평전을 출간. 루트 벵거와 이혼.

1928년 『관찰』, 『위기』 출간.

1929년 시집 『밤의 위로』, 수필집 『세계문학 도서관』 출간.

1930년 소설 『나르치스와 골트문트』 출간.

1931년 화가 한스 보드머가 지어둔 몬타뇰라의 새집으로 이사. 미술역사가인 니논 돌빈과 결혼. 『내면으로의 길』 출간.

1932년 산문집 『동방순례』 출간. 『유리알 유희』 집필 시작.

1933년 『작은 세계』 출간.

1934년 나치당의 문화정책을 막기 위해 스위스 작가연합 회원 가입. 시선집 『생명의 나무』 출간.

1935년 『우화집』 출간.

1936년 시집 『정원에서 보낸 시간』 출간.

1937년 『회고록』, 『신(新)시집』 출간.

1939년 독일에서 헤세의 작품이 불온서적으로 분류됨. 많은 작품이 더 이상 인쇄되지 못하고 이 기간에 독일에서 출간된 헤세의 작품 중 481권의 문고본이 판매됨. 헤세의 전집은 취리히에서 출간.

1942년 첫 시전집 『시집』 출간.

1943년 『유리알 유희』가 취리히에서 출간.

1946년 정치적 평론집 『전쟁과 평화』 출간. 이후 독일에서 헤세의 작품이 판매되기 시작. 프랑크프르트시에서 괴테상, 노벨문학상을 받음.

1947년 베른 대학에서 명예 문학박사 학위를 받고 고향 칼프 시의 명예시민이 됨.

1951년 『후기 산문』, 『서간집』 출간.

1952년 헤세 75년 탄생 기념으로 선집 출간.

1954년 동화 『픽토어의 변신』, 『헤르만 헤세와 로맹 롤랑의 편지』출간.

1955년 후기 산문『마법』출간. 독일 서적협회에서 평화상
받음.

1956년 헤르만 헤세상 제정.

1957년 탄생 80년 기념사업으로『헤세 전집』출간.

1962년 뇌출혈로 몬타뇰라에서 사망.

생각뿔 | 세계문학 미니북 클라우드 라이브러리

거장의 숨소리를 만나는 특별한 여행

생각뿔 세계문학 미니북 클라우드 라이브러리는 계속 출간됩니다.
*** 근간 목록은 발간 순에 따라 변경될 수 있습니다.

옮긴이 | 안영준

고려대학교 국어국문학과를 졸업했다. 공립 중등국어교사로 8년 동안 근무했으며 대치동에서 논술 전임강사로 활동하기도 했다. 현재는 1인 지식 창업 및 책 쓰기 코칭을 하며 영한 번역을 하고 있다. 옮긴 책으로는 『1984』, 『데미안』, 『위대한 개츠비』, 『노인과 바다』, 『동물농장』, 『오만과 편견』 등이 있다.

해설 | 엄인정

국민대학교 국어국문학과를 졸업하고 동 대학원에서 국어교육학을 전공했다. 현재 단행본 편집과 영한 번역 업무를 병행하며 프리랜서로 활동 중이다. 옮긴 책으로는 『데미안』, 『톨스토이 단편선』, 『오만과 편견』, 『카프카 단편선』, 『그리스인 조르바』 등이 있다.

데미안

1판 1쇄 발행 2018년 8월 20일
1판 3쇄 발행 2020년 1월 17일

지은이 헤르만 헤세
옮긴이 안영준
해설 엄인정
펴낸이 생각투성이
편집 김영하
디자인 생각을 머금은 유니콘
마케팅 김사랑

발행처 생각뿔
주소 서울시 서초구 반포동 66-1 코웰빌딩 102호
등록번호 2016년 12월 30일 제85호
전화 02-536-3295
팩스 02-536-3296
커뮤니티 www.facebook.com/tubook2018 (페이스북)
e-mail tubook@naver.com
ISBN 979-11-964400-2-2(04840)
　　　　979-11-964400-8-4(세트)

생각뿔은 '생각(Thinking)'과 '뿔(Unicorn)'의 합성어입니다.
신화 속 유니콘의 신성함과 메마르지 않는 창의성을 추구합니다.

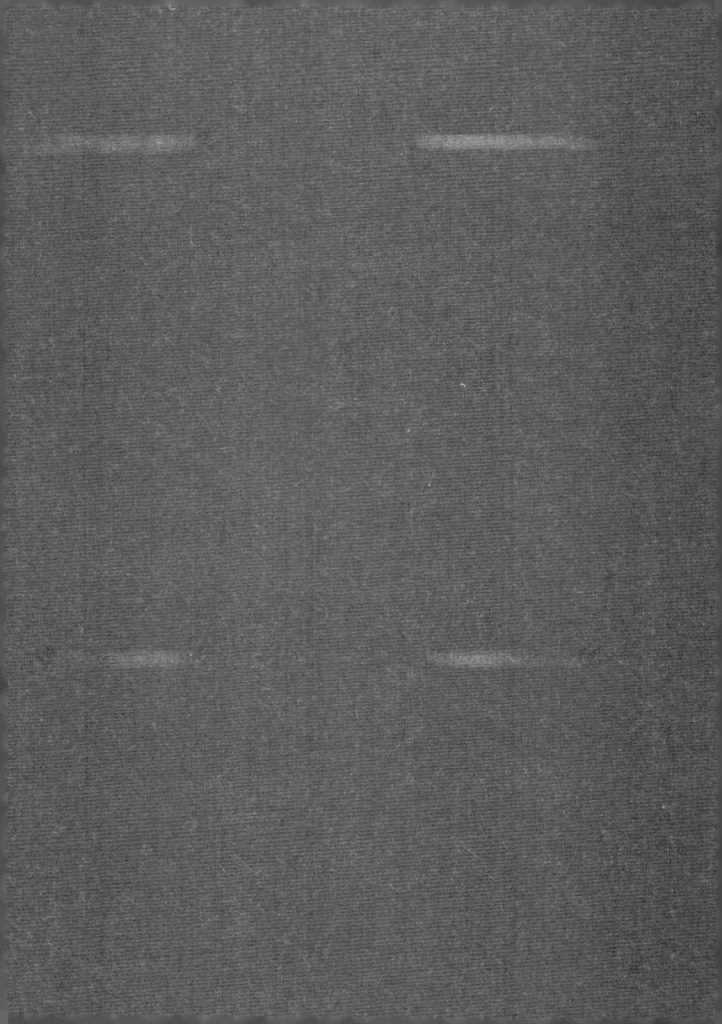